고요한 집
2

SESSİZ EV

고요한 집
— 2 —
오르한 파묵

이난아 옮김

민음사

SESSİZ EV
by Orhan Pamuk

Copyright © Iletisim Yayincilik A.S. 1983
All rights reserved.

Korean Translation Copyright © Minumsa 2011, 2023

Korean translation edition is published by arrangement with
Orhan Pamuk c/o The Wylie Agency (UK) Ltd.

이 책의 한국어 판 저작권은 The Wylie Agency (UK) Ltd.와
독점 계약한 (주)민음사 에 있습니다.

저작권법에 의해 한국 내에서 보호를 받는 저작물이므로
무단 전재와 무단 복제를 금합니다.

| 차 례 |

고요한 집
·
7

옮긴이의 말
·
271

19

그들은 식탁에 앉아, 희미한 불빛 아래서 아무 말도 하지 않고 식사를 하고 있었다. 조용한 저녁 식사. 먼저 닐귄과 파룩 씨가 이야기를 하고, 웃고, 그 후 메틴이 입에 든 음식을 다 삼키지도 않고 일어나 가 버린다. 파룩 씨와 닐귄은 그에게 어디 가는지를 물었지만 한마디 대답도 듣지 못한 채 마님과 대화를 하려 묻는다. 그들은, 기분이 어떠세요, 할머니, 기분이 어떠세요, 라고 한다. 이 말 말고는 다른 할 말이 없기 때문에, 내일 드라이브시켜 드릴게요, 사방에 아파트가 생겼어요, 새 집들, 콘크리트 건물들, 길들, 다리들, 할머니, 내일 구경시켜 드릴게요, 라고 한다. 하지만 마님은 아무 말도 하지 않는다. 가끔 약간 그렁그렁거린다, 하지만 그렁거리는 소리에서 단어는 찾을 수 없다. 왜냐하면 마님은 자신이 씹고 있는 것을 비난하듯 앞만 바라보며 단어는 선택하지 않고 그저 그렁거렸기 때문이며, 만약 앞에 놓인 접시에서 고개를 든다면 그건 놀랐기 때문이다. 혐오스러워하는 것 말고는 아무것도 할 수 없기 때문이며, 그들이 어떻게 아직 이해하지 못하는지 놀랐기 때문이다. 이럴 때는 말을 하지 않아야 한다는 것을 그들은 나와 함께 이해하게 된다. 하지만 다시 잊어버리고, 할머니를 화나게 했고, 화나게 하면 안 된다는 걸 기억해 내고는 속삭이며 말을 한다.

"오빠, 또 많이 마시네."

닐귄이 이렇게 말했다.

"뭘 그렇게 속삭이니?"

마님이 물었다.

"아무것도 아니에요. 할머니, 가지 왜 안 드세요? 오늘 저녁 레젭이 가지 튀김을 했는데, 그렇지요, 레젭?"

닐귄이 말했다.

"네, 아가씨."

나는 이렇게 대답했다.

마님은 기만당하는 것을 싫어해서, 역겹다는 걸 나타내려고 얼굴을 찡그렸다. 그렇게 얼굴은 습관적으로 그런 표정으로 남아 버렸다. 왜 역겨워했는지를 잊었지만, 혐오해야 한다는 건 절대 잊지 않으려고 결심한 늙은 얼굴……. 그들은 입을 다물었고, 나는 식탁에서 두세 걸음 떨어진 곳에서 기다렸다. 늘 같은 것들. 멍청한 불나방이 날고 있는 희미한 불빛 아래서 포크와 나이프가 부딪치는 소리만 들리는 저녁 식탁. 정원도 고요해진다, 때로 귀뚜라미들, 때로 사각거리는 나무들도. 멀리서 들려오던, 여름 내내 정원 너머에 사는 사람들이 주고받던 인사도 잠잠해졌다, 나무에 걸린 형형색색의 전구, 자동차, 아이스크림……. 겨울에는 이런 것들도 없다. 벽 너머에 있는 나무들 사이의 조용한 어둠은 나를 소름끼치게 만든다, 그러면 고함을 치고 싶다, 하지만 그럴 수 없다. 마님과 이야기를 나누고 싶다, 하지만 그녀는 말을 하지 않는다, 나는 아무 말도 하지 않는다, 사람이 어떻게 이렇게 조용히 지낼 수 있는지 놀라며 그녀를 바라본다. 식탁 위에서 돌아다니는 굼뜬 그녀의 손이 무섭다. 비명을 지르고 싶은 생각이 든다. 마님의 손은 늙고 가증스러운 거미 같아요! 옛날에는 도안 씨가 조용했다, 의기소침한 아이처럼 고개를 숙이고 있었다, 마님은 그를 꾸중하곤 했다. 더 옛날에는 셀라하틴 씨가, 이제는 우렁차다기보다는 늙어 버린 소음으로, 폐로 어렵사리 공기를 나르면서 저주를 퍼붓고 또 퍼부었다……. 이 나라, 이 저주받을 나라!

"레젭!"

과일을 달라고 했다. 다 먹은 접시들을 가져가고, 미리 잘라 놓은 수박을 꺼내 갖다 주었다. 그들은 아무 말도 하지 않고 먹었다, 나는 부엌으로 내려갔다, 설거지 거리를 더운 물에 담갔다. 다시 위로 올라갔을 때도, 그들은 여전히 아무 말도 하지 않고 먹고 있었다. 어쩌면 이제 단어들이 어디에도 유용하지 않다는 걸 이해했기 때문일지도, 어쩌면 찻집에 있는 사람들처럼 쓸데없이 재잘거리고 싶지 않았기 때문일지도 모른다. 하지만 단어들이 사람들을 흥분시켰던 때도 있었다는 걸 알고 있다. 누군가 안녕, 이라고 인사를 건네고, 당신의 말을 듣는다, 당신의 삶을, 나중에는 자신의 삶을 말해 준다, 나는 듣는다, 이렇게 해서 서로의 눈으로 서로의 삶을 보게 된다. 닐권은 그녀의 어머니처럼 수박씨를 먹는다. 마님은 내게 머리를 내밀며 말했다.

"풀어 줘."

"할머니, 좀 더 앉아 계시지요."

파룩 씨가 말했다.

"내가 모시고 갈게요, 레젭, 신경 쓰지 마요…….''

닐권이 이렇게 말하던 차에, 마님은 턱받이가 풀리자 일어나 내게 기댔다.

우리는 계단을 올라갔다. 아홉 번째 계단에서 멈췄다.

"파룩이 또 마시고 있지, 그렇지?"

마님이 물었다.

"아니요, 마님, 왜 그렇게 생각하세요?"

"걔들을 감싸 주지 마!"

이렇게 말하며 지팡이를 든 손을 마치 아이를 때릴 것처럼 자동적으로 허공으로 올렸다. 나를 향한 건 아니었다. 잠시 후 우리는 다시 계단을 올라갔다.

"열아홉, 아, 다행이야."

그녀는 이렇게 말하고 방으로 들어갔다, 나는 그녀를 침대에 누이고 물었다. 과일은 됐다고 했다.

"문을 닫아!"

나는 문을 닫고 내려갔다. 파룩 씨는 숨겨 놓았던 병을 식탁 위로 꺼내 놓고 얘기를 나누고 있었다.

"머릿속으로 이상한 생각이 몰려와."

파룩 씨가 말했다.

"매일 저녁 말했던 거 말이야?"

닐권이 물었다.

"그래, 그런데 아직 전부 말한 건 아니야!"

파룩이 말했다.

"좋아, 말장난 한번 해 봐!"

닐권이 이렇게 말하자, 파룩 씨는 마음이 상한 듯 그녀를 쳐다봤다.

"내 머리는 벌레들이 돌아다니는 호두 같아!"

"뭐라고!"

"그래, 마치 내 뇌 속에서 벌레나 기생충이 돌아다니는 것 같아."

나는 더러운 접시들을 가지고 부엌으로 내려가 설거지를 했다. 셀라하틴 씨는, 이 기생충들은 창자 안에서 돌아다닌단다, 날고기를 먹거나 맨발로 돌아다니면 생기지, 알아들었어? 우리는 시골에서 막 올라왔기 때문에 이해하지 못했다. 어머니는 돌아가셨고, 도안 씨가 우리를 불쌍히 여겨 여기로 데리고 왔다. 도안 씨는, 레젭, 넌 우리 어머니를 도와 집안일을 하고, 이스마일도 함께 살도록 해, 아래층에서. 이 방에서 살아, 너희들을 위해 뭔가를 해 줄 테니, 그 두 사람의 죗값을 왜 너희들이 갚아야 하는데, 왜? 라고 했다. 나는 아무 말도 하지 않았다……. 우리 아버지도 잘 돌봐줘, 지나치게 마신다고 하니까, 알겠지, 레젭? 나는 역시 아무 말도 하지 않았다, 알겠습니다, 도안 씨, 라고조차 말하지 못했다. 그는 우리를 이곳에 데려다 놓은 후 입대했다. 마님이 설명해 주어, 나는 부엌일을 배웠다. 셀라하틴 씨도 가끔 와서 물었다. 레젭, 시골 생활은 어땠어? 그곳에서 사람들이 뭘 하는지 나한테 말해 봐, 사원이 있니, 넌 사원에 다녔어? 지진은 왜 생기는 것 같아? 계절을 만드는 건 무엇일까? 내가 무섭니, 아들아, 무서워하지 마라, 나는 네 아버지다, 네가 몇 살인지 아니, 네 나이도 모른다고, 알겠다, 너는 열세 살일 것이고, 네 동생 이스마일은 열두 살이다. 무서워서 말을 못하는 게 당연하지, 너희들에게 신경을 못 썼다, 그래, 너희들을 시골로, 그 바보들 곁으로 보내야만 했어, 하지만 나도 어쩔 수 없었다. 이렇게 방대한 작품을 쓰고 있단다, 이 안에 모든 지식이 있어, 백과사전이 뭔지 들어 본 적 있니? 아, 어디서 들었겠느냐, 알았다, 알았다, 무서워하지 마, 네 엄마가 어떻게 죽었는지 말해 주렴, 정말 좋은 여자였지, 엄마가 다 말해 주지 않더냐? 알겠다, 너는 설거지를 해, 파트마가 너희들에게 나쁘게 대하면 곧장 위층 내 서재로 와서 나한테 얘기해, 알았지, 두려워하지 마! 나는 두려워하지 않았다. 나는 설거지를 하고, 일을 했다, 사십 년간. 생각에 빠져 있었나 보다. 설거지를 끝내고 식기들을 제자리에 놓았다. 힘이 들어 앞치마를 벗고 앉았다, 좀 쉬어야지, 커피가 생각나서 그들에게 갔다. 여전히 얘기를 나누고 있었다.

"낮에는 기록 보관소에 있는 그 많은 글과 문서를 읽고, 저녁에는 집에 돌아와 머리 안을 들여다보는 걸 난 이해할 수 없어!"

닐권이 말했다.

"그럼 어디를 봐야 해?"

파룩이 말했다.

"현상들을 봐! 일어났던 것들, 원인들을……."

"하지만 전부 종이에 쓰여 있어……."

"종이에 있지만, 바깥 세계에 대응되는 것이 있잖아……. 없어?"

"있어."

"바로 그것들을 써!"

"하지만 읽다 보면, 그것들이 바깥 세계가 아니라 내 머릿속에서 일어나. 머릿속에 있는 것들을 쓸 수밖에 없어. 그리고 머릿속에는 벌레들이 있어."

"말도 안 돼!"

닐권이 말했다.

그들의 의견이 화합되지 않았다. 말없이 정원을 바라보고 있었다. 약간 실망하고, 슬프지만 궁금한 듯한 모습이었다. 마치 자신들이 보는 곳을 보지 않고, 정원이나 무화과나무, 귀뚜라미가 숨어 있는 풀들을 보지 않고, 자신들의 생각을 보고 있는 것만 같았다. 생각 속에서 무엇을 보고들 있니? 고통, 슬픔, 희망, 호기심, 기다림, 결국은 같은 것이 남는다. 그 사이에 뭔가를 넣지 않으면, 내가 어디서 들었지, 스스로를 빻는 맷돌처럼 너희들 이성은 자신을 파괴해 버리고 말 거야. 그렇다면? 그 사람 미쳤대! 셀라하틴 씨는 조용한 의사였고, 정치에 관여했다가 이스탄불에서 유배되었고, 책에 파묻혀 미쳤다고 했다. 거짓말쟁이들, 뒷말을 좋아하는 나쁜 사람들. 아니야, 그는 미친 사람이 아니야, 내 눈으로 봤어, 저녁을 먹은 후 술을 마시고, 가끔 지나치게 많이 마시지만 무슨 죄가 있어, 그는 종일 책상에 앉아 글을 쓴다. 그리고 가끔 나와 얘기를 나누곤 했다. 어느 날 그는, 세상은 그 금단의 열매와 같단다, 그것을 따 먹지 않지, 왜냐하면 허황된 거짓말을 믿고 두려워하기 때문이지. 지식의 사과를 나뭇가지에서 따, 두려워하지 마, 내 아들 레젭, 봐, 나는 땄단다, 자유로워졌단다, 자, 넌 세상을 손에 넣을 수 있어, 대답해 봐! 나는 두려웠고, 아무 말도 하지 않았다. 나는 나 자신을 안다. 나는 악마가 두렵다. 나는 그들이 두려움을 어떻게 극복했고, 무엇을 위해 극복했는지 알 수 없다. 밖에 나가 조금 걸어야지, 찻집에나 갈까?

"어떤 벌레?"

닐귄은 화가 난 듯 물었다.

"그냥 흔한 거. 원인 없는 많은 사건들. 많이 읽고 생각하고 나면 내 머릿속에서 꿈틀꿈틀 움직여."

"원인이 없기는."

닐귄은 이렇게 말했다.

"관련을 짓는 데 확신이 없어. 현상들이 알아서 관련지어졌으면 싶은데 그렇게 되지 않아. 어떤 인과관계를 찾아도 나 자신의 이성이 상정한 것임을 바로 느껴. 그러면 현상들은 끔찍한 기생충이나 벌레 들과 유사해져. 허공에서 흔들리듯 내 뇌의 주름들 속에서 꿈틀거리는 거야."

"그럼, 왜 그렇게 되는 것 같아?"

닐귄이 물었다.

"내 말 들어봐. 삶을, 그리고 역사를 있는 그대로 볼 수 있도록 우리 뇌 구조를 바꿔야 해. 난 이걸 이해하는 것 같아."

"어떻게?"

"어떻게 되는지는 모르겠어. 하지만 우리의 뇌는 계속해서 이야기를 찾고 삼키는 식충 같아. 우리는 이야기를 찾는 집착에서 벗어나야 해. 그렇게 되면 우리는 자유로워지고, 세상을 있는 그대로 볼 수 있을 거야! 알아듣겠어?"

"아니!"

"설명할 방법이 있을 거야. 하지만 찾을 수가 없어!"

파룩 씨가 이렇게 말했다.

"찾아봐!"

닐귄이 말했다. 파룩은 잠시 침묵하다가 잔에 담긴 술을 다 마시고는 갑자기 이렇게 말했다.

"난 늙었어."

그들은 아무 말도 하지 않았다. 이번에는 의견 일치를 보지 못해서가 아니라, 의견 차이가 있다는 데에 의견 일치를 본 걸 깨닫고 만족스러워하는 것 같았다. 두 사람이 서로 마주보며 아무 말도 하지 않으면, 마주보며 이야기를 나누는 것보다 더 의미가 있는 것 같다. 나에게도 그런 사람이 있다면, 나에게도 그런 친구가 있다면······.

"파룩 씨, 저는 찻집에 갑니다. 뭐 필요한 거 있으세요?"

"뭐라고, 아니 됐어."

나는 정원으로 나갔다. 풀의 서늘함이 느껴졌다. 대문을 나가면서 내가 찻집에 가지 않을 것을 알았다. 금요일 저녁 찻집은 붐빈다, 다시 똑같은 고통을 감수할 생각은 없다. 그래도 걸었다, 그 누구의 눈에도, 복권을 파는 이스마일의 눈에도 띄지 않게 멀리 찻집까지 걸어갔다. 밝은 창문 쪽으로 다가가지 않고 방파제로 나갔다. 아무도 없었다. 나무에 감겨 있는 형형색색의 전구가 물에 비쳐 흔들리는 걸 보며 앉아서 생각에 잠겼다. 잠시 후 일어나 비탈길을 올라가 약국으로 갔다. 케말 씨가 계산대에 앉아, 맞은편 밝은 매점에서 큰 소리로 떠들며 샌드위치를 먹는 고민 없는 사람들을 바라보고 있었다. 나를 보지 않았다. 그를 불편하게 하지 말아야지! 아무도 보지 않고, 인사도 나누지 않고 서둘러 집으로 돌아갔다. 대문을 닫자 소리가 들리고 나무 저편에 있는 그들이 보였다, 발코니의 작고 희미한 전등 빛 아래서. 한 명은 테이블 앞에, 다른 한 명은 테이블에서 약간 떨어져서 자신을 어렵사리 지탱하고 있는 의자 뒷다리를 천천히 흔들고 있었다. 오누이. 그들 머리 위에 쌓여 있는 침울한 삶의 구름이 놀라 달아나지 않도록, 폐에 더 많은 불행을 끌어들이기 위해, 움직이거나 소리를 내는 걸 두려워하는 것 같았다. 어쩌면 약간은 위층에, 열린 베니션 블라인드 뒤에서 돌아다니는 노인의 책망하는 시선을 더 화나게 하지 않기 위해서인지도 모른다. 이후 그 시선이 나를 보았다고 생각했지만, 그녀는 나를 보지 않았다. 마님의 간교하고 매정한 그림자가 창문에 나타났다. 손에 지팡이를 들고 있는 것 같은 모습으로 정원에 그림자가 드리워졌다. 잠시 후 갑자기 그림자가 물러났다, 마치 죄를 피하듯이. 나는 조용히 발코니로 올라갔다.

"이야기라고 하는 것은, 이야기가 아니라 사실이야! 세계를 설명하는 데 필요해."

닐귄이 말했다.

"나는 모든 이야기들을, 반대되는 이야기들을 알아."

파룩 씨가 약간 슬픈 듯 이렇게 말했다.

"그래서, 어떻게 되었는데? 오빠한테는 더 가치 있는 이야기가 없잖아!"

"알아, 없다는 거! 하지만 그래도 내가 다른 이야기에 혹해서 넘어갈 이유는 못 되지!"

파룩 씨가 질렸다는 듯이 말했다.

"왜?"

"모든 이야기에서 벗어나야만 해!"

파룩 씨가 약간 흥분한 듯 대답했다.

"편히들 주무세요, 저는 자러 갑니다."

내가 말했다.

"응, 레젭, 가서 자요, 식탁은 내일 아침에 내가 치울게."

닐귄이 말했다.

"나중에 고양이가 오는데. 난 알아, 아침 무렵에 고양이들이 온다니까. 나를 신경 쓰지도 않아, 겁 없는 것들."

파룩 씨가 말했다.

나는 부엌으로 내려갔다. 찬장에서 살구를 꺼냈다, 어제 먹다 남은 앵두도 함께 씻어서 위층으로 올라갔다.

"마님, 과일 가지고 왔어요."

아무 대답이 없다. 탁자 위에 올려놓고 문을 닫고 아래층으로 내려가 씻은 다음 내 방으로 갔다. 때로 내게 냄새가 난다는 걸 느낀다. 파자마를 입고, 전등을 껐다. 그리고 창문을 살짝 열고 침대로 들어갔다. 머리를 베개에 대고 아침을 기다렸다.

아침이 되면 일찍 나가서 걸어야지. 그다음에 시장에 가야지. 어쩌면 또 하산을 볼 수 있을 거야, 그리고 또 다른 사람들도 볼 수 있겠지. 얘기를 나누고 어쩌면 내 말도 들어 줄 거야! 얘기라도 재미나게 할 수 있으면 얼마나 좋을까! 그러면 내 말을 들어 줄 텐데! 그렇게 되면, 파룩 씨, 너무 많이 마시네요, 이렇게 가다가는 파룩 씨 아버님처럼, 할아버님처럼, 신이여 도우소서, 위출혈로 죽을 겁니다! 라고 할 텐데. 갑자기 떠올랐다. 라심이 죽었대, 내일 정오에 장례식에 가야 한다. 정오의 더위 속에서 관 뒤를 따라 그 비탈길을 올라가야 한다. 이스마일을 만나야지, 잘 있었어, 형, 왜 우리 집에 안 오는 거야? 라고 하겠지. 항상 같은 말! 나의 어머니와 시골에 있는 아버지가 나와 이스마일을 의사에게 데려갔던 때를 기억했다. 의사는 내가 어렸을 때 매를 맞아서 난쟁이가 됐다고 했다. 애들이 햇빛을 많이 보게 하시오, 동생의 다리도 햇빛을 많이 쬐고. 어쩌면 나을 수도 있소. 그러면 큰애는요, 어머니가 이렇게 물었다. 나는 귀를 쫑긋 세우고 들었다. 걔는 이제 회복되지 않아요, 그 애는 항상 이렇게 작을 거요, 하지만 이 알약을 먹이면 어쩌면 도움이 될 거요, 의사는 이렇게 말했다. 나는 알약을 먹었지만 효과는 없었다. 잠시 마님을, 지팡이를 그리고 그녀의 비열한 짓을 생각했다. 생각하지 마, 레젭! 잠시 후 그 아름다운 여인을 생각했다. 그녀는 매일 아침, 9시 반에 잡화점에 온다, 그다음에는 정육점으로. 요즈음에는 보이지 않는다. 키가 크고, 허리가 가늘고, 머리가 검은 미녀! 좋은 냄새도 났다. 정육점에서도. 나는 그녀와 얘기를 나누고 싶다. 부인은 하인이 없으세요, 쇼핑을 직접 하시는데, 남편분은 부자가 아닌가요? 기계로 고기를 가는 걸 보고 있는 모습이 얼마나 아름답던가! 생각하지 마, 레젭! 나의 어머니도 검은 머리였다. 가련한 어머니! 우리는 이렇게 되었어요. 나는 계속 집에 있어요, 봐요, 봐, 여전히 이 집에. 넌 너무 많이 생각해, 생각하지 말고 자! 하지만 아침에는 생각을 할 수 없는데. 잠이 들면 얼마나 좋을까! 조그맣게 하품을 했다. 그러다 갑자기 소름이 끼치도록 놀랐다. 아무런 소리가 없다. 찍소리도 나지 않는다. 이상하네! 겨울밤처럼. 추운 겨울밤에 소름이 끼치면 이야기를 생각한다. 다시 생각해 봐! 신문에 나왔던 거? 아냐, 어머니가 해 준 이야기를 생각해 봐. 옛날에 한 파디샤에게 세 아들이 태어났습니다. 하지만 그 전에는 아들이 없었기 때문에 파디샤는 아들이 하나 있었으면 하고 많이 근심했습니다. 신에게 간청했습니다. 나는 어머니가 이 이야기를 해 줄 때, 우리처럼요, 라고 생각했다. 우리 같은 아들들도 없었나, 파디샤는? 아, 불쌍한 파디샤, 나는 그가 불쌍했다, 그리고 어머니와 이스마일과 나를 더 사랑했다. 우리의 방을, 물건들을……. 어머니가 해 준 이야기 같은 책이 있다면, 글자도 크고, 그걸 읽으면 얼마나 좋을까……. 읽으면서 그들을 생각하며 잠이 들면 얼마나 좋을까······. 꿈속에서 그들을, 가련한 파디샤를 보면 얼마나 좋을까. 그들은 행복할까? 옛날에는 모두 행복했다. 사람은 꿈속에서 행복해진다. 때로는 두렵기도 하지만. 그래도 아침에 그 두려움을 생각하면 좋지, 꿈속에서 느꼈던 두려움을 좋아하지, 그렇지? 잡화점에서 본 아름다운 검은 머리 여자를 생각하는 것을 좋아하는 것처럼 좋아하지, 넌. 자, 이제, 아름다운 여인을 계속 생각하며 잘 자렴.

20

　저녁 식사를 마치고 아버지가 복권을 들고 일찍 가지노로 가자, 나도 어머니가 무슨 말을 하기 전에 집을 나섰다. 찻집에 가 보니 모두 와 있었고, 새로 온 아이도 둘 있었다. 무스타파는 그 애들에게 설명을 해 주고 있었다. 나는 그 누구의 주의도 끌지 않고 앉아서 그 설명을 들었다. 그래, 세계는 두 강대국에 의해 나눠지려고 해, 유대인 마르크스는 거짓말을 하고 있어. 세계에 질서를 부여하는 것은 그가 계급투쟁이라고 했던 그것이 아냐, 민족주의야, 러시아가 가장 민족주의자고 제국주의자야. 무스타파는 이렇게 말하고는 다시 세계의 중심은 중동이고, 중동의 열쇠는 터키라고 했다. 강대국들이 우리를 이간질하려고, 공산주의에 대항하는 연대감을 와해하려고, 스파이를 보내 "넌 무슬림이냐 아니면 터키인이냐."라는 논쟁을 벌인 일을 말해 주었다. 이런 스파이들이 사방에 있고, 우리 속으로 침투했어. 그래, 안타깝게도 그들은 우리 사이에 있을 수도 있어, 라고 그는 말했다. 우리는 잠시 아무 말도 하지 않았다. 그 후 무스타파는 우리가 옛날에는 결속된 하나였다. 그러니 야만인인 '터키인'이 지나간 자리에는 풀도 나지 않는다고 비방했던 기만적인 제국주의자인 유럽인들이 피를 토하게 할 수 있을 거라고 했다. 이런 말을 듣자 추운 겨울밤 기독교인들을 벌벌 떨게 하는 말발굽 소리가 들리는 듯했다. 잠시 후 우리 운동에 새로 동참한 바보 같은 두 애송이 중 하나가 이렇게 물어 갑자기 아주 화가 났다.

"그렇다면 형님, 우리 나라에도 석유가 나온다면, 우리도 아랍인들처럼 부자가 되어 발전할 수 있을까요?"

모든 것이 돈, 모든 것이 물질인 것 같다! 하지만 무스타파는 인내심을 가지고 다시 설명했다. 하지만 나는 듣지 않았다. 이미 알고 있었기 때문이다. 나는 이제 신참이 아니었다. 신문이 있기에 집어 들고 구인 광고를 살폈다. 무스타파는 그들에게 늦은 시간에 다시 오라고 했다. 그들도 영원한 복종이 규율이라는 걸 배웠음을 보여 주려는 듯 존경을 표하는 인사를 하고 나갔다.

"오늘 밤에 구호를 쓸 거야?"

내가 물었다.

"그래, 우린 어젯밤에도 썼어, 넌 어디 있었냐?"

무스타파가 물었다.

"집에서 공부했어."

내가 말했다.

"공부를 했다고? 몰래 훔쳐보는 짓을 한 게 아니고?"

세르다르는 능글맞게 히죽거렸다. 그의 말이 신경 쓰이진 않았지만 무스타파가 진지하게 받아들였을까 봐 겁이 났다.

"오늘 아침 해변 앞에서 우연히 나한테 걸렸어. 어떤 여자애를 주시하고 있더군. 여자애는 상류층인데, 그 애한테 빠졌대. 빗도 훔치고."

세르다르가 말했다.

"훔쳤다고?"

"이봐, 세르다르, 도둑이라고 하지 마. 가만 안 있을 거야."

"그럼 그 빗을 여자애가 너한테 줬단 말이야?"

"그래, 그 애가 줬어."

"왜 그런 여자애가 너한테 빗을 줘?"

"넌 그런 거 이해 못하겠지."

"훔쳤잖아! 사랑에 빠진 바보, 훔쳤다고!"

갑자기 신경질이 났다. 그래서 호주머니에서 빗 두 개를 꺼냈다.

"봐! 오늘은 다른 빗까지 줬어. 아직도 못 믿는 거야?"

"어디 봐."

세르다르가 말했다.

"자!"

나는 빨간색 빗을 건네 줬다.

"안 돌려주면 내가 어떻게 할지 오늘 아침 배웠을 거야."

"초록색 빗하고는 완전히 다른걸. 그런 여자애가 쓸 빗이 아닌데."

세르다르가 말했다.
"걔가 쓰는 걸 내 눈으로 봤어. 그 애의 가방에 똑같은 게 들어 있어."
"그럼 그 애가 준 게 아니네."
"왜? 똑같은 빗을 두 개 살 수 없단 거야?"
"불쌍한 놈. 사랑 때문에 얼이 빠졌군, 지가 뭐라고 하는지도 모르니 말이야."
"내가 그 애를 안다는 말을 못 믿겠어?"
나는 이렇게 소리 질렀다.
"그 여자애가 누구야?"
무스타파가 물었다.
나는 놀랐다. 그러니까 무스타파가 우리 말을 듣고 있었던 것이다.
"얘가 상류층 여자애한테 빠졌어."
세르다르가 말했다.
"그래?"
무스타파가 물었다.
"여자애의 빗이나 훔치고 있으니까 그렇지."
세르다르가 말했다.
"아냐!"
내가 말했다.
"아니긴 뭐가 아니야?"
무스타파가 말했다.
"걔가 나한테 줬단 말이야."

"왜 줬는데?"

무스타파가 물었다.

"나도 몰라. 아마도 선물로 주려고 했겠지."

"그 여자애가 누군데?"

"그 애가 나한테 초록색 빗을 선물로 줬고, 나도 뭔가 선물해 주고 싶어서 이 빨간색 빗을 산 거야. 하지만 세르다르 말처럼 이 빨간색은 질이 안 좋은 빗이야. 초록색보다 떨어져."

"둘 다 그 애가 줬다고 했잖아?"

세르다르가 말했다.

"그 애가 누구냐고 묻잖아!"

무스타파가 소리를 질렀다.

"어렸을 때 알고 지내던 애야. 나보다 한 살 많아."

"큰아버지가 하인 일을 하는 집의 애래."

세르다르가 말했다.

"그래? 말해 봐!"

무스타파가 다그쳤다.

"응, 큰아버지가 그 집에서 일해."

"그러니까 그 상류층 애가 괜히 너한테 빗을 선물했단 말이지?"

"하면 안 돼? 걔를 안다고 했잖아."

"이 새끼 너 도둑질하는 거야? 바보 같은 새끼!"

갑자기 무스타파가 소리를 질렀다.

나는 놀랐다. 거기 있던 사람들이 다 들었을 것이다. 나는 땀을 흘리며, 아무 말도 하지 않았다. 고개를 숙이고, 여기에 없었으면 좋았겠다, 라고 생각했다. 지금 집에 있었으면, 아무도 간섭하지 않았을 것이다. 마당으로 나가서 먼 곳에서 반짝거리는 불빛을 바라보았을 것이다. 먼 곳으로 가는 조용한 배에 켜져 있는 오싹한 전등을 보며 흥분했을 것이다.

"너 도둑이냐, 대답해 봐!"

"아니, 도둑 같은 거 아니야."

이렇게 말하고 나서 뭔가가 떠올라 살짝 웃으며 이렇게 덧붙였다.

"좋아, 사실대로 말하지! 모두 장난이었어. 뭐라고 하는지 보려고 아침에 세르다르에게 농담을 했는데, 얘가 이해를 못했어. 그래, 난 이 빨간 빗을 가게에서 샀어. 가게에 가서 같은 거 있냐고 물어봐도 돼. 이 초록색 빗은 그녀 거야. 길에서 떨어뜨렸고, 내가 발견했어. 돌려주려고 기다리고 있었어."

"니가 걔 하인이라도 되냐, 기다리게?"

"아냐. 우린 친구야, 우리가 어렸을 때……."

"멍청한 놈, 상류층 여자애한테 빠졌어."

세르다르가 말했다.

"아냐, 그렇지 않아."

"그럼 왜 문 앞에서 기다리고 있었는데?"

"왜냐하면, 내 것이 아닌 걸 가지고 있으면서 그걸 주인에게 돌려주지 않으면, 진짜 도둑이 되니까."

"이놈은 우리가 자기처럼 바보인 줄 아나."

무스타파가 말했다.

"거봐, 그 여자애한테 아주 지독하게 빠졌다니까!"

세르다르가 말했다.

"아냐!"

"닥치지 못해, 멍청한 놈!"

무스타파가 갑자기 소리를 지르며 말했다.

"부끄러운 줄도 모르고. 난 또 이놈이 뭐가 될 놈이라고 생각했지. 여기 와서는, 나한테 큰일 좀 주세요, 라고 하기에 싹수가 있다고 생각했는데. 그런데 완전히 상류층 여자애의 노예가 되었군."

"그렇지 않아!"

"넌 요 며칠 동안 몽유병 환자 같았어. 어젯밤 우리가 구호를 쓰고 있을 때, 넌 그 애 집 앞에 가 있었지?"

"아니."

"게다가 도둑질을 해서 우리를 수치스럽게 해? 됐어, 이제 여기서 꺼져!"

무스타파가 말했다.

우리는 잠시 아무 말도 하지 않았다. 나는, 지금 집에 있었다면, 하고 생각했다. 집에서 평온한 마음으로 수학 책을 펼쳤을 텐데.

"부끄러운 줄도 모르는 놈, 아직도 앉아 있잖아! 난 이제 이놈이 필요 없어!"

무스타파가 말했다.

나는 그를 쳐다봤다.

"신경 쓰지 마, 형, 확대하지 말라고."

세르다르가 말했다.

나는 또 그를 쳐다봤다.

"이 인간을 내 앞에서 데리고 가. 상류층을 사랑하는 놈이 내 앞에 있는 건 못 참아!"

"용서해! 봐, 떨고 있잖아, 내가 사람으로 만들게. 앉아, 무스타파."

"아냐, 난 갈 거야."

그는 정말로 가고 있었다.

"안 돼, 형. 앉아 봐."

세르다르는 이렇게 말했다.

무스타파는 일어서서 바지 벨트를 만지작거렸다. 나는, 일어나서 한 대 칠까, 라고 생각했다. 죽여 버리겠어! 하지만 결국, 혼자 남고 싶지 않으면, 나를 오해하지 않도록 설명해야 한다고 생각했다.

"난 그 애를 사랑할 수 없어, 무스타파!"

"너희들은 오늘 저녁에 와."

무스타파는 다른 아이들에게 말했다. 그런 후 나를 보며 이렇게 말했다.

"넌 이곳에 다시는 얼씬거리지 마. 우리를 알지도 못하고 보지도 못한 거야."

나는 잠시 생각한 후 그에게 말했다.

"잠깐만!"

그러고는 갑자기 내 목소리가 떨리는 것도 신경 쓰지 않고 말했다.

"내 말 들어 봐. 그럼 이해할 거야."

"뭘?"

"나는 그 애를 사랑할 수 없어. 왜냐하면 걔는 공산주의자거든."

"뭐?"

"그래! 맹세해, 내 눈으로 봤어."

"뭘 봤는데?"

그는 소리를 지르며 내게 한 걸음 다가왔다.

"신문. 그녀는 《줌후리예트》 신문을 읽어. 매일 가게에서 《줌후리예트》를 사서 읽는다고. 앉아, 무스타파, 설명할게."

나는 목소리가 떨리지 않도록 잠시 입을 다물었다.

"이 정신 나간 멍청한 놈. 그럼, 공산주의자에게 **빠졌단 말이야!**"

그는 이렇게 소리 질렀다.

순간 그가 나를 칠 거라고 생각했다. 나를 친다면 죽여 버릴 거다.

"아니. 나는 공산주의자를 사랑할 수 없어. 그렇게 되었을 때는 그 애가 공산주의자라는 걸 몰랐어!"

"뭐가 그렇게 되었을 때야?"

"그 애에게 빠졌다고 생각했을 때! 앉아, 무스타파, 설명해 줄게."

"좋아, 앉겠어. 거짓말을 하면 가만두지 않을 거라는 거 알지?"

"먼저 앉아서 내 말 좀 들어. 오해하지 말고."

잠시 말을 멈추고는 계속 이어 나갔다.

"담배 한 대만 줘!"
"너 담배도 시작했냐?"
세르다르가 물었다.
"아무 말 말고 쟤한테 담배 한 대 줘."
무스타파는 이렇게 말하고는 결국 자리에 앉았다.
야샤르가 담배를 줬다. 내 손이 떨리는 건 보지 못했다. 그가 성냥을 켰기 때문이다. 그런 후 궁금한 표정으로 내 말을 기다리는 셋을 보고 잠시 생각하다 이렇게 말문을 열었다.
"내가 그 애를 보았을 때 걔는 묘지에서 기도를 하고 있었어. 그래서 그녀가 상류층을 모방하는 애가 아닐 거라고 생각했어. 왜냐하면 머리엔 스카프를 쓰고 있었고, 손은 할머니와 함께 신을 향해 벌리고 있어서……."
"얘 지금 뭐라고 하는 거야?"
세르다르가 말했다.
"닥쳐."
무스타파는 세르다르에게 이렇게 소리치고 나에게 물었다.
"넌 묘지에 무슨 볼 일이 있었어?"
"사람들이 거기에 꽃을 놓고 가거든. 아버지가 밤에 옷깃에 카네이션을 꽂고 나가면 가지노 손님들이 복권을 더 많이 산대. 나한테 묘지에 꽃이 있는지 보고 오라고 하셔."
"알았어!"
"그날 아침에 꽃이 있나 보려고 묘지에 갔다가, 그녀 아버지 무덤 앞에서 걔를 봤어. 스카프를 쓰고 손은 신을 향해 벌리고 있더군."

"거짓말 마! 그 여자애를 오늘 해변에서 봤어, 홀딱 벗고 있었어!"

세르다르가 말했다.

"아니야, 수영복을 입고 있었어. 하지만 묘지에 있을 때는 그런 애라는 걸 아직 몰랐어!"

"알았어, 그 여자애가 공산주의자란 말이야? 아니면 너 지금 날 갖고 노는 거야?"

"아냐. 사실이야. 설명하고 있잖아……. 걔가 거기서 그렇게 기도하고 있는 걸 보자, 나는 약간, 그래, 인정해, 놀랐어. 왜냐하면 어렸을 때는 그렇지 않았거든. 나는 그 애의 어린 시절을 알아. 착한 애는 아니었지만 그렇다고 나쁜 애도 아니었어. 너희들은 그 사람들 모르잖아. 이렇게 생각하고 또 생각하면서 결국 내 머리도 혼란해졌어. 그 애가 궁금했어, 지금은 어떤 사람이 되었을까, 이런. 이렇게 궁금해서 뒤를 따라가고, 관찰하기 시작했어. 뭐 약간은 재미로……."

"할 일 없이 배회하는 건달 놈!"

무스타파가 말했다.

"사랑에 빠졌으니 뭐!"

야샤르가 말했다.

"닥쳐!"

무스타파는 야샤르에게 이렇게 말하고는 나를 돌아보며 물었다.

"공산주의자라는 건 어떻게 알았어?"

"따라다니다가. 아니, 이제는 따라다니지 않아. 그때, 우연히, 내가 코카콜라를 마시고 있던 가게로 그 애가 들어왔고, 《줌후리예트》를 샀어, 그걸로 알았지."

"단지 그것뿐이야?"

무스타파가 말했다.

"아니, 그것만은 아냐."

나는 이렇게 말하고 잠시 침묵한 후 말했다.

"그 애는 매일 아침 그 가게로 가서 《줌후리예트》만 사고, 다른 신문은 사지 않아. 추호도 의심의 여지가 없어. 그리고 여기 있는 상류층 사람들과도 관계를 끊었대."

"그 애가 아침마다 《줌후리예트》를 사는데, 너는 그걸 우리에게 숨겼어, 왜냐하면 여전히 그 애를 사랑하고 있고, 그래서 뒤를 따라다니는 거지, 그렇지 않아?"

"아냐, 그 애는 오늘 아침에 《줌후리예트》를 샀어."

"거짓말 마, 이걸 그냥 콱. 아침마다 《줌후리예트》를 산다고 방금 말했잖아!"

무스타파가 말했다.

"아침마다 가게에 가서 뭔가를 샀어, 하지만 걔가 산 게 뭔지는 나도 몰랐어. 《줌후리예트》를 산다는 건 오늘 아침에 처음 봤어."

"얘 거짓말한다니까."

세르다르가 말했다.

"모르겠다. 좀 있다 가만두지 않을 거야. 공산주의자라는 걸 알면서도 뒤를 따라다녔군. 그런데 이 빗들은 뭐야? 사실대로 말해."

"말하고 있잖아. 내가 걔를 따라다닐 때 떨어뜨렸어. 그때 주운 거야. 그러니까 훔치지 않았다고……. 하나는 우리 엄마 거야. 맹세해."

"엄마 빗을 왜 갖고 다니는데?"

나는 담배를 한 모금 빨았다. 이제는 내가 뭐라고 해도 믿을 생각이 없다는 걸 알았기 때문에 입을 다물었다.

"너한테 묻잖아!"

"좋아, 하지만 내 말을 믿지 않잖아. 맹세컨대 지금 나는 사실을 말하고 있어. 그래, 이 빨간색 빗은 우리 엄마 거 아니야. 창피해서 엄마 거라고 했어. 빨간 빗은 그 애가 오늘 가게에서 산 거야."

"신문하고 같이?"

"그래, 신문하고 같이. 가게 주인한테 물어봐도 돼."

"그다음에 너한테 줬단 말이야, 그러니까?"

"아니!"

나는 조금 시간을 둔 뒤 말했다.

"그 애가 간 뒤에 나도 그 빨간 빗을 한 개 샀어."

"왜?"

무스타파가 소리쳤다.

"왜냐고? 왠지 모르겠어?"

"저놈 주둥이를 한 대 갈겨 버릴까!"

세르다르가 이렇게 말했다.

무스타파만 없었다면 내가 저놈을 가만두지 않을 텐데, 하지만 무스타파가 고함을 지르고 있었다.

"사랑에 빠졌기 때문이냐, 이 멍청한 놈아? 이제 그 애가 공산주의자라는 걸 알잖아. 너 스파이야?"

이제는 내가 뭐라고 해도 믿지 않을 거라고 생각했다. 나는 잠시 아무 말도 하지 않았다. 하지만 그가 고함을 질러 대자, 나는 마지막으로 한 번 더 내가 공산주의자를 사랑하지 않는다는 걸 믿게 해야겠다고 생각했다. 나는 담배를 바닥에 던지고는 마음이 평온한 듯 발로 밟아 껐다. 그런 다음 빨간 빗을 세르다르의 손에서 집어 들고 구부려 보이고는 이렇게 말했다.

"이렇게 좋고 싼 빗이 25리라라면 너도 놓치고 싶지 않을걸."

"빌어먹을 놈! 정신 나간 놈, 거짓말쟁이!"

무스타파는 이렇게 소리 질렀다.

그래서 나는 말을 하지 않기로 했다. 이제 너희들과 말할 생각도 없어, 알겠어? 너희들이 나를 끼워 주든지 안 끼워 주든지 어차피 난 좀 있다 집에 갈 거야. 수학을 공부하다가, 때가 되면 어느 날, 위스퀴다르에 갈 테니 큰 건을 하나 줘, 라고 해야지. 젠네트히사르에 사는 사람들은 서로에게 스파이라고 하는 것 말고는 아무것도 하지 않아, 나한테 큰 건수를 하나 줘! 어차피 좀 있다 집에 갈 테니, 이제 읽다 만 저 신문이나 읽어야지. 신문을 펼쳤다. 그들을 무시하고 신문을 읽었다.

"이제 어떻게 했으면 좋겠어, 얘들아?"

무스타파가 물었다.

"아직도 《줌후리예트》를 팔고 있는 가게 말이야?"

세르다르가 물었다.

"아니, 가게를 말하는 게 아냐. 공산주의자에게 빠진 저 명청한 놈을 어떻게 할까 그 말이야."

"용서해 줘, 형, 진지하게 받아들이지 마. 이미 후회하고 있는데 뭘."

세르다르가 말했다.

"그러니까 공산주의자들의 밥이 되게 놔두란 말이야? 이놈은 그 여자애한테 당장 달려가서 전부 다 말할걸."

무스타파가 말했다.

"패 줄까?"

세르다르가 말했다.

"공산주의자 여자애한테 아무것도 안 하고 우리 가만히 있을 거야?"

야샤르가 물었다.

"위스퀴다르에서처럼 해 주자!"

"가게 주인에게도 본때를 보여 줘야 돼!"

세르다르가 말했다.

그런 후 잠시 속삭였고, 투즐라에서 공산주의자들이 우리한테 어떻게 했는지를 얘기했다. 그리고 나에 대해서도 무슨 정신 나간 놈처럼 말했다. 그리고 《줌후리예트》를 읽는 여자애를 위스퀴다르행 배 안에서 희롱했던 얘기를 했다. 하지만 나는 신경을 쓰지도, 그들의 대화를 듣지도 않았다. 신문을 읽었다. 나는 경험 많은 프로 운전사가 아니다, 영어를 아는 텔렉스 전화 교환원이 아니다, 알루미늄 덧문 절단 작업 경험자가 아니다, 안경 일도 모르고 약사 보조도 아니다, 전화를 받아 본 적도 없고, 군복무를 마친 전기공도 아니며, 바지 작업대에서 일할 기계공도 아니다. 빌어먹을, 하지만 그래도 나는 이스탄불에 갈 거다, 어느 날 큰일을 하면, 그래, 그래, 그래, 나는 그 일을 생각했다. 그게 정확히 무슨 일인지 모르기 때문에, 다시 신문 1면을 보고 싶었다. 큰 사건들 사이에서 내 이름을 보고, 내가 할 일을 찾기 위해서인 양. 하지만 신문은 찢어져 있었다. 1면을 찾을 수가 없었다. 신문이 아니라 나 자신의 미래를 잃어버린 느낌이었다. 내 손이 떨리는 걸 그들이 볼까 봐 숨기려는데 무스타파가 내게 무슨 말을 했나 보다.

"너한테 말하고 있잖아, 멍청아! 그 여자애가 언제 가게에 가냐니까?"

그는 소리를 질렀다.

"뭐? 해변에서 나온 다음에."

"병신! 걔가 해변에 몇 시에 가는지 내가 어떻게 알아!"

"9시, 9시 반에 해변에 가."

"니 똥은 니가 치워."

"걔 좀 때려 주라고 해!"

야샤르가 말했다.

"아니! 때리지 마, 그 애가 널 알지?"

"물론이야! 우린 인사도 나누는 사이야."

"정신 나간 놈, 아직도 자랑하는군!"

무스타파가 말했다.

"그래, 그러니까 용서해."

세르다르가 말했다.

"아니, 이건 안 돼."

무스타파는 이렇게 말하고 나를 쳐다봤다.

"내 말 잘 들어. 내가 내일 9시 반에 그곳으로 가겠어. 날 기다려! 어느 가게야? 말해 봐! 걔가 《줌후리예트》를 사는 걸 내 눈으로 직접 봐야겠어."

"매일 아침마다 사!"

내가 말했다.

"닥쳐! 걔가 신문을 사면 너한테 신호를 보낼 거야. 그럼 그 애한테 가서 신문을 뺏고, 우린 여기에 공산주의자를 들여놓지 않는다고 해. 그런 후 신문을 찢어 버려. 알았어?"

나는 아무 말도 하지 않았다.

"알았냐고? 내 말 듣고 있어?"

"듣고 있어."

"좋아, 너 같은 정신 나간 자칼이라도 내가 죽여서 시체를 공산주의자들에게 넘길 테야. 내 눈은 이제 항상 너를 주시할 거야. 오늘 저녁에도 같이 구호 쓰러 와! 집에 가지 말고!"

나는 무스타파를 바로 그 자리에서 죽여 버리고 싶었다! 하지만 그러면 결국 네가 곤경에 처할 거야, 하산! 나는 아무 말도 하지 않았다. 잠시 후 담배를 한 대 더 달라고 했다. 그들은 주었다.

21

쥐네이트가 갑자기 창문을 열더니 어둠 속으로, 선생들은 전부 미친놈들이다, 라고 소리를 질렀다. 그가 선생들은 전부, 라고 신음할 때, 퀼누르가 폭소를 터뜨리며, 얘 취했어, 뽕 갔다니까, 얘들아 보고 있니, 라고 했다. 쥐네이트는 호모 새끼들이 올해 날 낙제시켰어, 너희들이 내 인생을 가지고 놀 권리가 어딨어, 라고 소리 질렀다. 갑자기 푼다와 제일란이 뛰어오더니, 쉿, 쥐네이트, 뭐 하는 거야, 이 시간에, 새벽 3시가 되었어, 이웃 사람들이 다 자고 있잖아, 라고 하자, 빌어먹을 이웃들, 날 내버려 둬, 누나, 이웃들도 선생들하고 한패야, 라고 대꾸했다. 그러자 제일란이, 다시는 이런 거 하지 마, 라며 쥐네이트의 손에서 대마초를 빼앗으려고 했다. 하지만 쥐네이트는 뺏기지 않으려 하면서, 모두들 피우는데 왜 나한테만 그래, 라고 했다. 푼다는 끔찍한 음악과 소음 속에서 자신의 목소리가 들리도록 큰 소리로, 그럼 조용히 해, 고함지르지 마, 알겠니, 라고 했고, 쥐네이트도 갑자기 진정이 되었다. 그러고는 증오와 혐오감은 한순간에 잊어버린 듯, 귀가 찢어지도록 울려 대는 유행하는 록음악 속에서 천천히 흔들거리기 시작했다. 그런 후 투란이 디스코텍 분위기를 낸다며 설치해 놓은 깜박이는 형형색색의 불빛 속으로 들어갔다. 나는 제일란을 쳐다봤다. 하지만 그녀는 별로 고뇌하는 표정이 아니었다, 아름다웠다, 가볍게 미소를 짓고 있었다, 슬프고, 멜랑콜리하게. 하느님, 나는 이 여자애를 사랑합니다, 뭘 해야 할지 알 수가 없습니다, 도와주세요. 얼마나 가련한 상태인가, 나 역시 누군가와 사랑에 빠져 결혼할 생각을 하는 가련하고, 의지 약하고, 여드름 난 터키 젊은이처럼 되는 것인가, 결국은, 학교의 발정난 놈들처럼, 여자애들을 무시하면서도, 결국 날이 밝도록 깨어 있다가 사랑을 고백하는 시를 쓰고 아무에게도 보여주지 않는 파일 속에 가련한 감정이 가득한 것들을 숨겨야만 아침이 되었을 때 완전한 남자가 된 듯 편안해져서, 재빨리 엉덩이를 더듬을 수 있겠지, 그만 생각해, 메틴, 모두들 역겨워, 나는 절대 그들과 닮지 않을 테야, 난 냉정하고 국제적인 부자에다 바람둥이가 될 거야, 그래, 그래, 콩테스 드 로슈폴티엥과 찍은 사진이 신문에 나고, 다음 해에는 미국에 거주하는 유명 터키 물리학자의 특별한 일상이 실리고, 어떤 여자와 이탈리아 알프스에서 손을 잡고 걷는 모습을 《타임스》지가 포착하고, 개인 요트로 바다 여행을 하며 터키에 왔을 때 멕시코 석유 재벌의 고명딸인 세 번째 부인과 함께한 사진이 《휘리예트》* 신문 1면에 나오면, 너, 제일란은, 난 메틴을 사랑해, 하고 생각할까, 그날, 아, 세상에, 난 너무 많이 마셨다, 다시 제일란을 쳐다봤다. 한두 모금 들이마신 대마초로 인해 상기된 너의 아름다운 얼굴을 보고 있을 때, 갑자기, 이성이 마비되고 흥분하여 미쳐 있는 아이들 중 하나가 내지르는 괴성이 들렸다, 하느님, 울부짖는 것도 들렸다, 이유는 알 수 없지만, 나도 괴성을 지르고 고함을 치고 싶은 마음이 들었고, 그래서 나도 그들과 함께 소리를 질렀다, 먼저 의미 없는 비명이 내 목에서 흘러나왔고, 그다음에는 나도 어찌할 수 없는 동물 같은 괴성을 지르고 있었는데, 갑자기 퀼누르가 들고 있던 대마초를 가리키며, 넌 조용히 해, 메틴, 너는 그들과 함께할 권리가 없어, 넌 안 피웠잖아, 라고 했다. 나는 농담이려니 하고 웃어 버렸다. 잠시 후 나는 진지하게, 나는 위스키를 한 병 다 비웠어, 알겠니, 위스키 한 병에는 바보 같은 대마초보다 더 많은 게 들어 있어, 게다가 나는 돌려 마시지도 않았어, 모두 나 혼자 들이켰어, 라고 했다. 하지만 내 말을 듣지 않았다. 겁쟁이, 몸만 사리는 놈, 왜 안 피우는데, 최소한 투란에게는 부끄러운 줄 알아, 입대하기 전 마지막 밤을 망칠 권리가 너한텐 없어, 라고 했다. 그렇다면, 좋아, 그녀의 손에 들린 걸 빼앗아, 봐, 제일란, 나도 너처럼 연기를 들이마시는 걸, 널 사랑해, 한 모금 더 빨았다, 퀼누르가, 그래, 그렇게 하는 거야, 라고 했다, 나는 조금 더 들이마시고는 넘겨줬다, 그때 내가 너를 보고 있

---

* '자유'라는 의미로, 터키 대표 일간지 중 하나.

다는 걸 귈누르가 눈치챘어, 제일란. 귈누르는 폭소를 터뜨리고는, 이봐, 메틴, 네 것도 맛이 갔는걸, 그녀를 잡으려면 고통이 많이 따를 거야, 라고 했다. 나는 그녀가, 제일란, 니 거 온다, 라고 했다고 생각했다. 나는 아무 말도 하지 않았다. 귈누르는, 쟤 꼬실 거니, 라고 물었다, 나는 아무 말도 하지 않았다, 귈누르는, 선수 치지 않으면 피크레트가 훔쳐 갈걸, 봐, 여기에 지금 새길게, 라며 두꺼운 담배 끝으로 쓰는 시늉을 하며 말했다. 나는 아무 말도 하지 않았다, 그녀가, 피크레트 어딨어, 라고 할 때 나는 손에 들고 있던 잔을 단숨에 들이켰다. 꼴사나운 일이 터지기 전에, 잔을 채우러 간다며 그곳에서 달아나는데 귈누르가 폭소를 터뜨렸다. 어둠 속에서 술병을 찾고 있는데, 어디서 왔는지는 모르지만 제이넵이 갑자기 나를 껴안더니, 자, 춤추자, 제발, 메틴, 음악이 정말 아름답잖아, 라고 했다. 나는 그녀에게, 그래, 라고 했다. 그녀가 나를 껴안았다, 여러분, 제가 아침부터 밤까지 제일란을 생각했다고 여기지 마십시오, 보세요, 제이넵이라는 이 뚱보 여자애와 춤을 춥니다, 하지만 나는 금세 지루해졌다, 그녀가 방금 배를 채운 고양이처럼 눈을 가늘게 뜨며 너무 로맨틱한 척을 했기 때문이었다, 이 상황에서 어떻게 벗어날까 궁리를 하던 차에 누군가 내 엉덩이를 걷어찼다, 빌어먹을, 전등을 끄며, 뽀뽀해, 뽀뽀해, 라고 소리 지르기 시작했다. 나는 그 어둠 속에서 커다란 베개 같은 후덥지근한 것을 밀치고 달아났다, 위스키와 잔이 어디 있는지 찾고 있는데 이번에는 내 얼굴에 진짜 베개가 날아왔다, 그래, 그렇단 말이지, 나도 어둠을 향해 강하게 주먹을 휘둘렀다, 그리고 투르가이가 신음하는 소리를 들었다. 부엌문 앞에서 외다트와 우연히 만났는데, 그가 나를 바보라는 듯 바라보는 걸 느꼈다, 그는 앞으로 몸을 내밀며, 형, 정말 멋진 일이지 않아, 라고 했다. 나는, 멋진 게 뭔데, 라고 물었다. 그는 놀라며, 형, 몰랐어, 우리 지금 약혼했어, 라며 책임감 강한 진중한 남편처럼 다정하게 세마의 어깨에 손을 둘렀다, 정말 잘됐지 않아, 형, 하고 말했고, 나는, 그래, 잘됐네, 라고 대꾸했다. 그래, 아주 멋진 일이야, 이건, 우리 약혼했는데 축하해 주지 않을 거야, 나는 축하하는 의미로 그의 볼에 입을 맞추었다, 세마가 갑자기 울 듯한 표정을 짓는 바람에 나는 놀랐다. 내가 막 가려는데 외다트가 나를 다시 붙잡았고, 우리는 또 볼에 입을 맞췄다. 우리의 이런 행동을 보고 영국 여자애가 우리를 호모로 생각할 것 같아 두려웠다. 학교 기숙사에서 어떻게 하면 호모로 전락시킬지 궁리하던 걸 떠올렸다. 저주받을 놈들, 미친놈들, 환자들, 정신 나간 놈들, 변태들, 그들은 털이 없으면 호모 취급을 했다. 다행히 나는 털이 있다, 있나, 물론, 있는 셈이지, 원하면 콧수염도 기를 수 있다, 웬만큼 어울릴 거다, 나는 털이 있다, 사실 한번은 쉴레이만이라는 새끼가 내 엉덩이를 더듬은 적이 있었다, 하지만 나도 그가 잘 때 그 위로 올라가 온 기숙사에 창피를 줘서 보복한 적이 있다. 그렇게 하지 않았다면 가련한 젬에게 그랬던 것처럼 이 발정난 놈들이 날 깔아뭉갰을 테니까. 야만인들, 야만인들, 하지만 진정해, 메틴, 신경 쓸 필요 없어, 넌 내년엔 미국에 있을 될 테니까, 하지만 앞으로 일 년은 더 이 정신 나간 나라에서 견뎌야 해, 파룩 그리고 닐권, 돈이 없어서 내년에 미국으로 도망가지 못하면, 너희들을 가만두지 않을 테야, 라고 생각했다. 마침내 부엌을 찾아냈고, 거기서 휠야와 투란을 보았다. 휠야는 울고 있는 것 같았고, 투란은 민머리를 수도꼭지 밑에 대고 있다가 나를 보고는 몸을 일으키더니 갑자기 내게 강한 주먹을 한 대 날렸다, 내가, 술병과 컵은 어디 있어, 라고 묻자, 컵은 저기 있어, 라고 대답했다, 하지만 어딘가를 가리키지는 않았다, 내가 다시, 어디, 라고 묻자, 거기 있잖아, 라고 할 뿐 역시 가리키지는 않았다, 어쩔 수 없이 내가 찬장을 여닫으며 찾고 있을 때, 투란이 휠야를 껴안고, 서로를 깨물며 이를 뽑아 낼 듯이 격렬하게 키스를 했다, 우리도 이렇게 될 수 있을 텐데, 라고 나는 생각했어, 제일란, 잠시 후 그들은 이상한 소리를 냈다, 휠야가 투란의 입에서 겨우 벗어나서, 가쁜 숨을 몰아쉬며, 그것도 지나갈 거야, 끝날 거야, 라고 하자, 투란이 갑자기 흥분하더니, 니가 군복무에 대해 뭘 알아, 남자들만 군대에 가는데, 그러더니 더욱더 흥분하며 휠야의 팔 안에서 빠져나와, 군대를 다녀오지 않는 남자는 남자가 아냐, 라고 고함쳤다. 그러고는 내 등을 다시 한 번 내리치면서, 야 인마, 넌 남자냐, 남자냐고, 이놈 웃는 것 좀 봐, 그렇게 자신 있어, 좋아, 그렇다면 한번 재 보자, 니가 얼마나 남자다운지 한번 판단해 보자고, 그의 손이 바지 지퍼를 더듬거리자, 휠야는, 뭐 하는 거야, 제발 그러지 마, 투란, 이라고 했고, 그도, 알았어, 난 이틀 후면 가, 하지만 내일 저녁도 이렇게 놀자, 알겠지, 라고 했다. 휠야가, 네 아버지가 뭐라 그러면 어쩌지, 라고 하자, 투란은, 그놈이 뭐라 그

러면 가만두지 않을 테야, 아버지면 아버지 노릇을 해야지, 아
버지가 바란다고 해서 내가 고등학교를 마쳐야 해, 그래서 날
군대에 보내는 거야, 내가 얼마나 열 뻗치는 줄 알아, 등신, 지
아들을 알지도 못하면서 그 따위가 무슨 아버지야, 난 인간이
안 될 테야, 알겠어, 아버지 차도 이렇게 망가뜨려 버릴 테야,
메르세데스도 가지고 나와서, 봐, 맹세해, 휠야, 기둥에 박아
버릴 테야, 그러면 이해하겠지, 라고 했다. 휠야는 신음을 하
며, 제발 그러지 마, 투란, 제발, 이라고 했다. 투란은 내게 한
방 더 날렸다. 그러고는 갑자기 안에서 들려오는 록 음악에 맞
춰 흔들기 시작했다. 마치 우리는 다 잊은 것 같았다. 대마초
연기와 음악은 새벽의 여명 속에서, 깜박이는 불빛들 속에서
서서히 사라졌다. 휠야는 그의 뒤를 따라 뛰어갔고, 나는 드디
어 마실 술을 준비했다. 투르가이와 만났을 때, 그는, 자 너도
와, 벌거벗고 바다에 들어가자, 라고 했다. 나는 갑자기 흥분
하여, 누구누구 오는데, 라고 물었고, 그가 웃으면서, 바보 같
은 놈, 물론 여자애들은 없어, 제일란도 없고, 라고 해서 나는
놀랐다. 너를 생각했어, 제일란. 어떻게 그렇게 빨리 내가 너
를 사랑하는지 모두들 알았을까, 이제 너 말고 다른 생각은 하
지 않는다는 걸 어떻게 알았을까, 라고 생각했다. 제일란, 어
디 있는 거야, 연기와 안개 그리고 음악 속에서 창문이라도 연
다면 얼마나 좋을까, 너를 찾고 있어, 제일란, 어디 있는 거야,
빌어먹을, 허둥대며 찾고 또 찾았다, 그러고는 그녀가 춤을 추
고 있는 것을, 그녀 옆에 피크레트가 있는 것을 보고는, 진정
해, 메틴, 신경 쓰지 마, 신경 쓰지 않는 사람처럼 어딘가에 가

앉았다, 나는 내가 많이 취했다고 생각했다, 순간 갑자기 음악이 멈췄고, 누군가 민요 가락을 카세트 테이프에 넣었다. 자, 자, 일어나, 저개발국가의 중산층 결혼식을 보고 자란 아이들답게 다들 벌떡 일어나 새로운 분위기에 어울렸다. 우리는 팔짱을 끼고, 제일란, 나는 너의 한쪽 팔짱을 꼈다. 그리고 눈치채지 못하게 힐끗 보니, 물론, 피크레트가 너의 다른 쪽 팔을 끼고 있었다. 우리는 돌기 시작했다, 아, 하느님, 죽여 주는 터키풍이군, 아주머니들, 먼 친척들, 결혼식에서처럼 원이 끊어지자 긴 기차가 되었다. 거실에서 돌다가 앞에서부터 정원으로 나갔고, 우리도 나갔다. 다른 문을 통해 안으로 들어왔다. 내 어깨에서 제일란의 아름다운 손을 느꼈다, 이웃들이 뭐라고 할까, 라고 생각했다. 부엌으로 들어갔다가, 우리는 기차에서 끊어져 나왔는데, 피크레트는 끊어지지 않았다. 우리는 둘만 남게 되었어, 제일란. 부엌에서 세마가 냉장고를 열고 그 안을 들여다보며 우는 걸 보았다. 외다트가 마치 신중한 남편처럼, 자, 이제 널 집에 데려다 줄게, 네 엄마가 뭐라고 하시겠니, 너무 늦었어, 라고 말하는 걸 들었다. 세마는, 난 엄마가 싫어, 근데 넌 벌써 엄마와 한통속이 되었구나, 라고 했고, 외다트가, 그 칼이라도 나한테 좀 줘, 라고 말하자 세마는 갑자기 들고 있던 칼을 바닥에 내던졌다, 이때 나는 마치 이게 별일 아닌 것처럼 너를 위험에서 보호하려는 듯 네 어깨에 손을 얹었어, 제일란, 그러고는 너를 부엌에서 데리고 나왔고 너는 내게 기대었어, 그렇다, 그렇다, 우리 둘은 함께, 너희들 다 보라는 듯, 안으로 들어갔다, 모두들 고함을 지르고, 팔짝팔짝

뛰고 있었다. 나는 아주 행복했다, 왜냐하면 네가 내게 기대어 있었으니까, 그런데 갑자기 제일란이 내게서 떨어져 뛰어 나갔다, 어디로 갔는지 모르겠다, 뒤따라 갈까, 라고 생각하다가 깨닫고 보니 내가 다시 제일란 곁에 서 있었다, 우리는 모두 함께 춤을 추고 있었다, 내가 네 손을 잡고 있었어, 그런데 네가 또 사라졌어, 이제 뭐가 중요해, 내가 아주 행복하다는 것만 알면 됐지, 나는 겨우 서 있었다, 갑자기 너를 이제 볼 수 없을 것 같았고, 그러면 아주 두려울 것 같아, 제일란, 어쩐지 네가 나를 좋아하게 만들 수 없을 것 같아, 절망 속에서 널 찾고 있어, 제일란, 어디 있는 거야, 널 원해, 제일란, 제일란, 어디 있는 거야, 널 아주 사랑해, 제일란, 제일란, 어디 있는 거야, 이 역겨운 연기, 안개, 폭죽의 불빛들, 베개들, 주먹질, 비명, 그리고 음악 속에서 넌 어디에 있니, 난 너를 찾고 있어, 어렸을 때 모두들 저녁때 집으로 돌아가면 입을 맞춰 주는 엄마가 있는데 나는 없다고 생각했던 것처럼, 기숙사에서 주말마다 아주 외롭던 것을, 나 자신과 외로움을 극도로 싫어하고 이모 집에서도 아무도 나를 좋아하지 않는다고 생각했던 시절처럼 나 자신이 가련하고 절망적으로 느껴졌다. 모두 돈이 있는데 나만 없다고 생각했다. 그렇기 때문에 위대한 발명을 해서 나의 창조성과 두뇌로 미국에서 부자가 되어야 해, 하지만 제일란, 이 모든 난관을 겪을 필요가 뭐가 있고, 미국이 무슨 소용이야. 네가 어디를 원하든 거기서 살자, 원하면 여기서도 살 수 있어, 터키가 그 정도로 형편없는 나라는 아냐, 새로운 장소, 새로운 가게가 생길 테고, 언젠가는 이 무의미하고 맹목적인 무질서도 끝날 거야, 그리고 미국과 유럽에서 파는 걸 이스탄불에 있는 상점에서도 전부 살 수 있을 거야, 우리 결혼하자, 내 머리는 아주 영리해, 지금 이 순간 내 주머니에 정확히 14,000리라가 있어, 아무도 이 정도의 돈은 없을 거야, 네가 원하면 직장을 얻고 승진도 할게, 아니면 돈이 중요하지 않다고도 우린 믿을 수 있을 거야, 그렇지 않아, 제일란, 피크레트의 차를 타고 간 거니, 안 돼, 난 너를 너무 사랑해, 아, 하느님, 구석에 혼자 앉아 있는 네 모습이 보이는구나. 나의 외로움, 나의 어린아이, 나의 절망, 나의 아름다운 사람, 나의 천사, 왜 그래, 네 고민이 뭐야, 나한테 얘기해 줘, 부모님이 널 힘들게 하는 거니, 말해 봐. 나는 그녀 옆에 앉았다, 왜 이렇게 절망적이고 슬퍼 보이니, 라고 묻고 싶었다, 하지만 아무 말도 하지 못했다, 내 입에서는 가장 형편없고, 가장 삭막한 말들만 쏟아져 나왔다. 나는 허망하게, 피곤하니, 라고 물었고, 너는 내 말을 진지하게 받아들여, 나? 응, 머리가 약간 아파, 라고 대답했다, 나는 할 말을 찾지 못했기 때문에 한동안 아무 말도 하지 않고 앉아 있었다. 지루함과 음악 때문에 점점 멍해져 가는데, 제일란이 쾌활하고 생기 있게 폭소를 터뜨렸다. 멍해 있는 나의 얼굴을 쳐다보며, 메틴, 그런 표정이 아주 사랑스럽고 다정해 보여, 라고 말했다. 말해 봐, 27 곱하기 17은 뭐야, 하고 묻자, 나는 갑자기, 이유는 모르겠지만, 나 자신에게 화가 났다. 내 손을 네 어깨에 뻗쳤고, 너의 아름다운 머리는 흔들리며 내 가슴으로 떨어졌어, 거기에서 너의 머리를 느꼈어, 믿을 수 없는 행복감이었다. 너의 머리카락과 피부 냄새가 느껴져, 그런데 갑자기 네가, 메틴, 여기는 너무 공기가 탁해, 잠깐 밖으로 나갈까, 라고 했어. 우리는 곧장 일어났다, 아, 하느님, 우리는 함께 이 더러운 소음에서 그래, 함께 밖으로 나갔어, 서로에게 기댄 채, 평범하고 끔찍하고 추한 세계에서 사랑으로 서로를 지탱해 주는, 절망적이고 외로운 연인처럼 이 끔찍한 음악과 사람들에게서 도망치고 있어. 우리는 모두를 뒤에 남겨 두고, 조용하고 슬프고 텅 빈 거리를, 나무 아래를 함께 걷고 있어. 단지 사랑이 아니라 깊은 우정으로 사람들을 질투하게 만드는 연인들처럼 서로를 알고, 깊이 이해하면서 이야기를 나누고 있어. 나는 네게 상쾌한 공기가 정말 좋다고 말하고, 제일란은 자기 부모님을 그다지 두려워하지 않으며, 아버지는 사실 좋은 사람인데 지나치게 보수적이라고 했다. 나는 안타깝게도 부모님이 돌아가셨다고 했다. 제일란은 세계를 보고 싶다고, 신문방송학을 전공해서, 신문기자가 되고 싶다고 했다. 내가 지금 이러는 걸 보고 오해하지 마, 우리는 여기서 함께 즐기는 거니까, 뭐 하는 건 없지만 나는 이렇게 살지 않을 거야, 나는 그 여자처럼 되고 싶어, 이름이 뭐였더라, 이탈리아 여기자, 늘 유명인들하고만 인터뷰하잖아, 키신저나 엔베르 세타트와 인터뷰를 하고, 알아, 그녀처럼 되려면 아는 게 아주 많아야 한다는 거, 넌 그런 것 같아, 메틴, 하지만 난 아침부터 저녁까지 책만 읽을 순 없어, 즐기는 것도 내 권리야, 올해 낙제하지 않고 곧장 진급했어, 난 즐기고 싶어, 항상 책만 읽을 순 없잖아, 우리 학교에 그런 애가 있었어, 아주 책을 많이 읽었지, 결국엔 미쳐 버려서 정신병원에 넣었어, 넌 어떻게 생각해, 메틴? 나는 아무 말도 하지 않았어, 단지 네가 아름답다고 생각했어, 그런데 너는 계속 말하고 있구나, 네 아버지, 학교, 친구들, 미래의 계획들, 터키와 유럽에 대해 어떻게 생각하는지, 넌 아름답구나, 가로등의 창백한 빛이 나뭇잎 사이로 삐져나와 네 얼굴에 닿으니 넌 아름답구나, 너는 생각이 많구나, 네 삶이 복잡한 문제들로 가득 찬 것처럼 고뇌하는 표정으로 담배를 피울 때 넌 아름답구나, 이마에 흘러내린 앞머리를 뒤로 넘길 때도 넌 아름답구나, 아, 하느님, 얼마나 아름다운지 그녀와 아이를 낳고 싶은 생각이 든다. 나는 그녀에게 뜬금없이, 해변에 갈까, 라고 말했고, 봐, 아무도 없어, 정말 조용하고 아름다워, 뭐라고? 그러자. 우리는 해변으로 갔다, 제일란은 신발을 벗어 손에 들고 조용히 모래 위를 걸었고, 그녀의 발은 어디에서 왔는지 알 수 없는 빛을 받아 반짝였다, 우리는 그렇게 해변을 걸었다, 너는 학교 생활, 인생에서 하고 싶은 것에 대해 더 얘기했다, 그런 후 그 아름다운 발을 천천히 어둡고 비밀스러운 물에 담갔다. 그녀는 내 옆에 있었지만 다다를 수 없는 존재 같았다, 물장난을 치며 이야기를 할 때, 그녀가 거칠고, 매력적이고, 무심하고, 압도적이며, 평범하고, 놀랍고, 치명적인 존재 같았다. 사랑스러운 물고기처럼 물을 일렁이는 발 말고 다른 건 보이지 않았다. 그녀가 이제는 유럽인들처럼 살고 싶다고 말할 때, 나는 축축하고 끈적거리는 더위, 이끼와 바다 냄새, 그녀 피부의 향기를 느꼈고, 우리의 외로움을 생각하며, 물속에서 상아처럼 빛나는 탄탄하고, 생기발랄하고, 육감적인 다리를 보다가, 신발을 신은 채 물속으로 들어가 너를 껴안았다. 제일란, 난 너를 너무나 사랑해, 라고 말했다, 그녀의 볼에 입을 맞추고 싶었다, 그녀는, 메틴, 넌 너무 취했어, 라고 했다. 아마도 겁이 났던 것 같다, 나는 그녀를 억지로 해안으로 끌어내고 내 몸을 그녀에게 밀어붙였다, 우리는 모래 위로 넘어졌다, 그녀가 내 밑에서 발버둥칠 때, 내 손이 그녀의 가슴을 찾아 꽉 쥐었을 때, 안 돼, 안 돼, 안 돼, 메틴, 뭐 하는 거야, 미쳤어, 넌 취했어, 나는, 너를 너무 사랑해, 라고 했다. 제일란은, 안 돼, 라고 했다. 나는 그녀의 볼과 귀와 목에 입을 맞췄다. 어찔한 향기를 맡았다, 그녀가 나를 밀었다, 나는 다시, 널 아주 사랑해, 라고 했다, 그녀가 다시 떠밀자 화가 나서, 나를 저질스러운 놈 취급하며 떠밀 권리가 그녀에게 없다고 생각하며 더욱더 몸을 밀어붙였다, 치마를 걷어 올리자, 햇볕에 그을린 기가 막힌 그 다리가 내 손가락 밑에, 다다를 수 없이 멀다고 생각했던 따스한 몸이 내 다리 사이에 있게 되었다. 꿈속인 듯 믿을 수 없었다, 바지 지퍼를 열었다, 그녀는 여전히, 안 돼, 라며 나를 떠밀었다, 왜 제일란, 왜, 너를 얼마나 사랑하는데, 갑자기 그녀가 한 번 더 나를 떠밀어서 우리는 모래 위에서 으르렁거리며 밀치고 뒹굴게 되었다, 얼마나 허튼 짓인가, 모든 것이 얼마나 절망적인가, 우리는 뒹굴었다, 그녀는 여전히, 안 돼, 넌 취했어, 라고 했다. 좋아, 좋아, 난 그렇게 저질스러운 놈 아냐, 알았어, 좋아, 놓아주지, 하지만 섹스 좀 하면 안 돼, 아니다, 나는 강간범이 아니다, 그냥 네게 키스 좀 하면 안 돼, 내가 사랑한다는 걸 좀 알아줘, 라고 했다. 더위 때문에 나 자신을 제어할 수 없었을 뿐이야, 모든 게 얼마나 저속하고, 터무니없고, 바보 같은가, 그녀를 놔주었다. 내 몸 아래서 나와 줘, 흥분한 내 물건이 피치를 올리지 못하고, 평온을 찾지 못하고 차갑고 무의미한 모래에 박혀 식을 수 있게, 좋아, 좋아, 널 놔줄게, 나는 지퍼를 올리고, 돌아서 하늘로 얼굴을 들어 우두커니 별을 바라보았다, 날 혼자 내버려둬, 알았니, 당장 가서 친구들에게 까발려, 얘들아, 조심해, 그 메틴이라는 애 이상한 애 같아, 날 덮쳤어, 무례하고 거친 애야, 어쩐지 그런 것 같았어, 신문에 사진이 실린 강간범들과 다를 게 없어, 아 하느님, 난 울 것 같아, 제일란, 그래 좋아, 나도 가방을 싸서 이스탄불로 돌아가야지, 끝났어, 이 젠네트히사르의 모험은. 터키에서 아름다운 여자와 자려면 백만장자가 되든지 결혼을 하든지 해야만 하는군, 알았어, 이제 배웠어, 어차피 난 내년에 미국에 있을 테니까, 이번 여름이 끝날 때까지 사립학교 애들한테 영어와 수학 과외를 해 줘야 돼, 자 멍청이들아, 시간당 250리라야, 내가 여름 내내 좁고 후덥지근한 이모 집에서 돈을 모으고 있을 때 여기서 피크레트와 제일란은, 아냐, 아냐, 너무 부당해, 돈이 아니라, 두뇌나 재능이나 잘생긴 외모로 여자들을 꼬셔야 해, 하지만 신경 쓰지 마, 메틴, 그게 뭐 중요해, 저 별들을 봐, 반짝이며 떨고 있는 별들의 의미는 뭘까, 사람들은 별을 보며 시를 읽는다, 왜 읽을까, 뭔가를 느낀다고 한다, 아니다, 왜 시를 읽는지 나는 모르겠다, 모든 문제는 여자를 꼬시고 돈을 버는 것, 그래 바보들, 머리를 얼마나 잘 쓰는지에 모든 게 달려 있다, 미국에 가면 나는 당장, 그 누구도 생각하지 않았던,

아주 단순하지만 기본적인 물리학 발견을 해서, 즉시, 아인슈타인의 첫 번째 발견들이 게재되었던 《아날렌 데르 피지크》지에 발표하여, 순식간에 돈과 유명세를 얻을 것이고, 우리 나라 사람들은 내가 발견하고 쏘아 올린 로켓의 비밀과 공식을, 제발 모국에도 좀 주시오, 그리스인들의 머리 위로 로켓을 퍼부읍시다, 라며 애걸하러 올 것이다. 그러면 나는 보드룸에 있는 억만장자 에르테귄의 빌라보다 더 크고 휘황찬란한 빌라에, 안타깝지만 시간이 없는 관계로, 일 년에 단 일주일만 머물러 올 것이다. 그러면 피크레트와 제일란이, 하느님, 어쩌면 그들을 결혼을 했을 것이다, 근데 왜 그렇게 생각해, 그들은 아무 사이도 아냐, 나는 갑자기 겁이 났다, 제일란, 제일란, 어디 있는거야, 어쩌면 나를 두고 뛰어갔는지도 모르겠다, 숨이 가빠 헐떡거리며 다른 애들에게 설명할 것이다, 날 거의 강간하려 했어, 하지만 난 나를 더럽힐 기회를 주지 않았어, 하지만 그녀가 그 정도로 단순한 사람은 아닐 것이다. 하지만 어쩌면 정말 가서 말했을 수도 있다. 그러면 나는 얼굴에 똥칠을 한 셈이 된다. 하지만 어쩌면 가지 않았을 수도 있다, 내가 사과하며 애걸하길 기다릴 것이다. 근데 지금 어디 있지, 고개를 들고 둘러볼 힘조차 없다, 마음이 아팠다, 얼마나 비참한 일인가, 여기 모래 위에 나 홀로, 아무도 없다, 어머니, 아버지, 모두 당신들 때문입니다, 왜 그렇게 빨리 돌아가셨어요, 다른 부모는 이렇게 아들을 홀로 남겨두고 가지 않아요, 최소한 든든한 유산이라도 남겨 주지 그러셨어요, 그러면 나도 그 돈으로 그들처럼 될 수 있을 텐데, 하지만 돈도 뭐도 남겨 주지 않고, 고작 게으르고 뚱뚱한 형과 이념으로 똘똘 뭉친 누나만 남겨 주셨군요, 물론 노망든 할머니와 난쟁이도 있지요, 그리고 다 쓰러져 가는 쓸데없고 곰팡이 냄새만 나는 그 끔찍한 집, 그것도 허물지 않고 있지요, 아냐, 내가 허물어뜨려야지, 빌어먹을, 당신들이 왜 돈을 못 벌었는지 뻔히 압니다, 겁쟁이들, 삶을 두려워만 하지, 나한테는 돈을 버는 데 필요한 부도덕한 짓을 할 용기도 재능도 야망도 있어, 나는 돈을 벌 테야, 하지만 그래도 당신들이 안쓰러워. 내 처지와 외로움을 생각하고 또 생각했다, 울까 봐 겁이 나던 차에 갑자기 제일란의 목소리가 들렸다, 울고 있니, 메틴, 그녀는 가지 않았던 것이다, 나? 아니, 왜 울겠어, 그냥 무척 놀랐을 뿐이야, 라고 했다. 제일란은, 그럼 다행이야, 운다고 생각했거든, 자 일어나, 이제 돌아가자, 메틴, 하고 말했다, 나는, 그래, 그래, 지금 일어날게, 라고 대답했지만 움직이지 않고 그대로 누워 있었다. 바보처럼 멍하니 별들만 바라봤다. 제일란이 또, 자 일어나, 메틴, 하고 말하며 손을 내밀어 나를 끌어당겨서 나는 일어났지만, 겨우 서 있을 수 있었다, 비틀거렸다, 제일란을 쳐다봤다, 그러니까 조금 전에 내가 덮쳤던 게 이 여자애였군, 정말 이상하군, 그녀는 아무 일도 없었다는 듯 담배를 피우고 있다, 나는 그저 아무 의미 없이, 괜찮아, 라고 물었고, 그녀는 응, 그냥 블라우스 단추가 떨어졌어, 라고 했다. 하지만 화난 투는 아니었다, 그러자 그녀가 얼마나 따스하고 좋은 사람인지 느껴져 부끄러웠다. 하느님, 나는 이해할 수 없습니다, 어떻게 행동해야 할까요, 나는 잠시 아무 말도 하지 않았다, 나한테 화났어? 난 너무 취해 있었어, 미안해, 라고 했다. 그녀는, 아냐, 아냐, 화나지 않았어, 이런 일이 있을 수도 있지 뭐, 우리 둘 다 취했잖아, 라고 했다. 나는 무척 놀랐다. 그럼 뭘 생각해, 제일란, 하고 물었다. 그녀는 아무것도, 아무것도 생각하지 않아, 자, 돌아가자, 라고 했다. 돌아가려다 그녀가 나의 젖은 신발을 보고 웃었다, 그 모습을 보자 다시 그녀를 껴안고 싶었다, 나는 아무것도 이해할 수 없었다, 제일란은, 원하면 너희 집에 가서 신발을 바꿔 신을래, 라고 물었다, 나는 더욱더 놀랐다, 우리는 해변에서 나와 아무 말도 하지 않고 조용한 거리를 걸었다, 걸었다, 선선하고 어두운 정원에서 흘러나오는 담쟁이덩굴과 마른 잔디와 덥혀진 콘크리트 냄새를 맡았다, 우리 집 대문 앞에 오자 금방이라도 쓰러질 것 같은 집의 행세가 부끄러웠다, 나태한 사람들에게 화가 났다, 여전히 켜져 있는 할머니 방의 불빛을 바라보다가, 세상에, 형이 발코니에 있는 테이블에서 술에 곯아떨어져 있는 걸 보게 되었다, 여전히 어둠 속에 앉아 있었다, 잠시 후 부스럭거리는 소리가 들려왔다, 잠들지 않았던 것이다, 의자 뒷다리에, 밤 아니 이 새벽에 몸을 싣고 있었다, 나는, 소개해 줄게, 여기는 제일란, 여기는 파룩, 우리 형이야, 그들은 인사를 나눴다, 형의 입에서 풍기는 역겨운 술 냄새를 맡았다, 둘만 남겨 두지 않기 위해 곧장 위층으로 달려가 서둘러 양말과 신발을 갈아 신고 아래층으로 내려오니 파룩은 결국 시작하고 있었다.

아, 나일리*, 밤에 그 달덩이 같은 얼굴**이 한 걸음 한 걸음 오는 것이
온 세상을 채운 기다림의 고통을 겪을 만하지 않은가

물론 이해했겠지, 나일리의 시야, 하지만 시를 읊은 다음 그 뚱뚱이는 마치 자신이 쓴 시인 양 수탉처럼 목을 부풀려 긴장시켰다, 그러고는 한 번 더,

얼마나 취했던지 나는 세상이 무엇인지 이해할 수 없었다
나는 누구인가, 잔을 건넨 자는 누구인가, 붉은 포도주는 무엇인가

라고 읊은 다음, 이 시는 누구 것인지 몰라, 에블리야의 『여행기』에 나와, 라고 했다. 제일란은 굉장히 놀란 듯 오스만인 술고래를 바라보았다. 그리고 미소를 지으며 더 들을 준비를 해서, 나는 그가 더 이상 늘어놓지 않도록, 형, 자동차 열쇠 좀 줄래, 우리 가야 해, 라고 했다. 그는, 물론입니다, 물론입니다, 그런데 조건이 있습니다, 아름다운 여성이 내 질문에 대답을 해야 합니다, 내가 인식하지 않는다면 세계는 무엇일까요, 제일란 양, 당신이 대답해 보세요, '제일란'이었지요, 정말 아름다운 이름이군요, 제일란 양, 말해 봐요, 세계는 무엇이지요, 이

---

* ?~1666. 터키 고전 시인. 고전 시에는 시 안에 시인의 이름을 넣는 전통이 있다.
** 터키 고전 문학에서 '달덩이 같은 얼굴'은 애인을 의미한다.

고요한 집

모든 것, 이 나무들, 하늘, 별들, 이 테이블과 빈 병들이 의미하는 것은 무엇이지요, 어떻게 생각합니까, 라고 물었다, 제일란은 사랑스럽고 다정한 눈길로 아무 말도 하지 않았고, 수줍은 듯 '당신이 더 잘 아실 텐데요.'라는 시선으로 바라보았다. 나는 무슨 말이라도 해야 한다는 생각에, 술에 취한 형이 더 이상 집요하게 물고 늘어지지 말라는 의미에서, 할머니 방 불빛이 아직도 켜져 있네, 라고 말했다. 순간 우리는 모두 고개를 들고 위를 바라보며 할머니를 생각했다. 잠시 후 나는, 자, 제일란, 가자, 라고 말했고 우리는 플라스틱 아나돌에 탔다. 엔진을 가동시키고 길을 달렸고, 묘지 냄새가 나는 정원, 낡은 집 그리고 술에 곯아떨어진 뚱뚱이 형과 나에 대해 제일란이 무슨 상상을 할까 생각하자 소름이 끼쳤다. 그녀는, 이런 집, 자동차 그리고 가족이 있는 사람은 고작, 주위에 아무도 없다는 이유로 한밤중에 해변에서 여자애들에게 덤벼드는 사람일 거야, 라고 생각할 것이다. 나는, 아냐, 제일란, 네게 전부 설명하고 싶어, 하지만 시간이 없다. 지금 우리는 벌써 투란네 집으로 가고 있는 중이니까, 하지만 나는, 아냐, 넌 내 말을 들어야 해, 라고 생각했다. 자동차를 비탈길 쪽으로 돌렸다. 제일란이 어디로 가냐고 묻기에, 나는 잠깐 바람 좀 쐬자, 라고 대답했다. 그녀는 별 말 하지 않았다, 우린 이렇게 가고 있어, 지금 설명해야지, 라고 생각했다. 하지만 어떻게 시작을 해야 할지 알 수 없었기에 그저 속도만 높였다. 비탈길을 빠르게 내려가면서 어떤 말로 시작할지 생각했다. 다시 비탈길이 시작되었고, 또다시 내리막길을 탈 때도 여전히 설명을 시작하지 못했다. 하지만 속도를 너무 높여서 아나돌이 달달 떨기 시작했다. 하지만 제일란은 아무 말도 하지 않았다. 좋아, 그렇다면, 나는 더 속력을 냈다, 커브를 돌 때 자동차의 뒷부분이 빙 돌았다. 하지만 제일란은 여전히 아무 말도 하지 않았다. 이스탄불-앙카라 구간 도로에 도착했다. 지나가는 자동차를 보면서, 그저 무슨 말인가를 해야 할 것 같아서, 다른 자동차 밀어붙여 볼까, 라고 말했다. 제일란은, 이제 돌아가자, 넌 너무 취했어, 라고 대꾸했다. 좋아, 나한테서 벗어나고 싶단 말이지, 하지만 적어도 내 말을 한번 들어 봐, 너한테 설명하고 싶어, 너한테 말할게, 그럼 날 이해할 거야, 나는 좋은 사람이야, 부자는 아닐지라도, 너희들이 무엇을 생각하는지, 어떤 규칙에 따르는지 아주 잘 알고 있어, 나도 너희들 같은 사람이야, 제일란, 나는 모든 걸 설명해 주고 싶어, 라고 생각했다. 하지만 말할 준비를 할수록 모두 끔찍하게 단순하고 이중적으로 느껴졌다, 그럴 때마다 속력을 올리는 것밖에 할 수 있는 게 없었다. 좋아, 그렇다면, 최소한 내가 파렴치한 놈은 아니라는 걸 봐 줘, 왜냐하면 파렴치한 놈은 겁이 많지, 난 겁이 없어, 봐, 다 썩은 이 자동차로 시속 130킬로미터를 달리고 있잖아, 두렵니, 어쩌면 우린 죽을 수도 있어, 나는 속력을 더 높였다. 잠시 후 내리막길을 내려가면 우린 날아가서 죽을 거야, 내가 죽으면 기숙사 친구들은 나를 기리는 의미에서 포커 시합을 할 것이다, 게임을 해서 부자 자식들한테 꿀꺽한 돈으로 적어도 내 무덤을 대리석으로 새겨 달라고, 이 새끼들아, 나는 더 속력을 냈다. 하지만 제일란은 여전히 입을 다물고 있었다. 이제 죽음이 아주 가까이에 있다고 생각하던 차에, 아이고, 하느님, 해변에서 거닐듯 건들건들 걸어가는 사람들이 길 한가운데에 있었다. 당황하여 브레이크를 밟자 자동차가 소형 보트처럼 옆으로 돌아 미끄러지기 시작했다. 그들을 향해 곧장 다가가자, 그들은 손에 양철통을 들고 도망쳤다. 자동차는 조금 더 미끄러져서 밭으로 들어갔고, 뭔가에 부딪혀 멈추자 엔진이 꺼졌다. 귀뚜라미 소리를 들었다, 제일란, 나는 겁이 났어, 그녀는, 어디 다친 데 없어, 라고 물었다. 아니, 하마터면 그들을 칠 뻔했어, 라고 대답했다. 그때 그들이 페인트 통을 들고 뛰어오는 걸 보고, 벽에 구호를 쓰고 있었다는 걸 깨달았다, 무정부주의자들, 지금 여기서 건달 세 명과 "큰일 날 뻔했잖아, 인마, 왜 조심하지 않냐!" 따위의 논쟁을 할 생각은 전혀 없었기 때문에 자동차를 급히 움직여 보려고 했지만, 작동이 되지 않았다. 한 번 더 시도했다. 다행히 작동되었다. 길로 나가기 위해 전진과 후진을 반복하는데 그 건달 셋이 자동차까지 와서 욕설을 퍼붓기 시작했다. 나는, 문 잠가, 제일란, 하고 말했다. 그들이 끝없이 욕설을 퍼붓는 동안 자동차를 길로 몰기 위해 전진과 후진을 반복했다. 그러던 중에 멍청이 하나가 자동차에 치였는지 고함을 지르고 자동차 뒷부분에 주먹질을 하기 시작했다. 하지만 이 바보들아, 이미 늦었어, 나는 길로 나왔거든, 자, 잘들 있어. 우리는 그곳을 빠져나왔고, 전방에서 아직도 벽에 구호를 쓰고 있는 사람들을 보았다. 예니 마할레는 공산주의자들의 무덤이 될 것이고, 포로가 된 터키인들을 구할 거라고, 좋아, 좋아, 최소한 공산주의자들은 아니군. 우리는 서둘러 그곳에서 멀어졌다.

무서웠어, 제일란? 그녀는, 아니, 라고 했다. 나는 조금 더 그녀와 얘기를 나누고 조금 전 우리가 겪은 사건을 얘기했으면 했지만, 그녀는 한 단어로만 대답했다. 돌아가는 길에는 우리 둘 다 입을 다물고 아무 말도 하지 않았다. 계속 길을 달려 드디어 투란네 집 앞에 주차를 하자마자 제일란은 차에서 뛰쳐나가 안으로 뛰어갔다. 자동차를 점검해 보니 별 탈은 없었다, 형이라는 뚱뚱한 곰이 라크 병에 돈을 허비하느니 자동차의 닳아 빠진 타이어를 교체하는 데 썼더라면 우리에게 이런 재앙도 닥치지 않았을 것이다. 어쨌든 위기일발에서 살아남았다, 나는 안으로 들어갔다. 그들은 안락의자에, 긴 소파에, 바닥에 너부러져 있었다. 뻗어 있거나, 반쯤 몽롱한 상태로 누워 있었고, 사방은 연기로 자욱했다. 마치 뭔가를 기다리는 것 같았다, 마치 죽음을, 장례식을 혹은 더더욱 중요한 뭔가가 끝이 나기를, 하지만 그게 뭔지는 몰랐기 때문에 단지 그것이 아니라, 그들이 소유하고 있는 집들, 모터보트들, 자동차들, 공장들 그리고 물건들에 죄다 질렸기 때문에, 그렇다, 절망에 빠져 있는 것 같았다. 그래서 뭔지 알 수 없는 그것을 헛되이 기다리고 있는 것이다. 메흐메트는 체리를 먹고 남은 씨를 세심하게, 천천히, 입에서 꺼내, 마치 그것이 세상에서 할 수 있는 마지막 의미 있는 일인 듯, 정신을 집중하여 투르가이의 머리에 던지고 있었다. 젖은 바닥에 누워 있는 투르가이는 체리 씨가 자신의 머리를 맞출 때마다 욕설만 퍼붓고 참으면서, 절망적으로 신음했다. 나는 바닥의 물바다가, 창문으로 들어와 여전히 물을 흘려보내는 호스, 넘어진 병, 그리고 구토 때문이라는 걸 알게 되었다. 제이넵은 자고 있었으며, 파파는 얼어붙은 시선으로 패션 잡지를 들여다보고 있었고, 입을 벌린 채 코를 고는 투란의 머리에 휠야가 입을 맞추고 있었으며, 다른 애들은 입에 담배를 문 채, 우리의 모험을 들려주는 제일란의 말을 듣고 있었다. 나는 이제, 무엇을, 어떻게, 무엇을 위해, 왜 해야만 하고, 생각해야만 하는지 알 수 없었다, 모든 것이 혼란스러웠고, 이제는 무엇과도 관련을 지을 수가 없다는 걸 깨닫고는, 지친 몸을 안락의자에 던졌다. 그때 파파가 들고 있던 잡지에서 고개를 들며, 얘들아, 봐, 해가 뜨고 있어, 우리 뭔가 하자, 이쉬켐베* 식당에 가자, 낚시하러 가자, 빨리, 얘들아, 자, 어서, 어서.

---

* 양의 위나 내장을 잘게 썰어서 스프에 넣고 푹 끓인 음식. 주로 해장용으로 먹는다.

22

"자동차 번호판 적었어?"
무스타파가 물었다.
"흰색 아나돌이었어. 다시 보면 알아볼 수 있어."
세르다르가 말했다.
"타고 있던 사람들 봤어?"
"여자애 한 명과 어떤 놈."
야샤르가 말했다.
"얼굴은?"
무스타파가 물었다.
아무도 말을 하지 않자, 나도 말하지 않았다. 메틴은 알아봤다. 하지만 다른 사람이 너인지 아닌지는 알 수 없었어, 닐귄. 너희들은 이 새벽에 우릴 거의 깔아뭉갤 뻔했어. 우리 편 사람들이 너희들에게 퍼붓는 욕을 듣자 더 이상 생각하고 싶지 않왔다. 벽에 커다랗게 글씨만 쓰고 있었다, 의무를 이행하고 있을 뿐이다. 세르다르, 무스타파 그리고 새로 온 아이들은 이제 구석에 앉아 담배만 피우고 있다. 하지만 날 보라, 나는 여전히 글을 쓰고 있다, 공산주의자들을 향해 이곳에서 뭘 어떻게 할지를 쓰고 있다. 무덤이 될 것이다, 무덤, 그렇다!

잠시 후 무스타파가 말했다.

"알았어, 됐어, 이제. 내일 밤에 계속하자."

그는 잠시 말을 멈춘 후 나를 향해 말했다.

"브라보! 잘했어!"

나는 대답하지 않았다. 다른 아이들은 하품을 하고 있었다.

"그래도 내일 아침 그곳으로 와! 그 애한테 네가 어떻게 하는지 볼 거야."

나는 역시 대답하지 않았다. 모두들 흩어져 간 다음에, 나는 벽에 쓴 것들을 읽으면서 집으로 돌아가며 생각했다. 메틴 옆에 타고 있던 사람이 너였어, 닐권? 어디 갔다 오는 길이었어? 어쩌면 할머니가 아파서 메틴과 약을 사러 다녔을 것이다. 또 어쩌면 해 뜰 무렵 바람을 쐬러 나왔을 수도 있고. 너희들이 언제 뭘 할지는 전혀 알 수 없지. 너희들, 뭐 하고 있었어? 내일 아침 너한테 물어볼게. 그러다 무스타파를 떠올리자 갑자기 겁이 났다.

주위는 환해져 있었지만, 우리 집 앞에 도착해 보니 여전히 불이 켜져 있었다. 좋아요, 아버지! 현관문도, 창문도 잠겨 있었다. 안에서 자고 있었다, 침대가 아니라, 또 긴 의자 위에서 혼자. 가련한 절름발이. 처음에는 그가 안쓰러웠지만, 나중에는 약간 화가 났다. 나는 창을 두드렸다.

그는 일어나 문을 열었다, 고래고래 소리를 질렀다, 또 때릴 거라고 생각했지만, 아니었다. 그는 삶이 만만치 않다는 것과 졸업장의 중요성에 대해 말하기 시작했다. 이런 것들을 설명할 때는 때리지 않는다. 나는 아버지가 진정하게끔 말을 들으면서 앞만 보고 있었다, 하지만 듣고만 있어서 끝날 것 같지가 않았다. 밤새 작업을 하고, 그렇게 많은 일을 겪었는데 거기다 이제 당신 말까지 듣고 있지는 않겠어. 그래서 안으로 들어가 냉장고에서 체리를 한 줌 집어서 먹고 있는데, 갑자기 내게 오더니 뺨을 갈기려 했고, 내가 뒤로 피해 물러나는 바람에 내 손에만 맞았다. 체리와 씨가 바닥에 흩어졌다.

그걸 주워 모으고 있는데 또 잔소리를 시작했고, 내가 듣지 않는다는 걸 깨닫고는 애원을 하기 시작했다. 아들아, 아들아, 왜 공부를 하지 않니 운운. 그가 불쌍했고, 마음이 아팠다, 하지만 뭘 어쩌겠는가. 그러다 어깨를 한 대 맞자 화가 치밀었다.

"한 번 더 날 때리면 그땐 이 집에서 나갈 거예요."

"가, 꺼져 버려! 다시는 창문도 열어 주지 않겠다!"

"좋아요, 어차피 내 돈은 내가 벌고 있으니까요."

"헛소리하지 마! 이 시간까지 길거리에서 뭘 하고 다니는 거야?"

그때 안에서 어머니가 나오자, 그녀를 향해 이렇게 말했다.

"이놈이 집을 나가겠다고 하네, 다시는 돌아오지 않겠다고 하는군."

목소리도 이상하게 변했다, 떨리고 있었다, 울기 직전의 떨림처럼, 주인 없는 늙은 개의 외로운 울부짖음처럼. 가련한 개가 고통과 배고픔 때문에 보이지도 않고 알지도 못하는 누군가를 부르는 것 같았다. 어머니는 눈짓으로, 넌 안으로 들어가, 라고 했다. 나는 아무 말도 하지 않고 방으로 갔다. 절름발이 복권 장수는 잔소리를 조금 더 하더니, 마침내 고함을 질렀고, 다시 둘은 얘기를 나누었다. 결국에는 불을 끄고 입을 다물었다.

나도, 해가 창문 가장자리에 비쳐 들 때, 침대에 누웠다. 하지만 옷은 벗지 않았다. 그저 그렇게 누워 있었다. 천장을 바라보았다. 천장에 있는 균열을, 비가 많이 오면 물이 떨어져 내리는, 그 얼룩을 바라보았다. 전에는 천장에 있는 그 얼룩이 독수리 같았다. 내가 잘 때 이 오래된 독수리가 날개를 펴고 내 위로 날아와 나를 낚아채 갈 것만 같았다. 그럴 때는 내가 남자가 아니라 여자처럼 느껴졌다! 나는 생각했다.

9시 반에 해변으로 가서 그녀에게 말해야지, 안녕, 닐권, 날 알아봤어? 역시 얼굴만 찡그리고 대답을 하지 않는구나, 하지만 이제 별로 시간이 없어, 왜냐하면 안됐지만 우린 지금 위험한 상황에 처해 있어, 넌 나를 오해했어, 그들은 나를 오해했고, 난 지금 너한테 전부 설명해야만 해, 그들은 내가 너를 위협해서 네가 들고 있는 신문을 빼앗아 찢어 버리기를 원해. 닐권, 그럴 필요가 없다는 걸 그들에게 보여 줘. 그러면 닐권은 멀리서 우리를 보고 있는 무스타파에게 가서, 자신이 어떤 사람인지를 설명할 테고, 그러면 무스타파는 부끄러워할 것이다. 어쩌면 닐권은 내가 자신을 사랑한다는 걸 알면, 화를 내지 않을 수도 있고, 오히려 좋아할 수도 있다. 왜냐하면 인생에선 무슨 일이 벌어질지 모르니까, 어떻게 알겠어.

나는 천장에 있는 독수리 날개를 계속 바라보았다. 독수리 같기도 했고 매 같기도 했다. 거기서 물이 떨어지곤 했다. 하지만 아주 오래전에는 없었다, 아버지가 이 방을 만들기 전이었으니까.

하지만 그때 나는, 우리 집이 작고, 아버지가 복권 파는 사람이고, 큰아버지가 난쟁이 하인이라도 그렇게 부끄럽지 않았다. 아니, 전혀 부끄럽지 않았다고는 말하지 않겠다. 집 안에 우물이 없던 시절이라 어머니와 함께 우물에 물을 길으러 갈 때, 닐권, 네가 우리를 볼까 봐 두려웠다. 왜냐하면 너는 메틴과 사냥을 나가기 시작했기 때문이다. 한때 우리는 친한 친구였다. 그러니까 가을에, 모두 똑같이 새로 집을 지은, 점점 담쟁이덩굴로 덮이던 베쉬에브레르에 사는 사람들도 이스탄불로 돌아갔을 때, 10월 초에, 모두 떠났을 때 너희들은 여전히 이곳에 있었다. 그때 넌 메틴과 함께 파룩의 멋진 옛날 사냥총을 가지고 우리 집에 왔다. 함께 까마귀 사냥을 가자고. 비탈길에 있는 우리 집까지 올라오느라 너희들은 땀을 흘렸고, 우리 어머니가 물을 주었다. 깨끗한 물, 새로 사서 깨지지 않은 파샤바흐체* 컵에 담아. 너는 좋아하며 물을 마셨어, 하지만 메틴은 안 마셨지, 어쩌면 우리 집 컵이 더럽다고 생각해서, 어쩌면 물이 더럽다고 생각해서. 어머니는, 얘들아, 가서

---

* 유리 제품으로 유명한 상표.

포도 따 먹어도 돼, 라고 말했다. 하지만 메틴이 누구네 포도밭이냐고 물었고, 우리 건 아니지만 우리 이웃 것이니 괜찮다, 그러면 어떠니, 가서 따 먹어, 라고 했다. 하지만 너희 두 오누이는 가지 않았다. 내가 너에게, 닐귄, 내가 가서 따다 줄까, 라고 묻자, 너는, 안 돼, 우리 게 아니잖아, 라고 했다. 하지만 너는 적어도 새 컵에 담아 준 물은 마셨다, 하지만 메틴은 그것마저 마시지 않았다.

해가 좀 더 높이 떠올랐다, 새들이 나무에서 지저귀는 소리가 들렸다. 무스타파는 뭘 하고 있을까, 그도 기다리고 있을까, 누워 있을까, 자고 있을까? 나는 생각했다.

지금으로부터 그리 멀지 않은, 고작 십오 년쯤 후의 어느 날, 내가 내 소유의 공장에서 일하고 있을 때, 비서가 아니라, 무슬림 여자 조수가 들어와, 사장님과 면담을 하고 싶어 하는 이상주의자 몇이 왔는데 이름이 무스타파와 세르다르라고 하네요, 라고 하면, 나는, 이 일부터 다 처리하고 나서, 라고 해야지. 그들을 조금 기다리게 하고, 내 일을 다 마친 다음에 자동 버튼을 눌러 여자 조수를 부르고, 지금은 그들과 면담할 수 있어, 들어오라고 해요, 라고 말할 것이다. 무스타파와 세르다르는 부끄러워 어쩔 줄 몰라 하면서 얘기를 하고, 그러면 내가, 알겠습니다, 도움을 바라시는군요, 좋습니다, 1,000만 리라어치 초대권을 사겠소, 내가 공산주의를 꺼리기 때문이 아니라, 당신들이 불쌍하기 때문에 사는 거요, 나는 공산주의자들을 두려워하지 않소, 나는 정직하오, 사업을 할 때 속임수는 절대 쓰지 않소, 매년 구호금과 종교세도 빠뜨리지 않고 내고 있소,

공장 노동자들에게도 회사의 지분을 조금씩 나눠 줬소. 그들은 신뢰할 수 있는 사람이라서 나를 좋아하오. 노동조합과 공산주의자들에게 왜 속겠소, 이 공장이 우리 모두가 노력한 결과라는 걸 나만큼이나 잘 알고 있소, 나도 그들과 별 차이가 없다는 것도 알고 있고, 오늘 그들과 함께 이프타르*를 함께 하려고 하는데 당신들도 오시오, 나는 그들과 아주 친밀하다오, 내 밑에 직원이 7,000명 있소, 라고 하면, 무스타파와 세르다르가 얼마나 놀랄까, 그제야 내가 어떤 사람인지 알게 될 것이다. 알게 되겠지, 그렇지 않을까?

할릴의 쓰레기 트럭이 비탈길을 오르고 있었다. 소리를 들으면 안다. 새들은 더 이상 지저귀지 않았다. 천장의 독수리가 지겨워져, 침대에서 몸을 돌려 바닥을 바라봤다. 개미 한 마리가 바닥을 기어가고 있었다. 개미, 개미, 불쌍한 개미! 손가락을 뻗어 살짝 한 번 만져 봤다. 개미는 허둥댔다. 너보다 더 힘센 것들이 있단다. 넌 모를 거야, 아, 개미! 놀랐지, 그치, 달아나고 있구나, 개미 앞에 손가락을 세우자 돌아서 도망갔다. 조금 더 개미를 가지고 놀았다. 그러다 개미가 불쌍해졌고, 역겨워졌다. 이상한 기분이 들었다. 지루했다, 좋은 것들을 생각하고 싶어졌고, 항상 떠올리던 그 승리의 날을 생각했다.

그날, 내가 이 전화 저 전화 번갈아 가며 명령을 내리는 날, 그 승리의 날, 누군가 건네준 전화를 받아, 여보세요, 거기 툰젤리인가, 라고 말한다. 여보세요, 거긴 어때, 전화를 받은 사

---

* 금식 기간인 라마단 명절의 저녁 식사.

람은, 그렇습니다, 지도자님, 여기는 정리되었습니다, 고맙습니다, 라고 말한다. 마지막으로 카르스에 전화를 걸어, 여보세요, 카르스인가, 거긴 상황이 어때, 라고 물으면, 거의 다 되었습니다, 지도자님, 다 끝나 갑니다, 라고 대답하고, 좋아, 일 잘했어, 고마워, 라고 한다. 전화를 끊고 방에서 나와 내 뒤를 따르는 사람들과 함께 커다란 회의실로 들어가면, 수천 명의 대표자들이 일어서서 박수갈채를 보내며 환호하고, 호기심 어린 눈으로 내가 입을 열기를 기다리면, 나는 마이크에 대고 '이상주의 번개 작전'이 지금 끝났으며, 툰젤리와 국경 도시 카르스에서 공산당 저항 소굴을 마지막으로 소탕했다고 방금 연락을 받았습니다, '이상주의 천국'은 이제 꿈이 아닙니다, 터키에는 이제 공산주의자가 단 한 명 남아 있습니다, 라고 말하고 있을 때, 나의 보좌관이 내 귀에 대고 무엇인가를 속삭인다. 나는, 아, 그래, 알았어, 지금 가겠어, 라고 한다. 끝없이 펼쳐지는 대리석 복도를 지난 후, 무장한 보초들이 지키고 있는, 양쪽으로 문이 열리는 마흔 개의 방 가운데 마지막 방에서, 강한 불이 켜져 있는 한구석에서, 너를 본다, 너는 의자에 묶여 있다, 보좌관이 내게, 얼마 전에 체포되었습니다, 지도자님, 모든 공산주의자들의 우두머리가 이 여자라고 합니다, 라고 하는데, 나는 당장 풀어 줘, 이 여자의 팔을 묶는 건 우리에게 어울리지 않아, 라고 한다. 나의 부하들은 너를 풀어 주고, 나는, 둘만 있게 해 주게, 라고 말한다. 나의 보좌관과 부하들은 부츠의 뒷굽을 부딪치며 경례를 하고 나간다. 문이 닫히자 나는 너를 쳐다본다. 마흔 살의 너는 더 아름답고 더 성숙한 여자가 되었구나, 뭐 좀 마시겠느냐고 물으면서, 나를 알아보겠소, 닐귄 동지, 라고 묻고, 너는 부끄러워하며, 네, 알아봤습니다, 라고 대답한다. 순간 정적이 흐르고 우리는 서로를 바라본다, 그런 후 갑자기 나는, 우리가 이겼어, 우리는 터키를 너희 공산주의자들에게 넘겨주지 않았어, 후회되니, 라고 묻는다, 그녀는, 네, 후회해요, 라고 대답한다. 내가 쥐고 있던 담뱃갑으로 뻗은 손이 떨리는 것을 보고 나는, 진정해요, 나와 나의 친구들은 여성들과 소녀들에게 절대 나쁜 짓을 하지 않소, 제발 진정해요, 우리는 수천 년 동안 지속되어 온 이 터키 전통을 끝까지 고수할 것이오, 그러니 절대 두려워 마시오, 당신에게 벌을 내리는 것은 내가 아니고 역사와 우리 민족의 법정일 것이오, 라고 말한다. 너는, 난 후회해, 하산, 난 후회해, 라고 하고, 나는, 후회하기에는 너무 늦었어, 안타깝지만 감정에 휩쓸려 당신을 용서할 수는 없어, 왜냐하면 내게는 무엇보다도 우리 민족에 대한 책임이 있어, 라고 말하는데, 너 닐귄이 갑자기, 아, 옷을 벗는 걸 본다. 옷을 벗은 너는 내게 다가온다, 아무도 모르게 몰래 봤던 펜틱의 그 도색영화에 나오는 뻔뻔하고 부도덕한 여자들처럼 되었구나. 아, 하느님, 게다가 나를 사랑한다고 말하며 나를 속이려 하는구나, 너는. 하지만 나는 얼음 같다, 네가 역겹고, 싫어졌다. 네가 애원할 때, 나는 보초병을 불러, 이 카테리나를 데리고 가, 발타즈 메흐메트 파샤*의

---

* 1662~1721. 10만 병사를 이끌고 러시아 원정에 나섰던 오스만 제국 사령관. 그 후 러시아군은 평화 협정을 제시하는데, 그가 차르의 부인 카테리나와의 부절적한 관계로 오스만 제국에 불리한 협정을 맺었다는 의혹을 받았다.

실수를 반복할 생각이 나는 없어, 나의 민족은 나약한 발타즈 때문에 많은 고통을 겪었어, 하지만 이제 그 시절은 지나갔어, 라고 한다. 보초병들이 너를 데리고 나갈 때 나는 어쩌면 다른 방으로 가서 울겠지. 너 같은 여자애마저 어떤 상태로 이끌고 갈 수 있는지를 보았기 때문에, 어쩌면 바로 그 이유만으로, 감정에 휩쓸려 공산주의자들에게 가혹하게 대할 수 있다, 하지만 잠시 후 눈물이 말랐다, 그러니까 오랜 세월 동안 헛되이 가슴앓이를 했다고 생각하며 스스로를 위로하고, 승리의 축제에 동참하면, 어쩌면 이제 너를 그날 완전히 잊을 수 있겠지.

이런 터무니없는 상상도 지루해졌다. 몸을 돌려 침대 가장자리에서 바닥을 바라봤다. 개미는 가고 없었다! 언제 도망갔을까? 해는 더 높이 떠 있었다. 갑자기 생각이 떠올라 침대에서 벌떡 일어났다. 늦을 것 같다.

부엌으로 가서 음식을 좀 집어 먹은 후 몰래 창문으로 나가 길을 나섰다. 새들은 또 나뭇가지에 앉아 있었다. 타르신네는 비탈길 옆으로 체리 바구니들을 늘어놓고 있었다. 해변에 도착해 보니, 경비와 매표원은 있었지만 닐귄은 보이지 않았다. 방파제로 가서 소형 쾌속정들을 쳐다봤다. 졸립다, 바닥에 앉았다.

그래 지금 전화를 하자. 여보세요, 당신은 위험에 처해 있습니다, 닐귄 양, 오늘은 해변이나 가게에 오지 마세요, 집에서도 나오지 마세요, 내가 누구냐고요? 옛날 친구! 단호한 목소리로 말하고 딱, 일방적으로 전화를 끊어야지. 그러면 내가 누구인지를, 그녀를 사랑한다는 것을, 위험에서 보호하려는 것을 알아줄까?

아니다, 여성들에게 정중하게 대해야 한다는 걸 나는 알고 있다, 손에 든 신문을 빼앗아 찢어 버리는 건 말도 안 된다! 여자는 가련한 창조물이다. 그녀들을 잘 대해 줘야 한다. 나의 어머니도 얼마나 좋은 사람인가! 여자들을 나쁜 시선으로 보는 사람들을 나는 좋아하지 않는다. 여자들을 보고 오로지 섹스만 생각하는 사람들은, 사악하고 발정 난 여드름투성이 사내아이들과 물질주의자 부자들과 더러운 놈들이다. 여자들을 정중하고 부드럽게 대해야 한다는 걸 나는 알고 있다. 잘 지냈어요, 먼저 들어가세요, 여성과 함께 걷다가 문이 있으면 발걸음이 저절로 느려지고, 무의식적으로 문을 열어 주며, 먼저 가세요, 나는 당신 같은 여성들과 여자애들에게 어떻게 말해야 하는지 안다, 아, 담배를 피우시나요, 게다가 길거리에서 피우시는군요, 물론 피우셔도 되지요, 당신의 권리이기도 하지요, 저는 보수주의자가 아닙니다, 딱, 기관차 모양 라이터로 단번에 불을 붙여 준다, 나는 남자나 반 친구들과 얘기하는 것처럼 아주 편하게, 얼굴이 상기되지 않고, 원한다면, 약간 노력만 하면, 여자애와도 얼굴을 붉히지 않고 얘기할 수 있다, 그러면 여자애들은 내가 어떤 사람인지 알고 자신들이 오해했다는 것에 놀라고 부끄러워할 것이다. 신문을 빼앗아 찢는 건 말도 안 된다! 어쩌면 무스타파도 진지하게 한 말은 아닐 것이다.

바다와 소형 쾌속정도 지겹다, 자리에서 일어나 해변으로 돌아갔다. 무스타파는 그냥 농담으로 말했을 것이다. 그도 여자애들에게 못되게 행동하면 안 된다는 것 정도는 알고 있다.

무스타파는, 널 시험하려고 한 말이었어, 영원한 복종이 규율이라는 걸 명심하고 있는지 알고 싶어서 말이야! 네가 좋아한다는 그 여자애에게 나쁘게 행동할 필요 없어, 하산! 하고 말할 것이다.

해변에는 닐권이 와 있었다. 여느 때처럼 누워 있었다. 나는 굉장히 졸려서 그녀를 보고도 흥분하지 않았다. 조각상을 보는 것처럼 쳐다봤다. 잠시 후 나는 앉았다, 닐권, 너를 기다리고 있어.

어쩌면 무스타파는 오지 않을 거야, 라고 생각했다. 잊었을 거야. 중요하게 생각하지 않거나, 자고 있을지도 몰라. 해변으로 달려가는 사람들이 보인다. 이스탄불에서 온 자동차들, 바구니와 비치볼을 든 아버지들, 어머니들, 아이들, 끔찍하고 바보 같은 가족들. 당신들은 모두 죄인이야, 모두 벌을 받을 거야. 역겨웠다.

어쩌면 내가 그렇게 하지 않을지도 모른다고 생각했다. 나는 그런 사람이 아닌걸! 그러면 그들은 나에 대해, 공산주의자 여자애의 손에서 신문을 빼앗지도 못했어, 찢는 건 고사하고! 조심해, 이 젠네트히사르 출신의 하산 카라타시를, 받아 주지 마! 라고 할 것이다. 하지만 나는 두렵지 않다, 혼자서 위대한 일을 할 것이다, 그러면 너희들은 알게 되겠지.

"야, 일어나, 인마!"

깜짝 놀랐다! 무스타파였다. 나는 후다닥 일어섰다.

"여자애 왔어?"

"응, 저기, 파란색 수영복 입은 애."

"책 읽고 있는 애 말이야?"

그는 이렇게 말하며 험악한 시선으로 닐귄을 바라봤다.

"어떻게 해야 하는지 알지? 가게는 어디야?"

나는 가리켜 보였다. 그리고 담배를 한 대 달라고 했다. 그는 내게 담배를 건네고는 기다리기 시작했다.

나는 담배에 불을 붙이고, 그 끝을 보며 기다렸다, 그리고 생각했다. 닐귄, 난 바보가 아냐, 나는 이상주의자야, 신념이 있어, 어제 저녁엔 위험을 무릅쓰고 벽에 글을 썼어, 봐, 손에 묻은 페인트도 아직 그대로야!

"아니, 너 담배를 피우고 있구나! 부끄러운 줄 알아! 담배를 피우기에는 아직 어려, 넌."

큰아버지 레젭! 장바구니를 들고 있었다.

"처음으로 피우는 거예요."

"그 담배 빨리 버리고, 집으로 돌아가라. 이런 데서 무슨 할 일이 있니?"

나를 내버려 두고 가라는 뜻으로 담배를 버렸다.

"같이 공부할 친구가 있어서 기다리고 있어요."

나는 그에게 돈도 달라고 하지 않았다.

"네 아버지도 장례식에 가지, 그렇지?"

그는 이렇게 묻고는 잠시 기다리다가, 이상하게 흔들흔들 걸어서 사라졌다. 비탈길을 올라가는 마차를 이끄는 말 한 필, 탁-타닥, 탁-타닥, 불쌍한 난쟁이.

잠시 후에 보니 닐귄은 바다에 들어갔다가 해변 밖으로 나오고 있었다. 나는 무스타파에게 가서 전했다.

"난 가게로 들어갈게. 네 말처럼 그 애가 《줌후리예트》를 사면, 내가 먼저 나와서 기침을 할 거야. 그러면 네가 뭘 어떻게 해야 하는지 알지, 그렇지?"

나는 아무 대답도 하지 않았다.

"너를 주시하고 있다는 거 잊지 마!"

그는 이렇게 말하고 걸어갔다.

나는 옆 골목으로 들어가 기다렸다. 먼저 무스타파가 가게로 들어갔다. 잠시 후 네가 들어갔다, 닐권. 나는 흥분했다. 나는 속으로, 운동화 끈을 더 꽉 묶어야지, 라고 중얼거렸다. 손이 떨렸다. 기다리면서 생각했다. 인생에는 온갖 일이 생길 수 있어. 이런 생각이 들자 갑자기 겁이 나는 것 같았다. 어느 날 아침 일어나 보니 바다가 새빨갛게 변해 있다거나, 당장 지진이 일어나서 젠네트히사르가 가운데서 둘로 쪼개지고, 해변에서는 불길이 솟아오를 수 있다. 오싹한 기분이 들었다.

먼저 무스타파가 나왔다. 내 쪽을 보며 기침을 했다. 그다음에 손에 신문을 든 닐권이 나왔다. 나는 그녀 뒤를 따라갔다. 그녀는 아주 빠른 걸음으로 걸어갔다. 참새들처럼 땅에 내려앉았다 일어나는 그녀의 발을 바라보았다. 아름다운 다리로 나를 현혹할 수 있다고 생각한다면 그건 착각이야. 우리는 사람들과 멀어졌다. 뒤를 돌아보니 무스타파 말고는 아무도 없었다. 내가 다가가자 나의 기척을 느끼고 닐권이 돌아봤다.

"안녕, 닐권!"

"안녕."

그녀는 이렇게 말하고는 몸을 돌려 계속 걸어갔다.

"잠깐만, 잠시 얘기 좀 할 수 있어?"

그녀는 내 말을 못 들은 척하며 걸어갔다. 나는 그녀 뒤를 따라서 뛰었다.

"멈춰! 왜 나하고 말을 안 하는 않는 거야?"

대답이 없다.

"아니면 무슨 죄라도 져서 부끄러운 거야?"

대답이 없다. 계속 걷는다.

"우린 문명인들처럼 얘기를 나눌 수 없는 거야?"

또 대답이 없다.

"아니면, 나를 못 알아보는 거야, 닐귄?"

그녀가 더 빨리 걷자, 그녀 뒤에서 뛰어가며 말을 거는 것이 소용없다는 걸 깨달았다. 더 빨리 뛰어 그녀 옆으로 갔다. 지금 우리는 친구처럼 나란히 걷고 있고 나는 말을 한다.

"왜 도망치는 거야? 내가 너한테 뭘 했는데?"

그녀는 아무 말이 없다.

"내가 나쁜 짓을 하는 걸 본 거야 뭐야, 말해 봐!"

그녀는 말하지 않았다.

"왜 아무 말도 안 하는지 말해 봐."

그래도 말을 하지 않았다.

"좋아, 나는 니가 왜 말을 하지 않는지 알아. 말해 줄까 그 이유를?"

그녀가 아무 말도 하지 않자 나는 화가 났다.

"나에 대해 오해하고 있지, 그렇지? 나를 그렇게 생각하고 있지? 하지만 오해야, 오해고말고, 네가 왜 오해하고 있는지 이제 알게 될 거야."

이렇게 말은 했지만 아무것도 하지 않았다. 부끄러웠기 때문이었다. 갑자기 내가 터무니없는 짓을 했다는 생각에 고함을 지르고 싶은 심정이었다! 바로 그때, 빌어먹을, 맞은편에서 오는 잘 차려입은 두 명의 신사를 보았다.

이 더위에 넥타이를 매고 재킷을 입은 그 속물들이 내 일에 끼어들지 않도록 기다렸다. 오해하지 않도록 하기 위해서이기도 하다. 조금 뒤로 처져 있었는데, 닐퀸이 거의 뛰듯이 걷기 시작했다. 모퉁이 하나만 돌면 그녀의 집이었기 때문에 나도 뛰기 시작했다. 내 뒤에서 무스타파도 뛰어오고 있었다. 모퉁이를 돌고 나는 놀랐다. 그녀는 벌써 뛰어가서 장바구니를 들고 뒤뚱뒤뚱 걷는 난쟁이의 팔짱을 끼고 있었다. 둘에게 뭔가 해야겠다고 생각했지만, 발이 떨어지지 않았다. 멈춰서 그들의 뒷모습을 그저 그렇게, 바보처럼 바라만 보고 있었다. 무스타파가 왔다.

"겁쟁이 새끼, 가만 안 둘 테야!"
"내가 가만두지 않을 거야! 내일! 내일 두고 봐!"
이에 무스타파가 물었다.
"내일 할 거야?"

하지만 지금 하고 싶었다! 아주 나쁜 짓. 무스타파를 한 대 갈기고 싶었다! 한 대 갈기면 그는 바닥에 쓰러져 버릴 것이다. 모두가 알아줬으면 해서 하는 나쁜 짓. 그의 얼굴을 때려야 나를 볼 수 없을 것이고, 그래서 아무도 내가 겁쟁이라고 생각하지 못하게 해야 한다. 나는 다른 사람들이 나를 그처럼 여기고 판단하는 것이 싫다. 나는 아주 다른 사람이다, 이걸 모르겠어, 모르겠냐고, 내 주먹을 봐! 나는 이제 아주 다른 사람이야, 나는 내가 아냐. 얼마나 화가 났던지, 내 안에서 솟아나온 분노에 나조차 내가 두려웠다. 무스타파조차 아무 말도 하지 못했다. 나의 상황을 알았기 때문에. 우리는 아무 말도 하지 않고 걸었다. 왜냐하면 나중에 너도 후회할 테니까, 그걸 알지, 그렇지?

가게에는 주인 말고 아무도 없었다. 우리가 《줌후리예트》를 달라고 하자, 한 부를 건넸다. 하지만 내가 전부 다 달라고 하자 알아챘다, 하지만 그도 무스타파처럼 내가 두려웠는지 신문을 전부 주었다. 쓰레기통이 없다고 했다. 나는 신문을 갈기갈기 찢어 공중으로 날려 버렸다. 세 부씩, 다섯 부씩, 한꺼번에 찢어 던졌다. 가게 진열장에 집개로 매달아 고정시켜 놓은 여자 누드 사진도 잡아 빼서 찢어 버렸다. 저질 주간 잡지, 죄악, 혐오, 역겨움……. 이 추잡한 것들을 모조리 없애는 것이 내가 할 일이었군! 무스타파마저 놀랐다.

"좋아, 알았어, 알았다고, 이제 그만해!"

그는 나를 가게에서 끌어냈다.

"저녁때 찻집으로 와! 내일 아침에는 여기로 오고."

나는 아무 말도 하지 않았다. 나중에 그가 갈 때 담배 한 대를 달라고 했고, 그는 줬다.

23

레젭은 나의 아침밥 쟁반을 들고 내려간 후 시장에 갔다. 시장에서 돌아올 때는 옆에 누가 있었다. 새털처럼 가벼운 발소리로 그 사람이 닐귄이라는 걸 알았다. 그 아이는 계단을 올라와 내 방문을 열고 나를 쳐다봤다. 머리가 젖어 있었다. 바다에 들어갔나 보다. 잠시 후 방문을 닫고 나갔다. 그 아이가 죽을 때까지 내 방에 다른 사람은 들르지 않았다. 침대에 누워 세상의 소리를 들었다. 먼저 닐귄과 파룩이 아래에서 이야기하는 소리를 들었다. 그러나 토요일 해변에서 들려오는 소음이 너무 커져서, 그들의 이야기 소리가 들리지 않았다. 당신의 지옥이에요, 셀라하틴, 당신이 천국이라고 하던 지옥이 바로 지상으로 내려왔어요. 들어 봐요, 우리는 모두 평등해요, 돈을 얼마만 내면 누구나 들어가서 옷을 벗을 수 있고, 나란히 누울 수 있어요, 들어 봐요! 나는 소음을 듣지 않으려고 일어나서 베니션 블라인드와 창문을 닫았다. 점심을 먹고 낮잠의 망각 속으로 빠져야지, 라고 생각하며 한참을 기다렸다. 레젭은 늦게 왔다. 어떤 어부의 장례식에 갔다 온 것이다. 나는 점심을 먹으러 아래층에 내려가지 않았다. 레젭은 내 식사가 담긴 쟁반을 가지고 왔다가 문을 닫고 나갔다. 나는 잠이 오기를 기다렸다.

  어머니는, 가장 좋은 잠은 낮잠이야, 라고 말씀하시곤 했다. 점심을 먹고 잠을 자면 가장 좋은 꿈을 꾼단다 그리고 예뻐지지. 그랬다. 낮잠을 자고 일어나면 땀이 조금 났으며, 몸의 긴장이 풀리고, 약간 가벼워지는 것 같았다. 작은 참새처럼 펄펄 날곤 했다. 그런 후 창문을 열곤 했다. 신선한 공기가 들어오고 탁한 공기는 나갈 수 있도록, 또 니샨타쉬 정원의 초록색 가지들이 방 안까지 뻗쳐 들어오고, 나의 꿈은 밖으로 나갈 수 있도록. 잠에서 깨어난 후, 내 꿈이 나와 헤어지던 곳에서 스스로 흘러간다고 믿고 싶었기 때문이었다. 죽었을 때도 어쩌면. 나의 생각들은 방 안을 돌아다닌다. 생각들은, 물건들 속에서, 꼭 닫힌 베니션 블라인드 사이에서, 나의 테이블과 침대, 벽과 천장 표면을 기어서 돌아다닌다. 살짝 문을 열어 두면 허공에서 내 생각의 그림자가 보이는 것만 같다. 닫아 문을, 내 생각의 순수가 변질되지 않도록, 나의 추억에 독이 퍼지지 않도록, 깨끗하고 깨끗한 나의 생각, 너희들이 스스로에게 수치심을 느낄 수 있도록, 마지막 심판의 날까지, 이곳에서, 내 천장 밑에서, 이 고요한 집에서, 천사들처럼 계속 흔들거리고 있었으면 한다. 하지만 그들이 어떻게 할지 나는 안다. 아, 악마의 손자들. 한 명, 그것도 제일 어린 놈이 발설하고 말았다. 할머니, 이 집은 너무 오래됐어요, 이제 철거하고 그 자리에 아파트를 지어요. 왜냐하면, 나는 안다, 너희들에게는, 너희들 목까지 죄악에 파묻히는 것이 아니라, 다른 사람이 죄악을 저지르지 않은 것을 보는 게 더 고통스럽기 때문이라는 것을.

셀라하틴은, 당신이 죄악이라고 하는 그 터무니없는 금기를 당신도 나처럼 뛰어넘어야 해, 당신도 나처럼 라크를 마셔, 한 모금만, 호기심이 전혀 없나, 해는 없어, 오히려 득이 돼, 두뇌를 활성화하지, 라고 말하곤 했다. 하느님, 회개합니다! 좋아, 한 번이라도 좋으니 이제 말해 봐, 당신 남편의 죄야, 신은 없어, 라고 말해, 파트마, 자 빨리. 하느님, 회개합니다! 그렇다면 이걸 들어 봐, 내 백과사전의 가장 중요한 항목이야, 들어 봐, 최근에 썼어. 새 문자로. 알파벳 'B'에서 지식 항목을 요약해서 읽어 볼게. 우리 지식의 원천은 실험이다……. 실험에 의거하지 않고, 실험으로 증명되지 않은 지식은 유효하지 않다. 이 문장은 모든 학문적 버팀대여서, 신의 존재 문제도 단숨에 없애 버린다……. 왜냐하면 실험으로 증명할 수 없는 문제니까. 존재론적인 증명인 스콜라 철학은 그저 잡담이다……! 신은 형이상학자들이 장난을 치고 있는 하나의 사고일 뿐이다……. 그렇다면 우리의 사과와 배, 파트마의 세계에는 안타깝게도 신의 자리는 없다……. 하, 하, 하! 알겠어, 파트마, 당신의 신 따위는 없어, 이제! 난 이 지식을 곧장 퍼뜨릴 생각이야! 백과사전이 완성되기를 기다릴 인내심은 없어, 인쇄업자 이스테판에게 편지를 썼어, 별쇄본으로 인쇄해서 당장 출판할 거야. 보석상 아브람을 또 부를 거야, 알아서 해, 이 중요한 문제 앞에서 또 당신의 소녀 같은 투정을 감수할 생각은 없어, 보석함에서 좋은 물건을 꺼내 주라고, 난 확신해, 온 나라에 득이 될 거야. 천치 같은 광신자들이 이걸 못 팔게 한다면, 시르케지에 가서 내가 직접 팔 거야. 두고 봐, 불티나게 팔릴 테니! 프랑스 책에서 이걸 발췌해, 우리 국민이 이해할 수 있는 말로 쓰는 데 많은 세월을 투자했어, 파트마, 당신도 알잖아! 내가 진정 궁금해하는 것은 사람들이 읽을까 안 읽을까의 문제가 아냐, 파트마, 읽은 다음에 그들이 어떤 상태가 될지가 궁금해, 난.

하지만 다행이 자기 자신과 어쩌면 난쟁이 말고는 그 누구도 그 역겨운 거짓말을 읽지 않았다. 악마의 꼬드김에 넘어간 그 가련한 사람이 '미래의 아름다운 천국'이라며 흥분하여 설명하고 묘사했던 지옥이 지상에 즉시 내려오기를 얼마나 갈구했는지는 혐오감에 휩싸인 나만 읽었다. 그리고 다른 그 누구도 읽지 않았다.

셀라하틴이 '죽음'이라는 것을 발견한 날로부터 칠 개월, 그가 죽은 후 삼 개월이 지난 후였다. 나의 아들 도안은 케마흐에 있었고, 한겨울이었다. 집에는 난쟁이와 나만 있었다. 눈이 내리는 밤이었다. 묘지 위에 눈이 쌓이지 않아야 할 텐데 생각하고 있는데, 갑자기 소름이 끼쳤고, 몸을 따스하게 하고 싶은 마음이 들었다. 그의 입에서 나는 포도주 냄새를 견디기 싫어 들어가던 그 방에서 나는 발이 꽁꽁 얼어붙은 채, 혼자서 추위에 떨며 앉아 있었기 때문이다. 차갑고 답답하기만 한 전등 빛은 나를 위로하지 못했다. 눈은 창에 부딪쳤지만, 나는 울지 않았다. 몸을 따뜻하게 하고 싶어 위층으로 올라갔다. 셀라하틴이 살아 있을 때는 들어가지 않았고, 서성이는 발소리만 끊이지 않고 들려왔던 방에 이제는 들어갈 수 있을 거라고 생각했다. 문을 천천히 밀고 안을 들여다보았다. 온 사방에 널려 있었다, 거만하게 누워들 있었다, 책상에, 안락의자와 걸상 위에, 서랍에, 책 위에, 책 안에, 바닥에, 창문 안쪽에, 종이들, 종이들, 뭔가 쓰여 있고 밑줄이 쳐져 있는 종이들, 종이들, 종이 더미들. 나는 크고 볼품없는 난로의 뚜껑을 열고 그 안에 쑤셔 넣기 시작했다. 성냥불을 던지자 점점 더 많은 종이와 글과 신문을 잘 삼켜 버렸다, 당신의 죄악을, 셀라하틴! 당신의 죄악이 사라져 갈수록 내 속이 따스해졌어요! 평생을 바쳤던 나의 작품, 사랑하는 나의 죄악! 그 악마가 뭐라 썼는지 한번 봐야지. 사실 그가 찢고 찢으며 쓰고 있을 때 읽은 적이 있었다. 앞부분에 짧은 메모가 적혀 있었다. 공화국. 우리에게 필요한 통치 형태는 이것이다……. 공화국의 종류는 다양하다. 드 파세트는 이 주제에 관한 그의 책에서……. 1342……. 이번 주에 앙카라에서 설립되었다고 신문에 쓰여 있다……. 그렇군……. 하지만 이것도 자기들 같은 꼴로 만들지 말아야 할 텐데……. 다윈의 이론을 코란과 비교하라 그리고 바보들도 이해할 수 있는 단순한 속담을 예로 들어 학문의 우월성을 설명하라……. 지진은 전적으로 지질학적 사건이며 지각(地殼)이 흔들리는 것이다. 여자는 남자의 보완적인 존재다……. 두 부류로 나눠진다……. 첫 번째 부류는, 자연적인 여자들이다, 이들은 자연이 자신들에게 부여한 희열과 재미에 보답하며, 느긋하고, 고민이 없고, 걱정도 없고, 신경질적이지 않으며, 분노하지 않는 자연적인 여성들이며, 대부분 서민층이나 하류층 출신이다……. 루소가 결혼한 여자처럼……. 그녀는 루소에게 여섯 자녀를 안겨 주었다, 하녀였다……. 두 번째 부류 여자들은 신경질적이며, 고압적이고, 우아하고, 맹목적인 믿음에 넘어갈 수밖에 없고, 차가우며, 이해심 없다. 마리 앙투아네트 같은……. 두 번째 부류 여자들이 차갑고 이해심이 없어서, 많은 학자와 철학자가 이해와 사랑의 따스함을 하류 계급의 여성들에게서 찾은 것이다……. 루소의 여자인 하녀, 괴테의 여자인 빵집 딸, 공산주의 지식인 마르크스의 여자 역시 하녀였다……. 그는 이 여자에게서 딸을 얻었다……. 그 딸을 엥겔스가 맡았다. 왜 부끄러워해야 하지? 삶의 현실인데……. 더 많은 실례가 있다. 이렇게, 이 위대한 남자들은 차가운 부인들 때문에 부당하게 고통을 겪어 삶이 피폐해졌고, 어떤 이는 이러한 이유로 책을, 어떤 이는 철학을, 어떤 이는 백과사전을 완성하지 못하고 헛되이 소모되었다. 법과 사회가 사생아라 여기는 그 아이들도 또 다른 고통이다! 황새의 날개를 보면서 생각했다. 완전한 황새의 형상에 프로펠러도 없는 비행선을 만들 수 있을까……? 비행기는 이제 전쟁 무기다……. 린드버그라는 사람이 지난주에 대서양을 날아서 횡단하는 데 성공했다. 스물둘……. 파디샤들은 죄다 바보다……. 우리 집 정원에 있는 도마뱀들은 다윈을 읽지 않았음에도 다윈의 가설에 맞게 꼬리를 버리는데, 결국 이것은 인간 사고의 승리로 봐야 한다! 만약 산업화를 가속화해 준다는 걸 증명할 수 있다면 우리가 이슬람교에서 기독교로 개종할 필요가 있다는 것에 대해 당장 썼을 것이다…….

나는 읽고 또 읽었다. 그리고 역겨워하면서 난로 안으로 던져 몸을 덥혔다. 얼마나 읽고, 얼마나 던졌는지도 모르겠다. 그러던 참에 갑자기 문이 열렸다. 돌아보니 난쟁이였다. 아직 열일곱 살이다. 뭐 하세요, 마님, 부끄럽지도 않으세요? 넌 입 다물어! 죄악이 아닌가요? 입 다물라고 했잖아! 죄악이 아닌가요? 여전히 입을 다물지 않는다! 내 지팡이 어디 있어? 아이는 입을 다물었다. 다른 종이들이 있는지, 감춰 둔 게 있는지 솔직히 말해, 난쟁이야, 이게 전부야? 아무 말도 하지 않는다! 그러니까 네가 감췄구나, 넌 그의 아들이 아냐, 사생아이니 그 어떤 권리도 없어, 알아들었어? 그것들을 내게 줘, 그 종이를 전부 다 불태워 버릴 거야, 빨리 가져와, 그래도 넌 여전히 내게 부끄럽지 않느냐고 하는구나. 어딨어, 내 지팡이? 나는 그를 향해 걸어갔다. 음흉한 놈, 타다닥, 그는 계단을 통해 아래로 도망쳤다. 아래층에서 말했다. 저한테는 아무것도 없어요, 마님, 맹세해요, 아무것도 감추지 않았어요! 좋아! 나는 아무 말도 하지 않았다. 한밤중에 갑자기 그의 방에 들어가, 그를 깨워 밖으로 내쫓았다. 이상한 냄새가 나는 방을 구석구석 뒤졌다, 조그만 아이 침대의 매트리스 안까지 샅샅이 뒤졌다. 다른 종이는 없는 것 같았다, 그렇다.

하지만 나는 항상 두려웠다. 어딘가에 뭔가를 감췄을 것이다. 한 장이라도 놓친 게 있었다면 도안이, 그 아버지의 아들이 찾아서 출판했을 것이다. 그가 자꾸 물었던 것이다. 어머니, 아버지가 쓴 글들 어디에 있어요? 나는 네 말이 들리지 않는구나, 애야. 그러니까 몇 년 동안 쓰셨잖아요, 그것들 어디에 있어요, 어머니? 애야, 들리지 않는구나. 아버지가 완성하지 못한 백과사전 말하는 거예요. 들리지 않는다니까. 어쩌면 가치가 있을 수 있어요, 아버지는 그걸 쓰는 데 평생을 바쳤어요, 전 아주 궁금해요, 어머니, 어서 제게 주세요. 아들아, 들리지 않는구나. 아버지가 바라시던 것처럼 출판할 수 있을지도 몰라요, 5월 27일 기념일*이 다가오고 있거든요. 군부가 다시 혁명을 일으킨다고들 해요. 도안아, 나는 네 목소리가 들리지 않는구나. 이 혁명 후에는 케말주의**에 또 다른 전환이 올 거라고들 해요, 그 백과사전에서 흥미로운 부분들만이라도 출간할 수 있을 거예요. 어디 있든지 간에 꺼내 주세요, 어머니! 내 귀는 잘 들리지 않는단다. 그 종이들 어디 있어요, 제가 찾고 또 찾았는데 없어요. 책들도 없고요. 세탁실에 던져 놓은 이상한 기구들만 있어요! 나는 들리지 않는다! 어머니, 그것들 다 어떻게 하셨어요, 종이들, 책들, 혹시 버린 거 아니에요? 나는 말하지 않았다. 찢었지요, 태웠지요, 버렸지요, 그렇

---

* 1960년 5월 27일 터키 공화국 최초로 일어난 군사 혁명.
** 공화인민당 단독 정당 시대인 1920~1930년대에 터키를 강력하게 지배했던 정신으로, 서구화 개혁과 서구화된 문명국가를 추구했다. 이 정신을 신봉하는 계층은 군부와 지식인이었다. 1945년 복수 정당 시대로 들어서면서 케말주의의 힘이 다소 약해졌다가, 1960년 군사 혁명 이후 군부에 의해 다시 강조되기 시작했다. 국부인 케말 아타튀르크의 이름을 따서 '아타튀르크주의'라고도 한다.

지요? 도안은 울기 시작한다. 잠시 후 라크를 벌컥벌컥 마신다. 저도 쓸 거예요, 아버지처럼. 모든 게 다시 안 좋아지고 있어요, 이런 안 좋은 상황, 바보짓을 저지르기 위해 뭐라도 해야만 해요, 사람들이 이렇게까지 사악하거나 바보일 수는 없어요. 그중 좋은 사람이 분명 있을 거예요 어머니. 농림부 장관이 학창 시절에 알던 사람이에요, 같은 여자애를 사랑했지만 그래도 좋은 친구 사이였어요, 저보다 한 학년 어려요. 하지만 같은 체육부였어요, 포탄 던지기 선수였지요. 아주 뚱뚱했어요, 하지만 마음은 보석 같은 아이였어요. 지금 그에게 긴 보고서를 쓰고 있어요. 또 현재 합참 차장도 제가 질레 군수였을 때 중위였어요. 아주 좋은 사람이에요, 국가가 잘되었으면 하고 무척 애를 썼지요. 그에게도 이 보고서를 한 부 보낼 거예요. 어머니, 어머니는 모르세요, 얼마나 부당한 일이 많은지…… 좋다, 그런데 왜 그런 것들이 네 탓이니? 관심 갖지 않고 관여하지 않으면 우리가 책임을 져야 하기 때문이에요, 어머니. 최소한 제가 책임을 지지 않기 위해 책상에 앉아 이런 걸 쓰고 있잖아요…… 넌 네 아버지보다 더 가련하구나, 네 아버지보다 더 겁쟁이구나! 아니에요, 어머니, 어머니, 그렇지 않아요, 제가 겁쟁이였다면 그들과 함께했겠죠. 제가 주지사가 될 차례가 왔어요, 하지만 저도 더 이상 참을 수 없어요, 불쌍한 시골 사람들에게 어떻게 하는지 아세요? 아들아, 난 그런 거 궁금하지 않아! 그들을 외딴 산골에…… 호기심이란 건 아무 짝에도 소용없다는 건 돌아가신 네 아버지가 내게 가르쳐 줬다! 방치하고 있어요, 의사도 선생도 없고요…… 안타깝게도 돌아가신 나의 아버지가 내게 가르쳐 준 걸 내가 너한테는 가르쳐 주지 못했구나, 나의 도안! 그리고 일 년에 한 번 그들에게서 수확물을 싸게 사려 할 때만…… 안타깝지만 아들아, 나는 네게 아무것도 줄 수 없다! 그리고 그들을 끔찍한 어둠 속에 남겨 놓은 채 잊어버려요, 어머니……. 아이는 더 많은 걸 설명해 주곤 했다. 나는 더 듣지 않고 내 방으로 가서 생각했다. 정말 이상하다, 다른 사람들처럼 되지 말라고, 집과 직장 사이를 평온하게 오가지 말라고 꼬드기는 누군가가 있는 것 같다! 나는 생각하곤 했다. 그들을 꼬드긴 그 누군가가 지금 나의 고통을 보고 있고, 음흉하게 웃고 있는 것만 같았다! 역겨웠다, 시계를 봤다. 3시가 되었다. 하지만 여전히 잠을 잘 수가 없다. 해변의 소음이 들려왔다. 그리고 난쟁이를 생각했다, 소름이 끼쳤다.

어쩌면 그때 시골에서 나의 도안에게 편지를 써서, 자신들을 불쌍하게 여기도록 만들었을 것이다. 하지만 어쩌면, 나의 도안에게 그의 아버지가 말했을 수도 있다. 하지만 셀라하틴은 글 말고 다른 걸 볼 상황이 아니었다. 대학을 졸업한 후 첫 번째 여름, 나의 도안이 뜬금없이 그들에 대해 묻기 시작했다. 어머니, 레젭과 이스마일은 왜 가 버렸어요? 그리고 어느 날 사라졌다. 일주일 후 돌아왔을 때는 어린 시절이 막 지난 그들이 옆에 있었다. 행색이 말이 아닌 난쟁이와 절름발이! 나는, 왜 얘들을 시골에서 데리고 왔니, 아들아, 얘들이 우리 집에 왜 있어, 라고 물었다. 제가 왜 얘들을 데리고 왔는지 어머니도 아실 거예요. 그러고는 그 두 아이를 지금 난쟁이가 쓰고 있는 방에서 살게 했다. 그 후 절름발이는 나의 도안이 팔아 온 내 다이아몬드 돈을 탐냈고, 눈앞에서 사라졌다. 하지만 그리 멀리 가지는 않았다. 매년 묘지에 갈 때마다 비탈길에 있는 그의 집을 보여 주곤 했다! 난쟁이는 왜 이 집에 머물러 있는지 항상 궁금했다. 부끄러워서 그런다고들 했다, 사람들 앞에 나서는 걸 두려워하기 때문이라고 했다. 난쟁이는 집안일과 부엌일을 도맡아 했지만 난 그가 혐오스러웠다. 나의 도안이 간 후, 때로 셀라하틴과 난쟁이가 구석에서 대화를 나누는 걸 목격했다. 셀라하틴은, 아들아, 말해 보렴, 시골에서의 생활은 어땠니, 고생을 많이 했느냐, 너한테도 기도를 하게 했니, 내게 말해 보렴, 신을 믿느냐, 말해 보렴, 네 엄마는 어떻게 죽었느냐? 정말로 좋은 여자였지, 그녀에게는 우리 민족의 아름다움이 있었지. 하지만 안타깝게도 나는 이 백과사전을 끝마쳐야 했단다. 난쟁이는 아무 말도 하지 않았다. 나는 더 이상 참지 못하고 내 방으로 도망쳐 잊어버리려고 애를 썼다. 하지만 혐오스럽게도 계속 떠올랐다. 정말 좋은 여자였어, 우리 민족의 아름다움이 있었어, 정말 좋은 여자였어, 정말 좋은 여자였어!

아냐, 셀라하틴, 그녀는 그저 죄인일 뿐이에요. 그저 하녀 나부랭이였다고요. 집안 간의 싸움 때문에 시골에서 도망쳐 남편과 함께 게브제에 온 여자였다. 남편이 군대에 가고, 남편이 그녀를 맡겼던 이곳 어부도 나룻배가 뒤집어져 익사한 후, 나는 그 여자를 허름한 선착장에서 몇 번 보았다. 불쌍하게 코를 훌쩍거리네, 가난한 여자, 뭘 먹고 사는지. 전에 우리 집에서 일하던 게레데 출신 요리사가 셀라하틴에게 무례하게 굴어서, 그러니까 당신은 신을 믿지 않으시군요, 우리가 당신에게 보여 주지요, 등등의 말을 했기 때문에, 셀라하틴이 그를 해고했던 때였고, 그래서 코를 훌쩍거리는 그 역겨운 여자를 집에 들였다. 어찌겠어, 사람이 없는데, 파트마, 난 상관하지 않겠어요, 라고 했다. 그녀는 집안일을 아주 빨리 배웠고, 야프락 돌마스*를 만들었을 때 셀라하틴은, 정말 솜씨 좋은 여자지, 그렇지 않아, 파트마, 라고 했다. 이미 그때부터 앞으로 무슨 일이 일어날 것 같은 느낌이 들었고, 혐오스럽게 느껴졌다. 이상하기도 하지, 다른 사람들의 죄악을 목격하라고 내 어머니는 나를 이 세상에 나오게 했나 보다, 라고 생각했다.

그렇다, 나는 역겨웠다. 추운 겨울밤, 셀라하틴은 입에서 끔찍한 라크 냄새를 폴폴 풍기며, 내가 잔다고 생각하고 소리 없이 계단을 내려갔고, 지금 난쟁이가 쓰고 있는 방에선 그녀가 그를 기다렸고, 하느님, 얼마나 더러운 짓인가, 발소리를 내지 않고 걷는 걸 느끼고 역겨워했다. 그 후 그녀와 더 편하고, 그의 백과사전에서 자주 사용했던 단어처럼 어쩌면 더 '자유롭게' 즐기기 위해 지금 닭장이 있는 그곳에 오두막집을 짓는 걸 보고 역겨워했다. 그가 술에 잔뜩 취해 서재에서 나가 한밤중에 그곳으로 가면, 나는 내 방에서, 뜨개질감과 뜨개바늘을 들고 꼼짝 않고 앉아, 그곳에서 그들이 무엇을 할지 상상했다.

그 가련한 여자에게 나한테 하지 못했던 것들을 시키고 있겠지, 라고 생각했다. 죄악에 빠뜨리기 위해 우선 그녀에게 술

---

* 포도나무 잎에 쌀과 잣, 향신료 등을 싸서 찐 터키 전통 음식.

을 주겠지, 그런 다음에 신은 없다고 말하게 하겠지, 저세상은 없어, 라고 말하겠지, 악마를 행복하게 하기 위해, 없어, 없어, 난 죄악이 두렵지 않아, 없어, 신은 없어, 라고 하겠지. 신이시여, 회개합니다, 파트마, 생각하지 마! 때론 조용히 나가, 뒷방으로 가서, 오두막에 있는 죄인들과 희미한 불빛을 바라보며 중얼거렸다. 그들은 저기에 있어, 바로 저기에, 지금……. 어쩌면 사생아들에게 입을 맞춰 주겠지, 지금. 신이 없다는 걸 설명하고 있겠지, 지금, 어쩌면 같이 웃고 있겠지 그리고 어쩌면……. 생각하지 마, 파트마, 생각하지 마! 내가 한 행동을 부끄러워하며 방으로 돌아와, 나의 도안의 조끼를 짜려고 바늘과 뜨개질감을 들고 기다리곤 했다. 그리 많이 기다릴 필요도 없었다. 한 시간 후 셀라하틴이 오두막집에서 나오는 소리를 들었다, 잠시 후 조용히 할 필요도 더 이상 느끼지 않는 듯 탁탁거리며, 비틀거리며 계단을 올라올 때, 나는 방문을 손가락한 개 너비만큼 열고, 그 작은 틈새로, 그가 서재로 들어갈 때까지 호기심과 두려움 그리고 혐오감을 느끼며 그 악마를 주시했다.

비틀거리며 계단을 올라오다가, 한번은 순간 걸음을 멈췄다. 내 방문 틈새로 나의 눈을 들여다보는 걸 보고 겁이 나서, 문을 닫고 조용히 방에 피신하려 했다. 하지만 이미 늦었다. 셀라하틴이 고함을 지르기 시작했기 때문이다. 거기서 코를 내밀고 뭘 그렇게 보고 있어, 이 겁쟁이야! 내가 어디 가서 뭘 하는지 모른다는 거야! 나는 문을 닫고 도망치고 싶었다. 하지만 나는 문손잡이를 놓을 수가 없었다. 놓으면 죄악의 공범자가 될 것 같았다! 그는 점점 더 고함을 질러 댔다. 나는 그 어떤 것에도 부끄러움을 느끼지 않아, 파트마, 그 어떤 것에도! 당신의 머리를 거미줄처럼 감고 있는 그 가련한 두려움과 믿음 따위는 내게 조금도 문제가 되지 않아. 당신이 비난하고 혐오하며 희열을 느끼는 것, 그것에서 나는 자부심을 느껴! 그런 다음 비틀거리며 몇 계단을 더 올라가서는 아직도 문손잡이를 잡고 있는 나를 향해 소리쳤다. 그 여자는 부지런하고, 정직하고, 도덕적이고, 솔직하고, 아름다워! 당신처럼 죄악과 벌만을 두려워하며 살지 않아, 당신처럼 포크와 나이프를 사용하는 법과 우아한 척하는 것을 배우지 않았기 때문이야! 지금 내가 하는 말 잘 들어! 그의 목소리는 이제 질책하는 것이 아니라 어르고 있었다. 우리 사이에는 내가 습관적으로 손잡이를 잡고 있는 문이 있었고, 나는 듣고 있었다. 부끄러워하고, 혐오스러워하고, 비난할 그 어떤 것도 없어 여기에는, 파트마, 우린 자유로워! 우리의 자유를 제한하는 건 다른 사람들이야! 여기엔 우리 말고는 아무도 없어, 파트마, 당신도 알다시피 우리는 한적한 섬에 살고 있는 셈이야. 로빈슨처럼, 사회라고 하는 빌어먹을 것은 이스탄불에 두고 왔어. 나의 백과사전으로 동양 전체를 뒤집어엎을 날이 와야만 나는 돌아갈 거야. 들어봐. 자유를 만끽하고, 죄악과 수치심에서 벗어나서 살 수 있는데, 왜 모든 것에 중독된 환자들처럼 그 터무니없는 믿음과 도덕의 독을 감싸안고 그걸 망치는 거야? 자유가 아니라 불행을 원한다면, 그건 당신이 알아서 할 일이야. 하지만 당신 때문에 다른 사람들이 불행하다면 그게 옳은 일이야? 당신의 그 터무니없는 도덕과 믿음 때문에 다른 사람들이 고통을 겪는 게 옳은 일이야? 내가 하는 말 잘 들어. 지금, 난 그 오두막집에서 오는 길이야, 감출 필요가 뭐 있어, 우리 집에서 일하는 여자, 나의 아이들인 레젭과 이스마일이 있는 곳에서 오는 길이야. 그들 방에 놓을 난로를 게브제에서 사 왔는데 별 효과가 없어, 그들이 추위 때문에 얼어붙고 있어, 파트마, 당신의 말도 안 되는 믿음 때문에 그들이 거기서 덜덜 떠는 게 마음에 걸려. 내 말 듣고 있는 거야?

나는 알아들었고, 두려웠다. 주먹으로 문을 치면서, 울먹거리며 애원하면서 하는 말을 계속 듣고 있었지만, 나는 아무 말도 하지 않았다. 잠시 후 자기 방으로 가며 신음하는 소리를 들었고, 조금 더 시간이 지나 깊고 평온하고, 술에 취해 코고는 소리를 들었다. 놀라웠다. 아침까지 생각했다. 눈이 오고 있었다, 창밖을 바라보았다. 내가 생각하고 이해했던 것을 아침 식사 때 그가 내게 말했다.

우리는 아침을 먹고 있었고, 그 여자는 시중을 들고 있었다. 그러다 지금 난쟁이가 그러는 것처럼, 시중드는 일이 지루하고 싫은 듯 부엌으로 내려갔고, 그러자마자 셀라하틴은, 당신은 그 아이들에게 사생아라고 하지, 하지만 그들도 사람이야, 라고 속삭이듯 말했다. 마치 무슨 비밀을 말해 주듯, 무슨 부탁이라도 하듯, 믿을 수 없을 정도로 가볍고 부드러운 목소리로 말했다. 가련한 아이들, 오두막에서 추위에 떨고 있어, 하나는 세 살, 다른 하나는 두 살밖에 안 됐어. 아이들과 그들의 어머니를 이 집에서 함께 살도록 할 거야, 파트마! 작은 방은 그들에게 줍을 거야. 저기 옆방에서 살게 할 거야. 그들도 결국 내 자식이라는 거 잊지 마! 더 이상 당신의 터무니없는 믿음을 내세우며 이 일에 반대하지 마! 나는 입을 다물고 생각했다. 점심 식사를 하러 내려왔을 때는, 큰 소리로 이렇게 덧붙였다. 그들이 그 침대 매트리스 위에서 자는 것도, 담요라는 넝마를 덮고 사는 것에도 마음에 걸려. 내일이 한 달에 한 번 게브제로 물건을 사러 가는 날이지, 그러면 그때……. 나는 내일 그가 게브제에 간다는 말이라고 생각했다! 오후에는 이렇게 생각했다. 어쩌면 그들이 이제 저녁 식사도 같은 식탁에서 할 거라고. 그는 우리 모두가 평등하다고 했으니까! 하지만 그렇게 말하지 않았다. 달빛 아래 반짝이는 눈 위를 비틀거리며 오두막집 죄인들의 불빛으로 걸어가라, 악마야, 걸어가라, 내일 두고 보자! 그가 돌아올 때까지 달빛 아래 눈 덮인 정원을 바라보았다, 나의 한 눈은 희미하고 추한 전등을 주시하고 있었다. 그는 돌아오더니 이번에는 내 방으로 들어와, 내 얼굴에 대고 말했다. 이 년 전부터 법이 바뀌어 당신과 이혼하려면 재판을 받아야 하고, 이제는 내가 당신 말고 다른 여자를 얻을 수 없게 되었다고, 어림없는 오만 떨지 마! 우리 사이에는 결혼이라고 하는 그 우스운 계약 말고는 아무것도 남지 않았어, 파트마! 게다가 그 계약을 할 때의 조건에 따르면, 나는 내가 원하는 때에, 이혼해, 라는 말만으로 당신과 이혼하거나, 다른 여자를 얻을 수 있어, 하지만 당시에는 그럴 필요성을 느끼지 않았어! 알아들어? 그는 더 많은 것을 설명했고 나는 들었다. 그런 후, 아침에 게브제에 갈 거라고 말한 후, 비틀거리며 걸어가 곯아떨어졌다. 나는 눈 덮인 정원을 보고 생각했다. 밤새 생각했다.

파트마, 그만해, 이제 그만 생각해! 이불 속에서 땀이 났나 보다. 다시 머리에 떠올랐다. 난쟁이가 말했을까? 얘들아, 너희들 할머니가 손에 들고 있는 그 지팡이로 우리를……. 나는 겁이 났다, 생각하고 싶지 않았다, 자고 싶었다, 하지만 토요일 해변의 소음이 들리는데 어떻게 잠을 잘 수 있겠는가!

이불을 이마까지 끌어올렸다, 그래도 들렸다. 이제 알았어, 라고 생각했다, 이제 알았어, 아무도 없던 그 겨울밤이 얼마나 좋았는지. 밤의 고요함이 나의 것일 때, 온몸이 경직된 채, 평온하게 누워 있을 때, 베개의 부드러운 어둠에 귀를 대고, 세상의 깊고 조용한 고요함을 떠올리고, 흙 속에서 그리고 시간의 밖에서 오는 것처럼, 천천히 자신의 존재를 내 베개 밑에서 내게 알리고 있을 때, 이 세상이. 셀라하틴은 다음 날 게브제에 갔다. 그때는 마지막 심판의 날이 얼마나 멀게 느껴지던지! 나는 집에 혼자 있었다. 무덤에서도 썩지 않는 주검들과 얼마나 멀리 있었던가! 나는 미리 생각해 둔 대로 지팡이를 들고, 계단을 내려가 눈 덮인 정원으로 나갔다. 펄펄 끓는 지옥의 불가마, 고문의 고통이 얼마나 멀리 있었나! 녹고 있는 눈에 발자국을 남기면서 악마가 오두막집이라고 했던 죄악의 소굴을 향해 빠른 걸음으로 걸었다. 박쥐들, 방울뱀들, 시체들은 얼마나 멀리 있나! 오두막집에 도착했다. 문을 두드렸다, 잠시 기다렸다, 보잘 것 없는 저속한 여자, 멍청한 하녀는 곧 문을 열었다. 쥐의 시체들, 부엉이들, 악령들! 그녀를 밀치고 안으로 들어갔다. 그러니까 이것들이 사생아들이군, 그녀는 내 손을 잡으려고 했다! 하수관, 바퀴벌레, 죽음에 대한 두려움! 그러지 마세요, 마님, 그러지 마세요, 애들이 무슨 죄가 있어요? 에티오피아 노예들, 검둥이들, 녹슨 철들! 대신 저를 때리세요, 마님, 애들이 무슨 죄가 있어요. 아이고, 신이시여, 도망쳐, 애들아, 도망쳐! 아이들은 도망치지 않았다! 썩은 것들, 시체들, 사생아들! 아이들은 도망칠 수가 없었다. 나는 아이들을 때렸다. 그녀가 나에게 덤비자 더 아이들을 때렸다. 결국에 물론, 셀라하틴, 당신이 부지런하고 강한 여자라고 했던 그녀가 쓰러졌어요, 내가 아니라! 그때 나는 오 년 동안 정원 끝에 서 있던, 당신이 오두막집이라고 했던 그 역겨운 죄악의 소굴 안을, 울고 있는 사생아들의 소리를 들으며, 둘러보았다. 나무 수저, 양철 칼, 내 어머니의 접시 세트 중 깨지고 금간 것들, 그리고 봐, 파트마, 내가 없어졌다고 생각했던 멀쩡한 것들이 여기 있었군, 테이블로 사용하고 있는 궤, 허름한 옷들, 찢어진 옷감들, 난로 연통, 침대 매트리스, 창문과 문 밑에 쑤셔 넣은 신문 조각들, 아, 하느님, 얼마나 끔찍한가, 얼룩지고 꼴사나운 헝겊들, 종이 더미들, 불탄 성냥개비들, 녹슬고 깨진 집게들, 양철통 안에 들어 있는 장작 조각들, 넘어진 낡은 의자들, 빨래 집게들, 빈 라크 병와 포도주 병들, 바닥에 나뒹구는 유리 조각들, 하느님, 피 그리고 여전히 울고 있는 사생아들, 나는 역겨웠다. 그날 저녁 집에 돌아온 셀라하틴은 조금 울었다. 그리고 열흘 후에 그들을 먼 시골로 데려갔다.

그는, 좋아, 파트마, 당신이 원하는 대로 하지, 하지만 당신이 한 짓은 인간 된 도리가 아냐, 둘째는 다리가 부러졌고, 첫째는 왜 그런지 이해할 수 없어. 온통 멍이 들었고, 쇼크를 먹었나 봐. 나는 백과사전 때문에 참는 거야, 먼 시골에서 아이들을 입양해 주겠다는 가련한 노인을 찾았어. 그에게 꽤 많은 돈을 주었기 때문에, 유대인을 곧 다시 불러야 해, 어쩌겠어, 우리 죄악을 보상하려면, 좋아, 좋아, 또 시작하지 말자, 당신은 죄가 없어, 오직 나의 죄악 때문에. 하지만 앞으로는 내가 왜 그렇게 많이 마시는지 절대 묻지 마, 나를 내버려 둬, 이제는 아무도 없는 부엌에서 당신이 일을 해야 할 거야, 난 이제 위층으로 올라갈 거야, 당신도, 나를 짜증나게 하지 말고, 내 앞에서 꺼져, 당신 방에 틀어박혀 있어, 차가운 침대로 들어가, 밤새, 그렇게 올빼미처럼 천장을 보면서, 잠들지 못하고, 잠들지 못하고 누워 있으라고.

나는 여전히 누워 있지만 잠들지 못하고 밤을 기다리고 있다. 당신들 모두 침대에 누워 잠들고, 아무도 더럽히지 못하는 밤이 온다면 얼마나 좋을까! 그렇게 혼자 남으면, 만지고, 냄새를 맡고, 맛을 보고, 느낄 것이다. 나는 생각한다. 물, 물병, 열쇠들, 손수건, 복숭아, 화장수, 접시, 탁자, 시계······. 이 모든 게 이제 나를 위해 존재한다, 나 자신처럼, 허공에서, 내 주위에서 편안하게 그리고 인지할 수 있게 존재한다, 달그락거린다, 부스럭거린다, 밤의 정적 속에서, 나와 함께 하품하고, 죄악과 더러움에서 정화되는 것 같다. 그러면 시간도 시간이 되고, 그들도 내게 더 가까워지고, 나도 나 자신에게 더 가까워진다, 그러면.

24

　이상하고 신기한 것들을 보고 또 보는 와중에 갑자기 잠에서 깨어났다. 내가 본 것이 꿈이라는 걸 깨닫자 슬퍼졌다. 내게 "파룩, 파룩!"이라고 소리치며 내 머리 주위를 도는 망토 입은 노인을 보고 있었다. 아마 역사의 비밀을 말해 줄 참인데, 말해 주기 전에 내게 약간의 고통을 주려는 것 같았다. 모든 것에는 대가가 있다고 믿고 있는 나는, 지식을 얻기 위해 그 고통을 참고 있었는데, 이상한 수치심을 느꼈지만, 조금 더 이를 악물고 참아서 그걸 배워야지, 하는 심정이었는데, 갑자기 수치심을 견딜 수 없어졌고, 그렇게 땀에 젖은 채 잠에서 깨어났다. 지금은 해변의 소음을, 대문 앞을 오가는 자동차 엔진 소리를 듣고 있다. 어제, 밤새 술을 마셨던 탓에 긴 낮잠도 소용이 없었고, 여전히 졸렸다. 시계를 보니 4시 십오 분 전이었다. 아직 술을 마실 시간은 아니었지만 자리에서 일어났다.

방에서 나왔다. 집은 고요했다. 계단을 내려가 부엌으로 갔다. 습관적으로 냉장고 문을 잡는데 전과 같은 기대감이 들었다. 새로운 어떤 것, 어떤 흥분, 예상하지 않았던 모험. 이러한 것이 내 삶에 있다 하더라도, 저 기록 보관소 이야기와 역사는 잊어버릴 수 있다면 얼마나 좋을까. 냉장고를 열었다. 보석 진열장 같은 광휘. 대접들, 병들, 색깔들, 토마토들, 달걀들, 체리들, 내가 즐거운 시간을 보내게 해 주렴. 하지만 이렇게 대꾸하는 것 같았다. 아니, 넌 우리와 즐거운 시간을 보낼 수 없어. 넌 세상에서 물러나고, 물러난 척하는 희열을 느끼며 시간을 보내. 그리고 그 희열과 고통을 술로 완성하고, 너 자신은 내버려 두렴. 라크 병에 술이 절반만 남아 있다, 가게에 가서 새로 사 올까? 냉장고 문을 닫았다. 문득 이런 생각이 들었다. 나도 그들처럼, 할아버지처럼, 아버지처럼 한다면, 전부 포기하고 여기서 두문불출한다면, 매일 게브제만 오간다면, 역사라는 것과 관련된, 시작도 끝도 없는 수백만 개의 단어로 된 글을 쓰기 위해 책상 앞에 앉는다면. 세상을 바로잡기 위해서가 아니라, 단지 무언가를 말하기 위해서 그렇게 한다면.

    선선한 바람이 속도를 내고 있었다. 하늘을 쳐다보니 구름도 가까워지고 있었다. 강한 남서풍이 불어오고 있었던 것이다. 베니션 블라인드가 닫힌 걸 보면서 레젭이 방에서 어떤 모습으로 자고 있을지 생각했다. 닐귄은 닭장 있는 곳에서 책을 읽고 있었다, 샌들을 벗은 채, 맨발로 땅을 디디고 있었다. 나는 잠시 정원을 걸었다. 심심한 아이처럼 우물과 펌프를 가지고 놀면서 어린 시절과 청소년 시절을 생각했다. 잠시 후 또 아내가 생각이 나서, 뭔가 먹으려고 안으로 들어갔다. 하지만 부엌으로 들어가는 대신 계단을 올라가 내 방으로 돌아갔다. 창밖을 멍하니 내다보며, 내가 생각했던 것들을 추적해 가며 경험할 가치가 있을까, 라고 중얼거렸다. 추적해 갈 그 무엇인가를 생각할 수 있나? 더 이상 생각하지 않으려고, 침대에 몸을 던지고, 에블리야 첼레비의 책을 펴서, 되는대로 읽어 내려가기 시작했다.

그는 서(西) 아나톨리아 여행에 대해 쓰고 있었다. 악히사르와 마르마라의 마을들, 그리고 한 작은 마을, 마을의 온천들. 온천의 물은 인간에게 기름처럼 광을 내 준다, 사십 일간 마시면 나병에도 좋다고 한다. 그가 온천을 보수하고 청소하게 한 다음 즐거운 마음으로 그 안에 들어간 일화를 읽었다. 이 온천 놀음을 다시 한 번 읽어 보았다. 죄악을 모르는 에블리야의 희열이 부러웠고, 나를 그의 위치에 놓고 싶었다. 그는 온천의 기둥 하나에 보수 날짜도 적어 놓았다. 그런 다음 말을 타고 게디즈를 지나갔다. 이 모든 걸 전혀 주저함 없이, 자신 있고 평온한 균형 감각으로, 북을 치는 메흐테르*의 거리낌 없는 희열을 품고 서술하고 있었다. 책을 덮고 그가 어떻게 그렇게 할 수 있었는지, 자신이 한 일과 쓴 것을 어떻게 이렇게 교차시킬 수 있었는지, 어떻게 타인을 보듯 자신을 외부에서 볼 수 있었는지를 생각했다. 내가 그런 일을 하고 나서, 예를 들면 친구에게 편지로 설명하려 한다면, 이렇게까지 꾸

---

* 예니체리(오스만 제국의 상비, 유급 보병 군단) 군악대원.

밈없이 쾌활하게 설명하지 못했을 것이다. 아마도 사건 안에 자신을 집어넣었을 것이고, 혼란스럽고 가책을 느끼는 나의 이성은 적나라한 실상을 덮어 버렸을 것이다. 내가 한 일과 나의 의도, 일어난 일과 나의 판단은 서로 뒤섞여, 에블리야가 대상들과 맺은 직접적이고 사실적인 관계 같은 건 절대 맺지 못하고, 안간힘을 써도 이해하지 못해서 고통스러워할 것이다.

책을 펼쳐 한 번 더 읽었다. 투르구투루, 니프, 울루작르, 그리고 이곳에 있는 또 다른 세계를. "어떤 물가에 천막을 치고, 고원의 양치기에게서 살진 새끼 양을 사서 맘 편히 케밥을 만들어 먹었다." 그의 취향도 즐거움도 외부 세상만큼이나 꾸밈없었다. 세상은 존재하고 있었으며, 평온함으로, 기껏해야 때로는 흥분, 때로는 쾌활한 슬픔으로 묘사되는 살 만한 곳이었다. 비판하고, 바꾸고, 정복하려는 열망으로 달아올라 분노할 곳이 아니었다.

잠시 후 문득 에블리야가 독자를 현혹하기 위해 술수를 썼다는 생각이 들었다. 어쩌면 그도 나 같은 사람이었는데, 단지 글을 잘 쓸 줄 알고, 거짓말을 잘 꾸며 댔을 뿐일지도 모른다. 어쩌면 그도 나무와 새, 집, 벽 들을 나처럼 보았을 테지만, 그저 글솜씨로 나를 현혹하고 있을 뿐일 것이다. 하지만 나 자신을 설득하지는 못했다. 조금 더 읽고 나서는 이것이 솜씨가 아니라 의식이라고 결론 내렸다. 에블리야가 세계, 나무와 집, 사람을 보는 방식은 우리와 완전히 달랐다. 문득, 어떻게 그렇게 되는 것일까, 에블리야의 정신은 어떻게 그렇게 형성되었을까, 라는 궁금증이 생겼다. 많이 마시고, 꽤 고민을 한 후, 다시 아내가 생각날 때면, 도저히 깨어나 벗어날 수 없는 꿈속에서 절망적으로 외치곤 한다. 이것과 똑같은 절망감으로 외치듯 생각했다. 나도 그처럼 될 수는 없는 걸까, 나의 생각과 뇌의 구조를 그와 같게 만들 수는 없는 걸까, 그처럼 나도 세상을 꾸밈없이 있는 그대로, 처음부터 끝까지 묘사할 수는 없는 걸까?

　책을 덮고 방 한구석에 던져 버렸다. 넌 그렇게 할 수 있어, 적어도 신념을 가지고 네 삶을 이 일에 바치려고 노력해 볼 수 있어, 라며 스스로에게 용기를 불어넣어 주었다. 에블리야처럼, 세상과 역사가 내 앞에 처음 왔던 곳에서부터 묘사해야 한다. 그가 마니사에 사는 누군가에게 몇 악체짜리 토지가 있으며, 얼마의 영지, 얼마의 땅, 얼마의 군사가 있는지 썼던 것처럼, 나도 있는 그대로 열거해야 한다. 그 사실들이 어차피 기록 보관소에서 나를 기다리고 있다. 그가 역사적 건축물들, 관습들, 습관들에 대해 편하게 언급했던 것처럼, 나도 그 문서들을 옮겨 써야 한다. 그들에 대해 얘기할 때는, 그처럼, 내 언어 안에 절대로 나의 판단을 넣지 않아야 한다. 그가 사원이 기와나 납으로 덮여 있다고 썼던 것처럼, 나도 어떤 사실의 이면이 이렇고 저렇다고 자세히 써야 한다. 그렇게, 나의 역사도 에블리야의 『여행기』처럼 사실들의 끝없는 묘사가 되어야 한다. 나도 그처럼 가끔 멈추고는, 세상에는 다른 것도 있다는 것을 상기하며, 종이 위에,

이야기

라고 써서, 내가 쓴 사실들이 인간의 열정과 흥분을 위해 마련된 달콤하고 재미있는 허구에서 정화한 것임을 읽는 사람들이 느끼게 해야 한다. 에블리야 첼레비의 6,000페이지보다 훨씬 더 두꺼운 나의 페이지들을 어느 날 누군가 읽는다면, 내 머릿속에 있는 역사의 구름층들을 있는 그대로 보게 될 것이다. 종이 위에, 모든 것이, 에블리야가 쓴 것처럼, 자연스러운 것들처럼, 나무 한 그루, 새 한 마리, 돌멩이 하나처럼 쓰여 있을 것이고, 읽는 사람이 그 이면에 어떤 사실이 있다는 걸 자연스럽게 느낄 것이다. 이렇게 하면 내 뇌의 주름들 속에서 돌아다닌다고 생각했던 역사의 그 이상한 벌레들이 쏟아져 나올 것이고, 나도 이제 그들에게서 해방될 것이다. 그 해방의 날에, 어쩌면 나는 바다로 들어갈 것이다. 바다에서 느끼게 될 즐거움도, 에블리야가 온천에서 맛보았던 즐거움과 맞먹을 것이다, 라고 생각하다가 갑자기 깜짝 놀랐다. 웬 자동차가 클랙슨을 크게 울려 댔기 때문이다. 나의 꿈을 분리하고 기억을 지워 버리는 끔찍하고 새된 '현대적'인 소음이 순식간에 나를 짜증나게 했다.

　서둘러 침대에서 일어났다, 급히 계단을 내려가 정원으로 나갔다. 바람이 거세졌고, 구름이 가까이 와 있었다. 비가 몰려오는 것이다. 담배에 불을 붙이고, 정원을 지나, 거리로 나가서 걸었다. 그래, 내게 보여 줘, 지금 무엇을 보여 줄 건지, 어이 벽들이여, 창문들이여, 자동차들이여, 발코니들이여, 발코니 안에서의 삶이여, 나일론 공들이여, 슬리퍼들이여, 플라스틱으로 만든 시미트* 모형들이여, 샌들들이여, 꼬챙이들이여, 크림들이여, 상자들이여, 셔츠들이여, 수건들이여, 가방들이여, 다리들이여, 치마들이여, 여성들이여, 남성들이여, 아이들이여, 벌레들이여, 보여 줘, 보여 줘, 잔잔한 주검의 얼굴들을 나에게 보여 줘, 그을린 어깨들을, 어머니 같은 가슴들을, 가녀린 팔들을, 어설픈 시선들을, 보여 줘, 보여 줘, 내게 모든 색깔들을, 나도 안간힘을 써서 그것들을 이해하며 나 자신을 잊고 싶으니까, 날고 싶다, 네온 전등에, 아크릴 간판에, 정치 구호에, 텔레비전에, 벽에 붙여진 나체 사진에, 가게 모퉁이에, 신문의 사진에, 평범한 포스터에 계속해서 시선을 꽂으며 나 자신을 잊고 싶다, 자, 내게 보여 줘, 보여 줘…….

이제 그만해! 나도 모르게 방파제까지 걸어왔다! 쓸데없는 흥분. 나는 나 자신을 속이고 있다! 내가 모든 것을 은밀하게 사랑했다는 것을, 영혼이 없고 평범하다고 생각했던 모든 것을 간절히 그리워했던 것을, 내가 혐오한다고 믿고 싶었던 것의 일부라는 것을 알고 있다. 오늘날로부터 이백 년 전 혹은 후에 살고 싶다는 것을 나 자신에게 믿게 만든다, 하지만 이것은 거짓이다. 내가 이 역겨운 표면적인 취기조차 지극히 좋아한다는 것을 알고 있다. 나는 사이다와 비누 광고를, 세탁기를 그리고 마가린을 지극히 좋아한다. 내가 살고 있는 세기가 모든 것을 굴절시키는 안경을 내 눈에 씌워 놓아, 내가 사실을

---

* 고리 모양의 빵. 겉에는 깨가 뿌려져 있다.

보지 못한다는 것을 느낀다. 하지만, 빌어먹을, 나는 내가 보았던 것을 사랑하기도 한다!

보트 한 척이 남서풍을 피하기 위해 천천히 방파제 쪽으로 다가오면서, 아직은 높아지지 않은 파도 위에서 조금씩 흔들거린다. 배는 흔들거릴 때마다, 자신을 흔들리게 하고 씰룩씰룩 움직이게 하는 어떤 무의식이 있다는 걸 아는 듯하다. 행복한 보트! 나는 찻집을 향해 걸어갔다. 사람이 많았다. 바람이 탁자 덮개 끝부분을 들추고 있지만, 부모들과 아이들이 차와 사이다를 편히 마실 수 있도록 덮개 주위에 고무줄을 끼워 고정해 놓았다. 바람의 맛을 안 보트의 돛을 내리며 낑낑대는 사람들도 있었다. 하얀 천은 아래로 내려올수록, 사로잡혀 절망적으로 날개를 퍼덕이는 비둘기처럼 떨었지만 소용없었다. 결국, 돛은 다 내려졌다. 역사란 무엇인가, 라는 놀이를 한쪽으로 던져 놓으면 어떨까? 돌아가서 공책을 읽어야지, 기록 보관소의 기억들과 얌전히 시간을 보내야지. 앉아서 차 한 잔 마실까? 빈 자리가 없었다. 창 안으로 찻집을 들여다보았다. 카드 게임을 하는 사람들이 있고, 빈 탁자가 있다. 레젭이 여기 오곤 했다! 사람들은 들고 있던 카드를 보다가 탁자 위에 놓았다, 마치 피곤해서 쉬는 것 같았다. 누군가 탁자 위에 놓인 카드들을 모아서 뒤섞었다. 어떻게 뒤섞는지 그저 멍하니 바라보고 있는데 갑자기 머리에 떠올라 흥분했다. 그렇다, 그렇다, 카드 한 뭉치가 모든 것을 해결할 수 있다!

집으로 돌아가는 길에 이렇게 생각했다.

기록 보관소의 정적 속에서 자고 있는 살인 사건, 절도 사건, 전쟁, 시골 사람들, 파샤들, 사기 사건의 모든 실상을 하나하나 카드 크기의 종이에 쓴다. 그런 후 수백 장, 아니 수백만 장의 그 어마어마한 종이 뭉치를, 카드를 뒤섞는 것처럼, 물론 더 힘들여, 특수한 기계로 공증인 입회하에 복권 기계로 뒤섞어 내 독자들의 손에 쥐어 준다! 그런 후, 무엇도 서로 아무 관련이, 전후, 앞뒤, 원인과 결과가 없다, 라고 말한다. 자, 젊은 독자들이여, 역사와 삶을 원하는 대로 읽으시오. 그저 존재했을 뿐이오, 일어났던 모든 일이 이 안에 있소, 하지만 서로 연결하는 이야기는 없소. 원한다면 그것에 맞는 이야기를 당신들이 만드시오. 그러면 젊은 독자들은 슬퍼하며, 이야기는 없나요, 이야기는 전혀 없나요, 라고 묻는다. 그러면 나는 타당한 질문이라고 생각하며, 물론 당신들을 이해합니다, 젊고, 평온하게 살 수 있고, 한 끝을 잡아 세상을 원하는 곳으로 이끌 수 있다고 믿기 위해, 도덕을 위해, 모든 걸 설명해 줄 이야기가 당신들에게 필요합니다. 그렇지 않으면 그 나이엔 미쳐 버릴 수도 있으니까. 나는, 당신들이 옳습니다, 라고 말하고, 수백 장에 달하는 카드 더미 사이에 조커를 끼워 넣듯이 급히, 종이에다,

이야기

라는 단어와 이야기 내용을 써서 끼워 넣는다. 다시 한 젊은 독자가, 좋습니다, 이 모든 것의 의미는 무엇이지요, 어떤 결론이 나오지요? 무엇을 해야 하지요? 뭘 믿어야 하나요? 옳은

것은 무엇이고 그른 것은 무엇인가요? 삶을 살아가면서 무엇을 위해 애써야 하나요? 삶은 무엇인가요? 어디서 시작해야 하지요? 모든 것의 본질은 무엇인가요? 이것에서 어떤 결과가 나오나요? 제가 어떻게 해야 하나요? 어떻게 해야 하나요? 어떻게 해야 하나요? 라고 묻는다, 빌어먹을! 마음이 아주 답답해졌다. 나는 돌아갔다.

해변 앞을 지날 때 해가 구름 사이로 들어가 버렸고, 모래를 덮었던 사람들은 목적 없는 사람들이 되고 말았다. 그들이, 모래 위가 아니라, 빙하 위에 누워 있다고, 일광욕을 하는 것이 아니라 알을 덥히려는 닭처럼 빙하를 덥히려 한다고 상상하려 했다. 하지만 그렇게 생각하려는 이유를 알고 있다. 인과관계의 사슬을 끊고, 필연의 도덕적 충동에서 벗어나려 하기 때문이다. 그들이 누워 있는 곳이 모래가 아니라 얼음이라면, 나는 결백하고, 자유롭고, 뭐든 할 수 있다, 뭐든 될 수 있다. 나는 걸었다.

해가 나왔다. 가게로 들어가 맥주를 세 병 주문했다. 종업원이 맥주병을 종이봉투에 넣고 있을 때, 작은 키에 입이 크고 못생긴 노인을 보고 이유는 모르겠지만 에드워드 G. 로빈슨이 떠올랐다. 그런데 놀랍게도 닮아 있었다. 믿지 못할 정도로. 노인은 그 배우처럼 코가 날카로웠고, 이가 작았으며, 뺨에 사마귀도 있었다. 하지만 대머리에다 콧수염이 나 있었다. 이게 바로 저개발국의 절망적인 사회학이다. 우리의 실체적인 구조가, 우리가 형편없이 모방해 온 고유한 구조와 어떤 면에서 구별되는가? 대머리, 수염, 민주주의 그리고 산업 면에서다. 우리는 가짜 에드워드 G. 로빈슨과 눈이 마주친다. 그가 갑자기 속을 털어놓는다고 상상해 보자. 신사 양반, 누군가의 희미한 모조품으로 평생을 산다는 것이, 아십니까, 제게 얼마나 힘든 일인지! 아내와 아이들은 항상 진짜 G. 로빈슨을 보고 또 본 후 그와 닮지 않은 나의 면모들을 결점이라고 대놓고 말한답니다. 그를 닮지 않은 것이 죈가요? 제발 말씀 좀 해 주세요, 사람은 자기 자신으로 남지 못하나요, 그 사람이 유명한 영화배우가 아니었다면 어땠을까요? 그래도 내게서 결점을 찾으려 했을까요? 다른 사례를 찾아서, 이제는 그를 닮지 않았다며 당신을 비난할 거라고 나는 생각했다. 맞습니다, 신사 양반, 당신 말이 옳아요, 당신도 사회학자나 정교수님인가요? 아니요, 조교수입니다! 늙은 로빈슨은 치즈를 들고 천천히 나갔다. 나는 봉투를 받아들고 집으로 향하면서, 이제는 그만해도 된다고 생각했다. 바람이 더 강해져 발코니에 널어놓은 수영복은 빨랫줄에 감겼고, 창문은 계속 부딪혔다.

집에 도착해 맥주병을 냉장고에 넣고 문을 닫는데, 악마가 충동질하자 자신을 제어하지 못하고, 빈속에 라크 한 잔을 마치 약을 마시듯 털어 넣고 닐귄에게 갔다. 돌아다니고 싶어서 나를 기다렸다고 한다. 그녀의 머리칼과 책장이 바람에 날리고 있었다. 나는 돌아다니며 볼 만한 것이 마을엔 별로 없다고 말했다. 우리는 드라이브를 하기로 했다. 열쇠를 가지러 위층으로 올라갔다, 공책도 챙겼다, 부엌에서 물 한 병과 라크와 맥주를 챙기고, 병따개도 잊지 않았다. 닐귄은 내가 가져온 것들을 보고 책망할 듯 나를 바라보다가 한걸음에 달려가 라디오를 가지고 왔다. 자동차는 신음하고 기침하면서 움직였다. 해변에서 나오는 사람들 사이를 천천히 지나, 마을 밖으로 나갈 무렵 먼 곳으로 조용히 번개가 떨어졌다. 천둥소리는 나중에야 들려왔다.

"어디 갈까?"

내가 물었다.

"오빠가 말한, 그 흑사병 걸린 사람들의 대상 숙소로. 흑사병의 나라로."

닐퀸이 말했다.

"그런 곳이 있는지 확실치 않아."

"그러니까 가자. 가서 보고 확실한 결론을 내리면 되잖아."

내가 '확실한 결론이라.'라고 생각하던 차가 그녀가 덧붙였다.

"확실한 결론에 도달하는 게 두려워?"

나는 "흑사병의 밤과 천국의 나날들."이라고 중얼거렸다.

닐퀸은 놀라며 물었다.

"혹시 소설 읽어?"

나는 흥분하며 대답했다.

"흑사병에 대한 생각이 점점 더 나를 휘감아. 어젯밤에 생각났는데, 어디선가 읽은 적이 있어. 코르테스*가 그렇게 작은 군대로 아스텍족을 이기고 멕시코시티를 정복한 사건의 배후에는 흑사병이 있었다는 거 알아? 도시에 흑사병이 번지

---

* 1485~1547. 멕시코 원주민인 아스텍족을 정복한 스페인 정복자.

자 아스텍족은 신이 코르테스 편이라고 생각했대."

"거봐. 잘됐네. 오빠도 여기서 발생한 흑사병을 발견해서 다른 것들과 연관시켜 추적하면 되잖아."

"그런데 그런 게 없다면?"

"그러면 추적하지 않으면 되지!"

"그걸 안 하면 뭘 해?"

"항상 하던 일을 하면 되지. 역사 연구 말이야."

"이제 연구를 할 수 없을까 봐 두려워."

"훌륭한 역사가가 될 수 있을 거라고 왜 안 믿는 거야?"

"터키에서는 뭐가 됐든 훌륭한 건 될 수 없다는 걸 알기 때문이야."

"말도 안 돼!"

"맞아, 이제 좀 알아라, 이 나라는 그래. 라크 좀 줘."

"안 돼, 여기가 얼마나 아름다운 곳인지 봐! 암소들, 젠네트 아주머니의 암소들이야."

"암소들! 멍청한 놈들! 저급한 생명체들! 신의 저주를 받기를!"

나는 갑자기 이렇게 소리 지르고, 웃음을 터뜨렸다. 하지만 긴장하고 있었던 것 같다.

"오빠는 자신을 놔 버릴 핑계를 찾고 있지, 그렇지?"

"찾고 있어, 빨리 라크 줘!"

"왜 부질없이 자신을 놔 버리고 싶은 거야? 자신이 안쓰럽지 않아?"

"왜 안쓰럽다고 생각해? 자신을 놔 버린 그 많은 사람들과 뭐가 다른데 내가?"

"하지만 당신은 공부를 정말 많이 했잖아요, 신사 양반!"

닐권이 조롱하듯 말했다.

"사실 속으로는 진지하게 말하고 싶은데, 용기를 못 내는 거지, 그렇지?"

"그래. 근데, 왜 부질없이 자신을 놔 버리고 싶지?"

닐권은 이번에는 확고한 어조로 물었다.

"부질없지 않아. 나 자신을 놔 버리면 행복해질 거야. 그러면 진짜가 될 거야."

"지금도 오빠는 진짜야."

이번에는 의심스러운 말투였다.

"나는 진짜가 될 거야, 알겠어, 지금은 진짜가 아냐! 터키에서는 자신을 다스리고 자신에게 매순간 의문을 제기하는 사람은 진짜가 되지 못하고 미쳐 버려. 터키에서는 미치지 않으려면 자신을 놔 버려야 해. 라크 안 줄 거야?"

"자, 받아!"

"그렇지! 라디오도 틀어!"

"오빠는 허세 부리는 걸 좋아하는구나."

"허세 부리는 거 아냐. 난 이래, 터키인이거든!"

"어디 가?"

난 갑자기 흥분하며 대답했다.

"위쪽으로, 모든 게 가장 잘 보이는 곳으로. 전부를 한꺼번에……."

"무엇의 전부?"

"전부를 한꺼번에 볼 수 있다면, 어쩌면…….."
"어쩌면?"

닐권이 물었지만 나는 입을 다물었다.

나는 입을 다물었고, 우리는 입을 다물었다. 이스마일네 집 앞에서 비탈길을 올라갔다. 꽤 좁은 길로 접어들었다. 묘지 앞을 지나 시멘트 공장 뒤로 통하는 오래된 비포장도로로 들어갔다. 빗물 때문에 엉망진창이 된 비탈길을 비틀거리며 올라갔다. 꼭대기에 오르자 비가 흩뿌리기 시작했다. 아나돌 앞쪽을 경치 있는 쪽으로 돌리고, 한밤중에 젠네트히사르에서 자동차를 타고 키스를 하러 오거나, 터키에서 살고 있다는 걸 잠시 잊어 보려고 온 젊은이들처럼 멈춰 서서 바라보았다. 투즐라에서 젠네트히사르까지 구불구불 펼쳐져 있는 해안, 공장들, 휴양지들, 은행 소유 캠프장들, 사라진 올리브 밭들, 체리나무들, 농업학교, 파티흐가 죽었던 평원, 바다에 떠 있는 바지선, 나무들, 집들, 그림자들이 투즐라에서 우리를 향해 서서히 다가오는 빗속으로 들어가고 있었다. 우리는 소나기가 바다 위에서 꿈틀거리며 나아가는 하얀 흔적을 바라보았다. 라크 병 바닥에 남은 것들을 잔에 채워 마셨다.

"오빠는 위를 엉망으로 만들고 말 거야!"
"왜 아내가 나를 버리고 떠난 것 같니?"

잠시 정적이 흐른 뒤 닐권은 조심스럽게 말했다.

"내 생각엔 둘 다 서로를 버린 것 같아."
"아냐, 그녀가 나를 버렸어. 그녀가 원하는 위치로 내가 나아가지 못했으니까……. 아마도 내가 평범해질 걸 알았던 모양이야……."

"아냐!"

"그렇다니까. 비 좀 봐!"

"난 이해할 수 없어."

"뭘? 비를?"

"아니."

"넌 에드워드 G. 로빈슨이 누군지 알아?"

"누구였지?"

"영화배우인데, 아까 닮은 사람을 봤어. 난 이중적인 삶이 지겨워. 이해해?"

"아니."

"네가 술을 마시면 이해할 거야. 왜 안 마셔? 술이 패배의 상징이라고 생각하지, 그렇지?"

"아니, 그렇게 생각하지 않아."

"그렇게 생각하잖아, 난 알아. 그렇게 생각하라고. 나도 항복해."

"하지만 오빠는 아직 전쟁도 하지 않았잖아?"

"두 개의 영혼으로 사는 걸 견딜 수 없기 때문에 항복하는 거야. 너도 이런 적이 있니. 나는 두 사람이다, 라고 난 가끔 생각해."

"아니, 그런 일 한 번도 없었어."

"난 있어. 하지만 이제 결정했어. 그러면 안 될 것 같아. 나는 한 사람이 될 거야, 온전하고, 완전히 건강한 사람. 텔레비전에서 보여 주는 안이 꽉 찬 냉장고들, 카펫 광고들, 시험 칠 때 손을 들고는, 교수님, 2번부터 답을 써도 되나요, 라고 묻는 내 학생들, 신문의 특별 화제 면들, 서로 입을 맞추며 술을 먹는 놈들, 버스 안에 걸려 있는 학원과 수죽* 광고가 난 좋아. 이해해?"

"조금."

닐귄은 슬픈 표정으로 말했다.

"지루하면 입 다물게."

"아냐, 재밌어."

"비가 엄청 오는데, 그치?"

"응."

"나 취했어."

"그 정도론 취하지 않아."

내가 맥주를 따서 병째 마시면서 물었다.

"이렇게 세상을 위에서 보면서 뭘 생각해?"

"다 보이진 않는걸!"

"만약 볼 수 있다면?『광기 예찬』**에서 이런 걸 읽은 적이 있어. 달에 가서 지구를 본다면, 그리고 모든 것을, 모든 움직임들을 한순간에 볼 수 있다면 무슨 생각을 할까?"

"아마도 혼란스럽다고 생각하겠지."

"그래."

이렇게 말한 후 갑자기 머리에 떠오르는 것이 있었다.

---

* 마늘을 넣은 터키식 소시지.
** 에라스무스의 1509년 작.

"이 거대한 걸 상상하는 것조차 아주 엄청나게 어려운 일이다."

"누가 한 말이야?"

"네딤*!「네샤티의 타흐미시 가젤」**에 나오는 말이야. 그냥 멍하니 읽었는데 머릿속에 남아 있네."

"조금 더 읊어 봐."

"별로 남아 있는 건 없어, 난 기억력이 없어! 어차피 지금은 에블리야를 읽고 있어. 우리는 왜 그와 같지 않을까?"

"뭐?"

"이 사람에게는 하나의 영혼이 있어. 그는 자기 자신이 되는 데 성공했어. 나는 될 수가 없어, 너는?"

"모르겠어."

"아, 너는 정말 조심스럽구나! 책 밖으로 한 걸음 내딛는 일에 두려움을 느끼니 말이야. 브라보, 믿어, 믿으라고. 그들도 믿고 있으니까, 믿고 있으니까……. 하지만 어느 날엔가는 믿지 않을 거야. 봐, 공장도 빗속으로 들어가 버리고 말았어. 이 세상은 정말 이상한 곳이야!"

"왜?"

"몰라……. 널 지루하게 하니 내가?"

"아니!"

"레젭도 데려왔더라면……."

---

* 1680?~1730? 오스만 제국 시대의 유명한 시인.
** 터키 고전 시인 네샤티의 가젤(2행 5연으로 된 시)을 네딤이 3행을 첨가하여 타흐미시(5행 5연으로된 시)로 만든 작품명.

"안 와."

"그래, 부끄러워할 거야."

"난 레젭을 아주 좋아해."

"춉스!"

"뭐?"

"디킨슨의 소설에 나오는 음흉한 난쟁이……."

"오빤 정말 매정해!"

"어제 나에게 위스퀴다르 역사와 관련된 걸 뭔가 물으려 했던 것 같아!"

"뭘 물어봤어?"

"물을 수가 없었지! 그가 위스퀴다르라고 하자마자 내 머리에 에블리야 첼레비가 떠올랐어. '에스키다르'*라는 단어를 잘못 사용하여 위스퀴다르가 되었다, 사실 에스키다르는 위가 뚫린 감옥이다, 라고 말해 줬어."

"그가 뭐래?"

"에스키다르는 이해한 것 같아, 부끄러워서 입을 다물더군, 춉스! 그런데, 오늘 나한테 뭘 보여 줬는지 한번 봐!"

"오빤 정말 매정해!"

"할아버지가 쓴 목록이야!"

"우리 할아버지?"

"우리에게, 터키에게 필요 이상으로 많은 것들과 필요보다 부족한 것들."

---

* '오래된 저택'이라는 의미.

고요한 집

나는 몸을 굽혀 공책 속에서 그것을 꺼냈다.
"그 종이 어디서 난 거야?"
"레젭이 줬다고 했잖아!"
나는 이렇게 말하고 읽었다.
"학문, 가방, 그림, 무역, 잠수함……."
"뭐?"
"이런 게 우리에게 부족한 것들이야……."
"레젭의 조카 하산 있잖아!"
"걔 왜?"
"오빠, 그 하산이 날 미행해."
"왜 너를 미행하는데? 잠수함, 부르주아, 그림 예술, 수증기, 서양장기, 동물원."
"나도 이해할 수 없어."
"넌 집에서 나가지도 않는데 어떻게 미행해……. 공장, 교수, 규율, 우습지 않아?"
"우스워!"
"아냐, 비극이야!"
"어쨌든, 해변에서 돌아올 때마다 하산이 날 따라온다니까."
"너랑 친구 하고 싶은가 보지."
"그래, 그렇게 말했어!"
"거봐! 그럼, 이제 들어 봐. 할아버지는 우리보다 훨씬 전에 우리의 결핍에 대해 생각해서 찾아냈어. 보라고."
"하지만 성가셔."

"어떤 게? 동물원, 공장, 교수, 내 생각엔 이제 교수는 충분해. 규율, 수학, 책, 원칙, 인도(人道) 그리고 다른 연필로 쓴 건데, 죽음에 대한 공포, 무(無)의 자각이라고 썼어. 그다음 통조림, 자유……."

"그만해, 오빠!"

"거기다 시민사회를 추가해야 해. 아마도 널 사랑하나 보지."

"그럴 수도 있겠지."

"우리에게 필요 이상으로 많은 것은 다음과 같아. 남자, 시골 사람, 직원, 무슬림, 군인, 여자, 아이……."

"그런 것들 내게는 하나도 우습지 않아."

"……커피, 호의, 게으름, 무례, 뇌물, 나태함, 두려움, 짐꾼……."

"할아버지는 민주주의자도 아닌가 봐!"

"사원 첨탑, 셰레페*, 고양이, 개, 손님, 지인들, 빈대, 맹세, 이놈, 거지……."

"그만!"

"……마늘, 양파, 하인, 상인…… 이런 건 너무 많대."

"그만하라니까!"

"작은 가게, 이맘**……."

"꾸며 대는 거지?"

―――――――――

* 사원 첨탑을 둘러 싼 발코니를 가리키며, '건배'라는 의미도 있다.
** 이슬람교 사원의 목회자.

"아니, 네 눈으로 봐!"
"이건 옛날 문자인데."
"레젭이 오늘 보여 줬어. 우리 할아버지가 읽어 보라고 줬대."
"왜 줬대?"
"몰라."
"비 좀 봐. 이건 비행기 소리 아냐?"
"맞아!"
"이 날씨에!"
"저 비행기라는 거 대단하지 않아?"
"응!"
"우리가 지금 저 안에 있다면……."
"오빠, 이제 지루해, 집에 가자."
"추락한다고 상상해 봐."
"집에 가자!"
"추락하면 죽겠지, 다른 세상으로 가겠지."
"오빠, 지루하다니까."
"가면, 나에게 책임을 묻겠지. 왜 네 의무를 다하지 않았니, 우리의 의무가 뭐였지? 단순해. 사람들에게 희망을 주는 것."
"맞아!"
"그래, 내 여동생도 내게 이 의무를 상기시켰어. 하지만 난 나 자신을 놔 버렸어."
"아냐, 놔 버린 척했던 거야."
"그런 척했지, 왜냐하면 지루했거든."
"오빠, 내가 운전할게."

"운전할 줄 알아?"
"작년에 한 번 가르쳐 줬잖아."
"작년에 내가 있었던가?"
"레젭이 기다릴 거야."
"촙스. 그도 나를 이상한 눈길로 쳐다봐."
"그만해, 오빠."
"아내도 항상 그렇게 말했어. 그만해, 파룩!"
"이렇게 취했다니 믿기지가 않아."
"맞아, 믿을 게 아무것도 없어. 자, 묘지로 가자."
"오빠, 돌아가자, 길이 진흙탕이야."
"여기서, 진흙 속에서 오랜 세월 동안 머문다고 상상해 봐."
"나 내릴 거야."
"뭐?"
"내려서 집에 걸어갈래."
"엉뚱한 소리 마!"
"그럼 돌아가자!"
"나에 대해 어떻게 생각하는지 말해."
"오빠, 난 오빠를 아주 사랑해."
"또?"
"이렇게 많이 마시는 게 싫어."
"또?"
"사람이 왜 이래?"
"그게 무슨 말이야?"
"집에 돌아가고 싶어!"

"내가 재미있다고 생각하지 않지, 그렇지? 잠깐만 널 재미있게 해 줄게! 내 공책 어딨어? 줘! 봐, 푸주한 할릴의 21악체짜리 소고기를 달아 보니 120디르헴이 모자라게 나왔어. 날짜, 1023년 12월 13일. 이건 무슨 의미야?"

"그 의미는 아주 명백하잖아."

"하인 이사는, 주인 아흐메트의 30,000악체, 안장, 말 한 필, 검 두 자루, 방패 하나를 가지고 라마잔이라는 사람에게로 피신했어."

"흥미롭군!"

"흥미롭다고, 뭐가 흥미로워?"

"난 내려서 돌아갈래."

"나와 함께 있고 싶어?"

"뭐?"

"여기서, 이 자동차에서 있고 싶냐고 하는 게 아냐. 지금 난 아주 진지해. 잘 들어. 이스탄불에서 이모 집에 사느니 나와 함께 살자, 닐귄. 내 집에 아주 커다란 빈 방이 있어. 난 아주 외로워."

잠시 정적이 흘렀다.

"그 생각을 전혀 못했네!"

"어때?"

"이모 가족에게 실례라고 생각했어."

"좋아, 돌아가자."

나는 갑자기 이렇게 말하고 자동차 엔진을 켜고, 와이퍼를 작동시켰다.

25

 어젯밤에 아주 재밌게 놀았으니 오늘도 그렇게 놀고 싶다고 생각하며 투란네 집에 앉아 있었다.
 "초콜릿 먹을 사람?"
 투르가이가 물었다.
 "나!"
 제이넵이 말했다.
 "초콜릿이라고! 난 지루해 미치겠어! 오늘 밤엔 왜 이래 모두들? 난 알아, 모두 게으름뱅이라 그래. 여기선 즐길 수가 없다니까."
 귈누르는 화가 나서 일어나며 이렇게 말했다.
 그녀는 슬퍼야 하지만 슬프지 않은 느린 음악과 형형색색의 불빛 속을 신경질적으로 돌아다니다 어디론가 사라졌다.
 제이넵의 입엔 초콜릿이 가득했다.

"미쳤어!"

그러곤 웃음을 터뜨렸다.

"아냐, 나도 지루해."

푼다가 말했다.

"비 때문이겠지!"

"이 빗속에 차를 타고 어둠 속을 드라이브하면 얼마나 좋을까! 자, 가자, 얘들아!"

"최소한 음악이라도 좀 바꾸지! 너한테 옛날 노래 있다고 했지, 엘비스 프레슬리……."

푼다가 말했다.

"「베스트 오브 엘비스」 말이야?"

제일란이 물었다.

"그래! 그거 듣게 가서 가져와."

"이렇게 비가 오는데?"

"나한테 차 있어, 제일란! 널 데려다 줄게"

내가 말했다.

"됐어……."

"제일란, 제발 그 레코드 가져와, 다들 좋아하며 들을 테니까."

푼다가 말했다.

"자, 일어나 계집애야, 가서 레코드를 가져오자."

내가 이렇게 말하자, 제일란이 웃으며 대답했다.

"좋아, 가자, 계집애야!"

이렇게 나와 제일란, 우리 둘은 슬프고 평범한 음악 속에서 서서히 중독되어 나른해진 불행한 애들을 뒤로 하고 집에서 나와서, 형의 낡은 아나돌로 뛰어가 올라탔다. 나뭇잎에서 떨어지는 빗방울들을, 자동차의 오래되고 멍한 램프가 밝히는 젖은 길을, 어둠을, 신음하며 중얼거리는 와이퍼를 바라보며 함께 갔다. 제일란네 집 앞에서 차를 멈췄다. 차에서 내린 제일란이 오렌지색 사롱*을 램프 빛 아래서 반짝이며 뛰어가는 모습을 바라보았다. 잠시 후 집 안에 불이 켜질 때마다, 제일란이 이 방에서 저 방으로 건너가는 것을, 거기에서 뭘 할지를 눈앞에 떠올렸다. 그런 후 이렇게 생각했다. 사랑이란 얼마나 이상한 것인가! 현재는 살지 못하는 것만 같았다! 한편으로는 끊임없이 내가 미래에 무엇이 될지를 생각하고, 다른 한편으로는 그녀의 모든 행동과 말에 의미를 부여하기 위해 지난 일들을 몇 번이나 다시 생각하며 과거에서 살았다. 게다가 이것이, 그 저질스러운 놈들이 사랑이라고 뽐냈던 것인지 아닌지조차도 모르겠다. 하지만 그게 뭐 중요한가! 베개의 시원한 부분을 찾으며, 붉어지는 볼과 생각을 상쾌하게 하려고 애쓰는 그 불면의 밤만 끝난다면 그걸로 충분하다! 잠시 후 제일란이 레코드를 들고 뛰어와 차에 올랐다.

"엄마하고 싸웠어! 이 시간에 어딜 가는지 가지고!"

우리는 잠시 아무 말도 하지 않았다. 나는 자동차를 투란네 집 앞에 세우지 않고 지나쳐 갔다. 제일란은 당황스럽고 의심스러운 표정으로 물었다.

---

* 허리에 둘러 입는 천.

"어디 가?"

"거기선 지독하게 우울해져. 돌아가고 싶지 않아! 조금만 드라이브하자, 응, 제일란? 정말 지루해, 바람 좀 쐬고, 조금만 돌아다니자!"

나는 마치 죄 지은 듯이 이렇게 말했다.

"좋아, 하지만 빨리 돌아가자, 다들 기다리니까."

나는 대답하지 않았다. 샛길로 얌전히, 천천히 차를 몰았다. 작은 발코니에서 그쳐 가는 비와 나무를 바라보는 소박한 사람들이 사는 작은 집의 희미한 불빛을 보면서, 아 나는 얼마나 바보인가, 우리도 그렇게 될 수 있고, 결혼도 할 수 있고, 아이들도 생길 거라고 생각했! 돌아갈 시간이 되자 다시 한 번 어린아이같이 행동했다. 투란네 집으로 가는 대신, 자동차를 동네 밖으로 몰아 빠르게 비탈길을 내려갔다.

"뭐 하는 거야?"

처음에는 대답하지 않았다. 조심스러운 자동차 경주 선수처럼 길에서 눈을 떼지 않고 차를 몰았다. 그런 후 거짓말이 뻔히 들통 날 걸 알면서도, 휘발유를 사야 한다고 말했다. 나 자신이 지극히 시시하게 느껴졌다.

"안 돼, 이제 돌아가자. 우릴 기다리고 있잖아."

"너와 단둘이 하고 싶은 말이 있어, 제일란."

"뭘?"

그녀는 매정하게 말했다.

"어젯밤 있었던 일에 대해 어떻게 생각해?"

"아무것도! 그런 일은 있을 수 있어, 우리 둘 다 취했으니까."

"할 말이 그것뿐이야?"

나는 반항하듯 말하며 자동차 속도를 높였다.

"그게 다야?"

"메틴, 그만 돌아가자, 개들한테 실례잖아!"

나의 시시한 말과 나 자신이 혐오스러워 절망적으로 말했다.

"난 어젯밤 일을 절대 잊지 않을 거야!"

"그래, 넌 아주 많이 마셨어, 다시는 그렇게 많이 마시지 않겠지!"

"아냐, 아냐, 그 때문이 아냐!"

"그럼 왜?"

그녀는 믿을 수 없을 만큼 무심하게 말했다.

그러자 나의 손은, 좌석 위에 놓여 있는 그녀의 손을 절망적으로 잡았다. 작은 손은 따스했다. 내가 두려워했던 것과는 반대로 그녀는 손을 빼지 않았다.

"빨리 돌아가자!"

"널 사랑해!"

나는 부끄러워하며 말했다.

"돌아가자!"

나는 갑자기 울고 싶어져서, 그녀의 손을 더 꽉 쥐었다. 그리고 왜 그런지 모르겠지만 하나도 기억나지 않는 어머니를 생각했다. 눈물이 날까 봐 두려웠고, 그녀를 안고 싶었는데, 그녀가 소리쳤다.

"조심해!"

강하고 무자비한 빛이 내 눈을 사로잡았고, 우리를 향해 다가왔다. 나는 즉시 핸들을 오른쪽으로 꺾었다. 기다란 트럭이 역겹고 새된 정적을 계속 울려 대며 기차처럼 지나갔다. 다급하게 브레이크에 매달릴 때 클러치 밟는 걸 잊어버렸기 때문에 깡통 차 아나돌도 흔들거리며 멈췄고, 엔진도 꺼졌다. 덜거덕거리는 소리만 들렸다.

"무서웠어?"

내가 물었다.

"당장 돌아가자, 늦었어, 우리!"

자동차 열쇠를 돌려 봤지만 엔진은 작동하지 않았다. 나는 흥분했고, 다시 시도했다. 하지만 역시 작동되지 않았다. 나는 차에서 내렸다. 자동차를 밀어 속도를 낸 다음 작동시켜 보려 했으나 그래도 움직이지 않았다. 나는 땀으로 범벅이 될 때까지 자동차를 평지로 밀었다. 그런 후 차에 탔다. 배터리가 고장 나지 않도록 램프도 끈 뒤, 낡은 아나돌을 긴 비탈길 아래로 빠르게, 조용히 미끄러지게 했다.

바퀴들이 젖은 아스팔트 위에서 듣기 좋은 소리를 내며 빨리 굴러가자, 망망대해의 칠흑 같은 어둠 속에서 전진하는 배처럼 차는 비탈길 아래로 미끄러져 갔다. 몇 번이나 엔진을 작동시키려고 했지만 번번이 실패했다. 먼 곳에서 번개가 치고 하늘이 샛노랗게 밝아지자 벽에 쓰인 글이 보였다. 잠시 후 브레이크를 밟지 않은 채로 커브를 돌았다. 비탈길로 인한 속도 때문에 저 멀리 기차 다리까지, 다시 그곳에서 천천히 앙카라 방향 도로 위에 있는 주유소까지 미끄러져 갔고, 그사이 우리는 아무 말도 하지 않았다. 나는 주유소에 도착하자 차에서 내려 사무실로 갔다. 탁자에 기대어 졸고 있는 주유원을 깨웠다. 엔진 시동이 걸리지 않으며, 클러치도 고장 났다고 말하면서, 아나돌에 대해 잘 아는 사람이 있냐고 물었다.

"꼭 아나돌 전문 정비공이 필요하진 않아요. 잠깐만 기다려요!"

주유원은 이렇게 말했다.

나는 벽에 붙어 있는 모빌오일 포스터를 보고 놀랐다. 손에 오일 깡통을 든 여자 모델이 믿을 수 없을 만큼 제일란과 닮았던 것이다. 나는 멍한 기분으로 자동차로 돌아왔다.

"널 사랑해, 제일란!"

그녀는 신경질적으로 담배를 피우고 있었다.

"우리 늦었어!"

"널 사랑한다고 말하고 있잖아."

우리는 서로를 우두커니 바라보았던 것 같다. 나는 차에서 내려, 마치 머릿속에 뭔가 있는 듯 갑자기 빠른 걸음으로 그곳에서 도망쳤다. 어두운 구석으로 물러나 멀리서 바라보았.

네온 전등이 깜박이며 짜증스러운 빛을 비추고 있었다. 담배를 피우는 그림자였다. 모든 생각이 얼어붙었다. 나는 두려웠다, 땀이 났다. 담배의 붉은 끝이 반짝이는 걸 보았다. 그곳에서 그렇게, 그녀를 바라보며, 스스로를 음흉하고 저질스러운 사람이라 생각하며 삼십 분 가까이 서 있었던 것 같다. 그러다 앞쪽에 있는 간이식당에 갔다. 텔레비전에서 광고를 가장 많이 하는 초콜릿을 샀고, 차로 돌아와 그녀 옆에 앉았다.

"어디 있었어, 걱정했잖아. 우리 늦었어."

"선물 샀어, 봐."

"아, 개암이 들어간 거네. 그런 거 싫어해."

나는 그녀를 사랑한다고 다시 한 번 말했다. 하지만 단어들은 추하고 게다가 절망적이었다. 텅 비어 있었다. 한 번 더 말했다. 그런 후 갑자기 나의 머리는 그녀의 품에 있는 손 위로 떨어졌다. 신경질적으로 꿈틀거리는 그녀의 손에 몇 번 급하게, 마치 뭔가를 놓칠까 두려운 듯 입을 맞췄다. 그리고 또다시 텅 비어 있고 추한 단어들을 빠르게 말하면서 그녀의 손을 내 손으로 감쌌다. 손 위의 짠 맛이 땀인지 눈물인지 알지 못해 절망과 패배감에 빠져 버린 것만 같았다. 몇 번 더 입을 맞추고, 그 의미 없는 단어들을 중얼거린 후 절망감에 파묻히지 않기 위해 깨끗한 공기 쪽으로 머리를 돌렸다.

"사람들이 볼 거야!"

나는 차에서 나와 자동차에 휘발유를 넣는 독일에서 온 터키인 가족을 바라보았다. 얼굴이 달아올랐다. 주유 펌프 위에 있는 네온램프가 고장 난 것처럼 연신 깜박거렸다. 사람은 부자로 태어날 수도 있고 가난하게 태어날 수도 있다. 이건 운이며, 죽을 때까지 지워지지 않는 낙인이다, 라고 생각했다. 나는 이제 원하지 않았지만, 나의 발은 나를 다시 그쪽으로 데려갔다. 그리고 차 안에서 또다시 결과 없는 바보짓을 시작했다.

"널 사랑해!"

"제발, 메틴, 돌아가자!"

"조금만 더 기다리자, 제이란, 제발!"

"네가 정말 사랑한다면, 날 이 한적한 곳에 억지로 잡아 두고 있진 않을 거야!"

"널 정말로 사랑해."

그런 다음 다른 단어들도 찾아보았다, 나 자신을 그대로 드러낼 수 있는 말들, 하지만 생각할수록 알 것 같았다. 단어들은 우리 위에 있는 덮개를 걷어내지 않고, 우리를 더욱더 감추고 있었다. 절망 속에서 뭐든 찾아 헤매고 있을 때 뒷좌석에서 뭔가 보였고, 집어 들어 살펴봤다. 공책, 술 취한 형이 놓고 간 게 틀림없다. 네온램프 아래서 잠시 페이지를 뒤적거린 후, 지루함과 분노로 폭발하지 않도록 제일란에게 주며 읽어 보라고 했다. 그녀는 입술을 깨물면서 역사 공책을 조금 읽어 보고 뒷좌석으로 던져 버렸다. 정비공이 오기에 나는 자동차를 밝은 곳으로 끌고 갔다. 눈에 거슬리는 불빛 아래서 제일란의 공허하고 냉정한 얼굴을 보았다.

한참 동안 정비공과 함께 엔진을 살펴보고, 정비공이 필요한 부품을 가지러 간 후 다시 돌아갔을 때, 제일란의 얼굴에는 여전히 냉정하고 무심한 빛이 어려 있었다. 나 자신과 그녀를 벌하기 위해 어떤 고통이라도 겪고 싶다는 이상한 욕구를 느꼈다. 그러니까, 주부라는 가련한 창조물의 젊은 시절은 이렇군! 하지만 빌어먹을, 나는 그녀를 사랑한다! 고장 난 아나돌에서 조금 떨어져, 다시 내리기 시작하는 빗속에서 사랑에 관해서 복잡한 생각들을 했다. 재앙과 만신창이 같은 이 감정을 칭송한 시인과 가수 들에게 저주를 퍼부었다. 하지만 점점 이 감정에 익숙해져 사랑하고 싶은 면도 있다는 걸 인식하자, 혐오스러웠다. 나중에 어떻게 될까 궁금해서 가까이 지내고 좋아했던 누군가의 죽음을, 혹은 구경하는 희열을 느끼기 위해 어떤 집이 불타 무너지기를 남몰래 바라고, 이 변태 같은 바람에서 죄책감을 느끼는 것 같았다. 시간이 지날수록 이 재앙 같은 감정에 점점 더 빠져드는 걸 깨달았다. 분노하며 비난하는 제일란의 시선을 견딜 수 없어서, 자동차에서 멀리 떨어져 있다가, 그다음에는 정비공과 함께 차 밑으로 들어갔다. 낡은 자동차가 만들어 내는 더럽고 기름 묻은 어둠 속에서 정비공과 함께 누워 있을 때, 제일란이 나에게서 오십 센티미터 위에, 그러나 아주 멀리 있다고 느꼈다. 한참 후 차가 흔들거렸다. 내가 누워 있는 곳에서, 차에서 내린 제일란의 사랑스러운 발과 멋진 긴 다리를 바로 내 옆에서 보았다. 굽 있는 빨간 신발이 잠시 좌우로 움직였다, 신경질이 나서 안달 난 모습이었다. 그런 후 화를 내며, 단호하게 어느 곳을 향해 걸어갔다.

오렌지색 사롱과 넓은 등도 시야에서 사라진 후 그녀가 주유소 사무실로 갔다는 걸 알게 되었다. 순간 무언가 떠올라 자동차 밑에서 급히 기어서 나오면서, 정비공에게 "빨리 수리해 줘!"라고 소리친 후 뛰어갔다. 사무실에 들어가니, 제일란은 탁자 위에 있는 전화를, 탁자 앞에 앉아 있는 졸린 주유원은 제일란을 보고 있었다.

"잠깐만, 제일란! 내가 전화할게!"

"이제야 생각났어? 우리 너무 늦었어. 우릴 걱정했을 거야. 별 생각을 다 했을 거야. 2시야……."

그녀는 계속 말을 하려 했지만, 다행히 주유펌프로 차 한 대가 다가와 주유원이 사무실에서 나갔기 때문에, 나는 더 부끄러울 뻔했던 상황에서 벗어났고, 당장 전화번호부를 펼치고 투란네 전화번호를 찾았다. 내가 전화번호를 돌릴 때 제일란은 이렇게 말했다.

"정말 생각 없는 애구나, 널 잘못 본 것 같아!"

나는 다시 그녀에게 사랑한다고 말했고, 아무것도 생각하지 않고, 강한 신념을 담아 이렇게 급하게 덧붙였다.

"너와 결혼하고 싶어!"

하지만 이제 단어들은 아무것도 바꾸지 못했다. 제일란은 자신을 닮은 포스터 속 여자 옆에 서서, 화난 표정으로 바라보고만 있었다. 내가 아니라 내가 들고 있는 전화기를. 그녀의 얼굴에 나타난 혐오감 때문인지, 아니면 모빌오일 포스터에 있는 여자와의 마법적인 유사성 때문인지, 왜 겁이 났는지 모르겠다. 하지만 이제 끔찍한 재앙을 맞을 준비가 되었다. 잠시 후, 전화가 연결되었다. 그런데, 빌어먹을, 피크레트의 목소리란 걸 즉시 알아챘다.

"너야? 우리 걱정은 하지 말라고 전화하는 거야!"

이렇게 말하면서도 투란네에 그렇게 많은 사람들이 있는데, 왜 그가 전화를 받았을까 생각했다.

"누구세요?"

"나야, 메틴!"

"너는 알았고, 너하고 같이 있는 사람은 누구야?"

"제일란!"

나는 놀라서 말했다. 둘이서 한편이 되어 나를 놀리고 있다는 생각이 들었다, 하지만 제일란의 얼굴은 무표정했다. 단지 가끔 "누가 전화 받았어?"라고 물었다.

"네가 제일란을 집에 데려다 준 줄 알았는데!"

피크레트가 말했다.

"아니, 우리는 여기, 주유소에 같이 있어. 걱정하지 말라고. 그럼, 안녕!"

"누구야, 누구하고 통화했어? 그 전화 좀 줘 봐!"

하지만 나는 그녀에게 전화를 건네지 않았고, 피크레트의 역겨운 질문에 대답을 해 대느라 정신이 없었다.

"너희들 주유소에서 뭐 하는데?"

"간단한 수리."

나는 이렇게 말하고, 급히 덧붙였다.

"지금 갈 거야, 안녕."

하지만 제일란이 자신의 목소리를 알리기 위해 고함을 지르듯 말했다.

"잠깐만, 잠깐만, 전화 끊지 마, 누구야?"

전화를 끊으려던 참에 피크레트가 차갑고 새된 목소리로 물었다.

"제일란이 나하고 통화하고 싶어 하는 것 같은데?"

나는 전화를 끊어 버릴 용기를 내지 못했고, 수화기를 느닷없이 제일란에게 건네줘 버렸다. 재앙과 같은 수치심에 싸여 사무실에서 밖으로, 어둡고 더러운 빗속으로 나갔다.

잠시 걷다가, 자신을 억누르지 못하고, 밝은 사무실에서, 선반, 포스터, 모빌오일 깡통 사이에서 머리카락을 잡아당기며 통화를 하고 있는 제일란을 바라보았다. 미국에 가면, 이런 건 모두 잊을 거라고 생각했다. 하지만 미국에 가고 싶지 않았다, 이제는. 제일란이 몸의 무게를 아름다운 다리 한쪽에서 다른 쪽으로 옮겨 실으며, 마법적으로 몸을 흔들며 통화하고 있는 걸 보자, 가슴이 미어질 듯했고, 이런 생각이 들었다. 그녀는 내가 알고 있는, 지금까지 보았던 여자들 중에 가장 아름답다! 그곳에서, 빗속에서, 나를 위해 결정된 벌을 받기 위해 절망감과 평온함 속에서 마음의 준비를 하는 것처럼 꼼짝 않고 서 있었다. 잠시 후 제일란은 전화를 끊고 기쁜 듯 밖으로 나왔다.

"피크레트가 지금 온대!"

"아냐, 내가 너를 사랑해!"

나는 뛰어서 자동차로 갔고, 정비공에게 소리를 지르며, 차를 당장 굴러가게 만들면 내 주머니에 있는 돈을 전부 주겠다고 했다.

"작동시킬게요. 하지만 클러치 때문에 다시 길에서 멈출 겁니다."

"아냐, 그렇지 않아! 그냥 자동차를 굴러가게만 해 줘!"

정비공은 잠시 애를 쓰더니 시동 장치를 밟아 보라고 했다. 나는 흥분하며 차에 올라 시동 장치를 밟았다. 하지만 작동하지 않았다. 정비공은 조금 더 여기저기 만지작거린 다음 다시 밟으라고 했다, 그래도 작동하지 않았다. 몇 번 더 반복한 후에는, 분노와 절망 그리고 신경질 때문에 나 자신을 제어하지 못할 지경이 되었다.

"제일란, 제일란, 나를 두고 가지 마, 두고 가지 마, 제발, 나를!"

"넌 화가 나 있어!"

제일란이 말했다.

잠시 후 피크레트의 알파 로메오가 주유소로 들어오자 나는 정신을 차리고 차에서 내렸다.

"우리 빨리 이곳에서 나가자, 피크레트!"

제일란이 말했다.

"이 아나돌 어디가 고장 난 거야?"

피크레트가 물었다.

"이제 작동할 거야. 제일란, 내가 먼저 젠네트히사르에 도착할 거야, 경주하든지!"

"좋아, 경주하자!"

피크레트가 이렇게 말했다.

제일란은 피크레트의 알파 로메오에 올라탔다. 나는 급히 시동 장치를 밟았고, 다행히 차가 움직였다. 정비공에게 먼저 1,000리라를, 그런 후에 1,000리라 한 장을 더 줬다. 잠시 후 경주를 하기 위해 자동차를 나란히 세웠다.

"조심해, 피크레트! 메틴은 화가 나 있어!"

제일란이 말했다.

"투란네 집까지다! 하나, 둘······."

피크레트가 셌다.

셋이라고 한 순간 차는 부르릉거리며 화살처럼 튀어 나갔다. 좋아, 나는 액셀을 끝까지 밟았다. 하지만 그가 먼저 출발했기 때문에, 처음부터 그가 앞서 갔다. 하지만 그게 더 좋았다. 왜냐하면 클랙슨을 울리며, 내 차의 상향등을 그의 목덜미에 대고 썩은 아나돌로도 그의 뒤를 놓치지 않았기 때문이다. 너를 그와 단둘이 남겨 둘 사람이 아니지 내가. 다리를 지날 때 그의 차에 더 가까워졌고, 비탈길 초입에 있는 커브에 왔을 때는, 속력을 줄이는 대신 액셀을 더 힘껏 밟았다. 어쩌면 아주 우습고 시시한 생각이겠지만, 너 같은 여자애에게 사랑받기 위해서는 죽음도 불사해야 한다는 걸 이제는 알고 있었다. 하지만 부당한 일이다, 너는 그 겁쟁이 놈의 차를 타고 있어, 커브 길로 진입할 때, 겁쟁이 놈이, 봐, 제일란, 액셀을 밟았고, 붉은 등이 켜졌다. 내가 추월하려 해도, 음흉한 놈은 길을 내주지 않았다. 하느님, 나도 가련한 놈이군, 이라고 생각하고 있을 때, 깜짝 놀랐다. 알파 로메오가 먼저 기어를 낮춘 다음에 액셀을 밟고, 가공할 속도로 비탈길을 올라가더니, 작아진 붉은 등이 이 초 만에 눈앞에서 사라져 버렸다! 하느님! 나도 액셀을 끝까지 밟았다, 하지만 이 게으른 차는 비탈길을 오르는 마차처럼, 움푹 팬 곳에서 흔들거리며, 헉헉대며, 빌어먹을, 잠시 후 신음까지 하기 시작했다. 빌어먹을 클러치 때문에 연이어 바퀴들도 다시 말을 듣지 않았고, 고장이 날까 봐 모터를 끄자 거기서 멈춰 서게 되었다. 이렇게, 나는 비탈길 한가운데서 조용히, 홀로, 바보처럼 남게 되었다. 그래도 빌어먹을 귀뚜라미들이 있었다.

몇 번 모터를 작동시켜 보려고 하다가, 그들을 따라잡으려면 자동차를 비탈길 정상으로, 평지 너머까지 민 후, 멀리 젠네트히사르까지 내리막길로 미끄럽게 하는 수밖에 없다는 걸 깨달았다. 욕설을 퍼부으며 밀기 시작할 때 비는 그쳐 있었다. 곧 온몸이 땀으로 범벅이 되었지만, 허리 통증을 견디며 한동안 더 밀었다. 비가 다시 흩뿌리기 시작하자 통증은 견딜 수 없는 지경이 되었다. 핸드 브레이크를 당기고, 증오감에 휩싸여 자동차를 발로 찼다. 잠시 후 비탈길을 올라오는 차가 보여서 희망에 가득 차 손짓을 했다. 하지만 차는 클랙슨을 울리면서 멈추지 않고 지나가 버렸다. 어느 먼 곳에서 천둥이 치자, 나는 다시 차를 밀기 시작했다. 이제 허리 통증 때문에 눈물이 났다. 밀 때마다 고통을 잊으려고 그들을 떠올리며 증오했다.

그렇게 애를 썼는데도 아주 조금 앞으로 밀린 걸 알고는 머리가 어지러웠다. 길을 따라 달리기 시작했다, 비는 거세지고 있었다. 지름길로 가기 위해 체리 밭으로 들어갔다, 하지만 진흙탕에서, 그 칠흑 같은 어둠 속에서 뛸 수가 없었다! 한참 후 비장과 허리 통증 때문에 허리를 구부리고 숨을 내쉬었다. 발은 진흙탕 속에 있었다. 위협하듯 짖어 대는 재수 없는 개들의 울부짖음이 꽤 가까워진 걸 느끼고 되돌아왔다. 더 이상 젖지 않으려고 차 안으로 들어가 앉아 핸들에 머리를 기댔다. 너를 사랑해.

얼마 지나지 않아, 비탈길 아래로 세 명이 이야기를 나누며 내려오는 게 보였다. 기쁜 마음에 도움을 청하려고 차에서 뛰쳐나갔다. 하지만 검은 얼룩들이 가까워지자 그들이 기억나 두려워졌다. 몸집이 큰 사람의 손에는 페인트 통이 들려 있었고, 한 명은 콧수염이 있었고, 다른 한 명은 재킷을 입고 있었다.

"이 한밤중에 여기서 뭐 하는 거야, 넌?"
콧수염이 난 사람이 물었다.
"차가 고장 났어요, 좀 밀어 주시겠어요?"
"우리를 말로 생각하는 거야, 아니면 네 아버지의 하인으로 생각하는 거야? 아래로 미끄러지게 해 버려."
"잠깐만, 잠깐만! 지금 알아봤어요, 기억나요, 오늘 아침 우리를 깔아뭉갤 뻔했잖아요, 당신이!"
재킷을 입은 사람이 말했다.
"뭐라고요? 아, 그러네요! 당신이었나요? 미안합니다!"
재킷을 입은 사람은 내가 아니라, 어떤 여자를 흉내 내듯 말했다.
"미안해, 자기, 내가 오늘 아침에 자기를 깔아뭉갤 뻔했구나! 깔아뭉갰으면 어쩌려고 했는데?"
"가자, 얘들아, 비에 젖겠다."
콧수염이 난 사람이 말했다.
"난 여기 이 사람과 남아 있겠어."
재킷을 입은 사람은 이렇게 말하고 차에 들어가 앉았다.
"너희들은 가!"
콧수염이 난 사람과 페인트 통을 든 사람은, 잠시 망설이더니, 자동차 뒷좌석으로 들어가 앉았다. 나는 운전석에, 재킷을 입은 사람 옆에 앉았다. 비가 더 세차게 내렸다.
"우리가 자기를 불편하게 하는 거 아니지?"
재킷을 입은 사람이 말했다.
나는 대답 대신 미소를 지어 보였다.

"브라보! 난 이 사람이 맘에 드는데, 농담이 뭔지 알아, 정직한 아이군! 네 이름은 뭐냐?"

나는 이름을 말해 줬다.

"만나서 반갑습니다, 메틴 씨. 나는 세르다르, 얘는 무스타파, 저 정신 나간 놈은 우리가 '자칼'이라고 부르지. 진짜 이름은 하산이야."

"그딴 말을 하면 또 다치게 될 거야, 두고 봐!"

하산이 말했다.

"왜 그래? 서로 통성명도 하지 말까, 그럼? 그렇지 않나요, 메틴 씨?"

세르다르가 말했다.

그는 손을 내밀었다. 나도 손을 내밀자 그는 내 손을 잡고 온 힘을 다해 쥐기 시작했다. 눈에서 눈물이 날 지경이 되자, 나도 어쩔 수 없이 그의 손을 쥐었다. 그러자 내 손을 놓았다.

"브라보! 힘이 세구먼, 하지만 나보다 세진 않아!"

"넌 어디 학교 다니냐?"

"미국계 고등학교!"

"흠, 상류층 고등학교군. 우리 자칼이 너네 상류층 누군가에게 빠졌어!"

세르다르가 말했다.

"그 얘기 다신 꺼내지 마!"

하산이 말했다.

"잠깐만, 어쩌면 하산, 너한테 방법을 가르쳐 줄 수 있겠군. 쟤도 그들 중 하나니까! 그렇지 않아? 왜 웃어?"

"별 뜻 없어!"
내가 대답했다.
"니가 왜 웃는지 알아! 부유한 여자애를 사랑한다고 저 가련한 놈을 조롱하는 거지? 그렇지 않냐, 인마?"
세르다르가 말했다.
"너도 웃고 있잖아!"
내가 말했다.
그러자 세르다르는 고함을 치며 말했다.
"난 웃을 수 있어! 난 그의 친구니까, 그를 무시하지 않아, 하지만 넌 무시하잖아. 그게 뭐 어때서 이 새끼야, 넌 한 번도 사랑에 빠져 본 적 없냐?"

그는 더 많은 욕을 퍼부었고, 내가 아무 말도 하지 않자 더 화를 냈다. 화가 나자 자동차 안을 여기저기 뒤졌고, 보관함을 열고, 보험 서류에 쓰여 있는 것들이 우습다는 듯 폭소를 터뜨렸고, 큰 소리로 읽었다. 차가 내 것이 아니라, 내 형 것임을 알자 나를 무시했고, 갑자기 이렇게 물었다.

"그 자동차를 타고, 그 여자애들과 한밤중에 뭘 하십니까?"
나는 대답하지 않았다. 저질에다 형편없는 놈처럼 씨익 웃었다.
"이런 나쁜 놈들! 잘들 하고 있다! 어젯밤에 옆에 있던 애가 니 애인이냐?"
"아니, 아냐."
나는 다급하게 대답했다.
"거짓말 마!"

고요한 집 139

세르다르가 말했다.

나는 잠시 생각했다.

"누나였어! 할머니가 아파서 약국을 찾고 있었어."

"왜 해변 맞은편 비탈길에 있는 약국에서 안 샀어?"

"닫혀 있었어."

"거짓말 마! 거긴 매일 저녁 열려 있어! 혹시 그 약사가 공산주의자라는 건 알아?"

"몰라."

"상류층 여자애들과 돌아다니는 것 말고 뭘 알아?"

"넌 우리가 누군지 알아?"

무스타파가 물었다.

"알아, 이상주의자들이잖아!"

"브라보! 우리의 고민이 뭔지 그것도 알아?"

무스타파가 물었다.

"민족주의 뭐 그런 거!"

"그, 뭐 그런 거, 라는 말이 무슨 뜻이냐, 인마?"

"이놈은 터키인이 아닌가 봐. 너 터키인이냐, 엄마 아빠가 터키인이냐?"

세르다르가 물었다.

"난 터키인이야!"

"그럼 이건 뭔데?"

세르다르는 제일란이 놓고 간 레코드를 보여 주며 또박또박 읽었다.

"베스트 오브 엘비스!"

"그건 레코드야."

내가 말했다.

"잘난 척하지 마, 한 대 때리기 전에. 터키인 자동차에 이 개자식 레코드가 왜 있어?"

세르다르가 말했다.

"난 그런 거에 관심 없어. 누나 거야, 그 레코드는, 차에 놓고 갔나 봐."

"그러니까 넌 디스코텍 그런 데 전혀 안 간다?"

"거의!"

"넌 공산주의에 반대하냐?"

무스타파가 물었다.

"반대해!"

"왜 반대하는지 말해 봐!"

"알잖아……."

"아니……. 나는 아무것도 몰라. 니가 말해 봐, 우리도 좀 배우게."

"아주 부끄럼을 많이 타는 친구 같군, 말을 안 하는 걸 보니……."

세르다르가 말했다.

"너 겁쟁이냐?"

무스타파가 말했다.

"아닐걸!"

"아닐 거라는군! 잘난 척하기는! 겁쟁이가 아니라면 왜 네가 반대하는 공산주의자들에 맞서 투쟁하지 않는 거지?"

"그럴 기회가 전혀 없었는걸! 내가 아는 이상주의자들은 너네뿐이야!"

"그렇다면 우릴 어떻게 생각해? 맘에 들어?"

세르다르가 물었다.

"맘에 들어."

"넌 우리 편이구나! 내일 저녁때 너도 데리러 갈까?"

"물론이지, 데리러 와."

"닥쳐, 이 사기꾼 겁쟁이 놈아! 우리에게서 벗어나자마자 경찰서로 달려가겠지, 그렇지 않아?"

"진정해, 세르다르, 나쁜 애가 아닌데 왜 그래! 우리한테서 초대장을 살 거야, 두고 보라고!"

무스타파가 말했다.

"체육관 겸 전시관에서 밤에 개최될 거야. 올래?"

세르다르가 물었다.

"갈게, 얼마야?"

"너한테 돈 얘기 한 사람 있어?"

"좋아, 세르다르! 돈을 주고 산다니까, 내라고 해! 도움이 될 테니!"

무스타파가 말했다.

이에 세르다르가 정중하게 물었다.

"몇 장을 원하십니까, 신사분?"

"500리라어치!"

나는 호주머니에서 급히 500리라를 꺼냈다.

"그 지갑 뱀가죽이야?"

무스타파가 물었다.
"아냐!"
나는 500리라를 다급하게 세르다르에게 내밀었다. 세르다르는 돈을 받지 않았다.
"그 뱀 가죽 좀 보자!"
"뱀 가죽 아니라고 했잖아!"
"지갑 한번 줘 보라니까 그러네!"
여름 내내, 더위 속에서 벌어 모은 돈이 가득한 지갑을 건넸다.
"브라보! 이 지갑은 뱀 가죽이 아니지만, 넌 우릴 속였어."
"줘 봐, 내가 보면 아니까."
무스타파는 이렇게 말하고 지갑을 받아 뒤적거렸다.
"이 주소 수첩 너한테 필요해? 아는 사람도 많군, 모두 다 전화가 있고……. 이렇게 아는 사람이 많은 사람은 자신을 다른 사람들에게 소개하기 위해 신분증을 가지고 다닐 필요가 없지, 신분증을 가져가겠다. 12,000리라! 이렇게 많은 돈을 네 아버지가 줬냐?"
"아니, 내가 벌었어. 난 영어하고 수학 과외를 해."
"야, 자칼, 완전히 너한테 필요한 사람이다! 쟤한테도 과외 해 줄 수 있어? 물론 공짜로……."
"해 줄게."
그때서야 비로소 자칼이라는 저 하산이 어떤 하산인지 알게 되었다.
"브라보! 그렇지 않아도 네가 좋은 아이라는 걸 알고 있었어. 12,000리라로 정확히 스물네 장의 초대장을 살 수 있어. 네 친구들에게도 나눠 줘라."

"정 그렇다면 나한테 1,000리라만 남겨 줘."

내가 말했다.

"우릴 화나게 하지 마!"

세르다르가 소리쳤다.

"아냐, 쟤는 불평하는 게 아냐! 자기가 원해서 12,000리라를 주는 거야, 그렇지 않아?"

무스타파가 말했다.

"너한테 말하고 있잖아, 이 새끼야!"

"그만해, 세르다르, 얘 약 올리지 마!"

무스타파가 말했다.

"이 공책은 뭐야?"

세르다르는 뒷좌석에서 발견한 파룩의 공책을 펴서 읽었다.

"원래는 기병 알리 소유였다가, 그가 원정에 나가지 않았기 때문에 그에게서 회수하여 하빕에게 양도한 게브제 근처에 있는 17,000악체가 나가는 마을……. 이게 뭐야, 읽을 수가 없잖아! 구입한 노새의 대가를 지불하지 않은 마흐무트에 관한 벨리의 고발은……."

"뭐야, 이것들이?"

무스타파가 물었다.

"내 형은 역사가야."

내가 말했다.

"가련한 사람!"

세르다르가 말했다.
"자, 가자, 비가 그치고 있어."
무스타파가 말했다.
"최소한 신분증은 돌려줘."
내가 말했다.
"최소한이라니 그게 무슨 뜻이냐? 우리가 너한테 뭐 나쁜 짓 했어? 대답해 봐!"
세르다르는 이렇게 말하며 마치 나쁜 짓이라도 하고 싶은 듯 차 안을 들여다보았다. 「베스트 오브 엘비스」를 보았다.
"이것도 가져가겠어!"
그러고는 파룩의 공책도 가져갔다.
"다음부터는 운전 천천히 하고, 다른 사람들을 네 아버지 하인 취급 하지 마! 저질, 가련한 놈!"
그는 차문을 꽝 닫고, 다른 사람들과 함께 멀어져 갔다. 나는 그들이 꽤 멀리 간 걸 보고는 차에서 내려, 다시 아나돌을 비탈길 위로 밀기 시작했다.

26

"저 가련한 놈에게 본때를 보여 줬어, 우리가."
세르다르가 말했다.
"넌 너무 과격해. 경찰서라도 가면 어쩔 건데?"
무스타파가 말했다.
"못 가. 못 봤어? 겁쟁이잖아."
"레코드랑 공책은 왜 가져왔어?"
무스타파가 말했다.
그때 나는 봤어, 닐귄, 네가 자동차에 깜박하고 놓고 간 너의 레코드와 파룩의 공책을 세르다르가 가져온 걸. 아랫마을에 오자 세르다르는 가로등 밑에 멈춰서 레코드 커버를 들여다보았다.
"그가 사람들을 자기 종처럼 여기는 게 미치도록 싫어서 가져왔어!"

"잘한 짓이 아니야! 괜히 걜 약 올렸어, 넌."

무스타파가 말했다.

"그럼 레코드 돌려줘, 내가 차로 가서 돌려줄게."

내가 말했다.

"이놈 진짜 정신 나간 놈이네!"

세르다르가 말했다.

"아참, 다시는 사람들 앞에서 하산에게 정신 나간 놈, 자칼이라고 하지 마."

무스타파가 말했다.

세르다르는 입을 다물었다. 우리는 아무 말도 하지 않고 비탈길 밑으로 내려갔다. 나는 무스타파의 주머니에 있는 12,000리라로 펜딕에서 본 손잡이가 자개로 된 잭나이프, 밑은 고무에다 위는 가죽인 겨울용 신발을 살 수 있을 거라고 생각했다. 조금 더 보탠다면 권총도 살 수 있을 것이다. 찻집이 있는 곳에 이르자 그들은 멈췄다.

"그래, 이제 그만 흩어지자."

무스타파가 이렇게 말해서 내가 물었다.

"더 안 쓸 거야?"

"아니, 비가 또 올 것 같아, 그럼 우린 젖을 테고. 페인트하고 붓은 오늘 밤 네가 간수해, 하산, 알았지?"

둘은 아래에 있는 집으로 갈 테고, 나는 돌아가서 비탈길을 올라갈 것이다. 12,000÷3=4,000리라이다. 닐귄의 레코드와 공책도 있다.

"왜 그래? 왜 그렇게 아무 말도 하지 않고 서 있어? 자, 흩어지자."

무스타파는 이렇게 말하고, 뭔가 떠오른 듯 말했다.

"아참, 하산, 받아, 담배와 성냥, 피워."

나는 받지 않으려고 했다. 하지만 그의 시선이 꺼림직해서 받았다.

"고맙다고 안 해?"

"고마워."

그들은 돌아서 멀어져 갔다. 나는 잠시 그들의 뒷모습을 바라보았다. 4,000리라로 많은 것을 살 수 있다! 그들은 빵 화덕 앞 밝은 곳을 지나 어둠 속으로 사라졌다. 잠시 후 나는 소리를 질렀다.

"무스타파!"

그들이 발걸음을 멈추는 소리가 들렸다.

"왜?"

나는 잠시 멈춰 있다가 그들 곁으로 뛰어갔다.

"레코드와 공책을 내가 가져도 될까, 무스타파?"

나는 숨을 헐떡이며 말했다.

"뭘 하려고? 진짜 돌려줄 거야?"

세르다르가 물었다.

"다른 건 원하지 않아, 그것들만 나한테 주면 그걸로 충분해."

"그거 쟤한테 줘."

무스타파가 말했다.

세르다르가 그 두 가지를 건네주며 "넌 정신 나간 놈이야!"

라고 했다.

"닥쳐."

무스타파는 세르다르에게 이렇게 말하고, 나를 보며 말했다.

"하산, 12,000리라는 재단을 위해 사용하자고 결론 내렸어. 오해하지 마. 어차피 우리한테도 아주 작은 몫만 떨어져. 너의 몫으로 떨어질 500리라를 받아 지금, 원한다면."

"아냐. 모두 재단으로 갔으면 해, 전부 투쟁을 위해 사용되었으면 해. 나 자신을 위해 원하는 거 없어."

"하지만 레코드는 받았잖아!"

세르다르가 이렇게 소리 질렀다.

나는 놀라서 내 몫으로 떨어진 500리라를 받아 주머니에 넣었다.

"됐어! 이제 12,000리라에서 네 몫은 없어. 아무한테도 말하지 마!"

"말하지 않을 거야. 쟤는 네가 생각하는 만큼 바보가 아냐. 똑똑하지만, 그런 척하지 않을 뿐이야. 자기 몫을 받으려고 돌아온 거 봐!"

무스타파가 말했다.

"음흉한 놈!"

세르다르가 말했다.

"자, 가자!"

무스타파가 이렇게 말했고, 둘 다 돌아서 멀어져 갔다.

나는 잠시 그들의 뒷모습을 바라보며 그들이 무슨 말을 하는지 귀를 기울였다. 어쩌면 나를 조롱하고 있는지도 모른다.

조금 더 바라보다가 담배에 불을 붙였다. 한 손에는 페인트와 붓, 다른 한 손에는 레코드와 공책을 들고 비탈길을 올라갔다. 내일 아침 해변으로 가야지, 무스타파가 온다면 보겠지, 와서 보지 못하면 내일 저녁 그에게 말할 것이다, 그 애를 기다리려고 아침에 갔어, 무스타파, 근데 너는 안 왔어. 그러면 그는 규율이 뭔지를 내가 배웠다는 걸 알게 될 것이다. 모두들 저주를 받을지니!

조금 더 비탈길을 오르다 메틴의 고함 소리를 듣고 놀랐다. 그곳에서, 앞쪽에서, 끝이 보이지 않는 어둠 속 어떤 곳에서 메틴이 혼자 욕을 퍼붓고 있었다. 젖은 아스팔트에서 소리 없이 발을 내디디며 다가가서 그를 찾아보려고 했다. 하지만 앞에 누군가 있는 것처럼 실컷 욕을 해 대는 것만 들을 수 있었다. 잠시 후 나는 플라스틱 소리를 듣고 놀라 길가로 피했다. 가까이 가서야 그가 자동차를 발로 차고 있는 걸 알 수 있었다. 성질이 고약한 말을 때리는 기수처럼 화가 나서 욕을 하며 연신 발길질을 했지만 플라스틱 자동차는 그가 기대하는 대답을 주지 않았고, 어쩌면 그래서 점점 더 욕을 퍼붓는 것 같았다. 나는 이상한 것들을 생각했다. 내가 가서 메틴을 때릴 수도 있는데! 나는 폭풍을, 죽음을, 지진을 생각했다. 손에 들고 있던 것을 놓고 갑자기 그를 공격한다. 왜 나를 알아보지 못했어, 왜 나를 잊었어? 이런 것들이 중요하다, 넌 그를 알고, 뭘 하는지 멀리서 관찰하고, 그의 모든 삶을 안다. 그런데 그는 너를 알아보지도 못한다. 너를 전혀 알지 못하고 자신의 삶을 살아간다. 언젠가 나를 알게 될 거다, 분명 알게 될 거다. 그

가련한 놈이 자기 차를 차도록 그냥 내버려 두었다. 그의 눈에 띄지 않도록 포도밭 진흙탕을 지나 올라가면서 깨달았다. 나는 그가 돈을 빼앗기고 차가 고장 나서 욕을 한다고 생각했는데, 사실은 어떤 여자애 때문이라는 걸 알게 되었다. 몸을 파는 여자들에게 쓰는 단어를 되풀이하고 있었다. 나는 때로 그 단어가 두렵다, 그 여자들은 아주 끔찍하다, 나는 좋아하지 않는다, 잊어야지. 나는 걸었다.

어쩌면 그 여자가 닐귄, 너일 수도 있어, 라고 생각했다. 어쩌면 다른 사람일 수도. 얼마나 추한 단어인가! 여자들은 때로 나를 두렵게 한다. 그녀들에게는 이해할 수 없는 것들, 내가 알 수 없는 어두운 생각들이 있는 것 같다. 그녀들의 어떤 부분은 얼마나 소름이 끼치는지, 한번 휩쓸려 가면 재앙이 온다. 죽음 같은 것이다, 하지만 머리에 푸른 리본을 달고 미소도 짓는다, 창녀! 하늘이 멀리서 샛노랗게 밝아지자, 번개가 무서웠다. 구름, 어두운 폭풍, 내가 이해할 수 없는 생각들! 우리는 우리가 모르는 누군가의 노예인 것 같다, 때로 우리는 잠시 멈춰서 반항하려 한다, 하지만 나중에는 두려워한다. 번개를, 천둥을, 미지의 먼 재앙을 우리 위에 던진다. 그럴 때면 나는 우리 집 조용한 불빛 아래서 아무런 반항을 하지 않고, 아무것도 모른 채 살아가는 게 낫다고 생각한다. 나는 죄악이 두렵다! 나의 가련한 복권 장수 아버지처럼.

아직 집에 불이 켜져 있는 걸 발견했을 때 비가 다시 흩뿌리기 시작했다. 창문으로 다가가 보니 아버지뿐 아니라 어머니도 자지 않고 있다. 이 절름발이는 어머니가 잠들지 못하도록 나에 대해 무슨 말이라도 한 걸까? 갑자기 떠올랐다. 가게 주인이 말했을 것이다! 괘씸한 뚱뚱보, 곧장 일러바쳤나 보군. 가게 주인 이스마일이, 자네 아들이 오늘 아침 우리 가게에 와서, 신문과 잡지를 전부 찢어 버렸어, 위협도 했고, 어떤 조직에 들어간 것 같던데, 완전 미쳤더군, 이라고 했을 것이다. 손해 본 돈을 달라고 했을 것이다. 돈 말곤 아무것도 모르는 복권 장수 아버지는 얼마를 보상했을까, 어쩔 수 없이 그 역겨운 신문의 값을 지불해야 했을 것이다. 아니, 부질없는 짓이 아니다. 저녁때 나에게 지긋지긋하게 복수할 것이기 때문이다. 물론 나를 찾을 수 있어야만 가능한 일이겠지만. 집 안으로 들어갈지 말지 결정을 내리지 못한 채 그곳에 서 있었다. 창문으로 어머니와 아버지를 바라보았다. 잠시 후 비가 꽤 내리기 시작하자, 페인트 통과 닐권의 레코드, 파룩의 공책을 담은 내 방 창턱에 올려놓았다. 거기 처마 아래 서서 비를 바라보며 생각했다. 비가 더 거세졌다.

한참 동안, 하늘에 구멍이 뚫린 듯 비가 내려, 나는 메틴을 떠올렸고, 아버지가 직접 설치한 홈통이 지붕에서 흐르는 비를 다 빨아들이지 못할 즈음에는, 창문을 통해 조심스럽게 안을 들여다보았다. 가련한 어머니가 플라스틱 빨래 대야와 세숫대야를 여기저기 놓으며, 비가 새는 천장 아래를 뛰어다니는 걸 보았다. 잠시 후 어머니는 나의 방도 생각해 냈다. 천장에 있는 독수리의 날개 사이로 내 침대 위에 물이 떨어졌기 때문이다. 어머니는 불을 켜고, 매트리스를 치웠다. 나는 가만히 어머니를 지켜보았다.

마침내 비가 그치자, 내가 그들도, 다른 사람들도 아니라 계속 너를 생각했다는 걸 깨달았다, 닐권! 너는 침대에 누워 있겠지, 어쩌면 빗소리에 깨어났을 수도 있고, 창밖을 바라보며, 천둥이 칠 때마다 몸서리치며 생각에 잠기겠지. 아침에 비가 그치고 해가 뜨면 해변에 나오겠지, 너를 기다릴게, 마침내 너는 나를 볼 것이고, 우리는 이야기를 할 것이고, 나는 말하고 또 말하겠지. 긴, 아주 긴 이야기. 인생. 널 사랑해.

나는 다른 이야기들도 생각했다. 만약 믿기만 한다면, 사람은 완전히 다른 사람이 될 수 있다. 먼 나라, 끝없이 이어지는 철로, 아프리카 밀림, 사하라, 사막, 얼음이 언 호수, 지리 책에 나오는 펠리컨, 사자, 텔레비전에서 보았던 버펄로, 이들을 몰아붙여 물어뜯는 하이에나, 영화에 나오는 코끼리, 인도, 인디언, 중국인, 별, 우주 전쟁, 모든 전쟁, 역사, 우리의 역사, 터키 북의 힘과 이를 듣는 이교도들의 공포를 생각했다. 모든 두려움, 규칙, 한계를 깨 던지고, 나의 목표를 향해 걸어야지. 깃발이 물결친다. 검, 칼, 권총, 권력! 나는 다른 사람이다, 나는 과거의 내가 아니다, 이제 추억이 아니라 미래만이 있다. 추억은 노예들을 위한 것이다, 추억은 그들을 나태하게 만든다. 그들은 잠이나 자라지, 라고 생각했다.

생각했다, 모든 것을 잊기에는 힘이 모자란다는 걸 깨닫고, 공책과 레코드는 창턱에 두지 않고 집어 들고 걸어갔다. 이제, 끝을 볼 수 있는 어둠 속으로 길을 나섰기 때문에, 미지가 아니라 불확실한 어떤 곳으로 걸어가는 것 같았다. 비탈길 아래로 물이 흘러갔다. 비 냄새가 났다. 먼저 아랫마을을 마지막으로 한 번 더 봐야지, 마지막으로 빛을, 잘 정돈된 인공 정원을, 영혼 없는 네모난 콘크리트를, 가로등 밑에 아무도 없을 때, 근심 걱정 없이, 타락한 거리를 바라봐야지, 마지막으로 한 번 더, 승리의 날까지 돌아오지 않을 양으로 그 창문 밖에서 누군가를 바라봐야지, 라고 생각했다. 닐권, 어쩌면 넌 자지 않고 있겠지, 창밖으로 비를 바라보고 있겠지, 번개가 쳐서 사방이 푸르게 밝아지면, 어쩌면 나를 보겠지, 나는 세찬 비 아래서, 한밤중에, 흠뻑 젖어 그렇게 너의 창문을 바라본다. 하지만 두려워서 다가가지 못했다. 비탈길을 내려갈 때 떠올랐기 때문이다. 지금, 그곳엔, 그들의 경비인 난쟁이가 있을 것이다. 얘야, 네가 이 시간에 여기서 무슨 볼 일이 있어, 자, 빨리 가라, 이곳은 네가 올 곳이 아니야! 라고 할 것이다. 그러지 뭐!

돌아서 우리 집 앞으로 지나갔다. 생소한 마을을 지나는 것처럼 졸린 상태로 지나갔다. 집의 불은 여전히 켜져 있었다. 희미하고 가난한 우리 집 불빛은 얼마나 가련한지! 부모님은 나를 보지 못했다. 평지를 걸어, 비탈길을 내려가기 시작하다 놀라고 말았다. 메틴이 여전히 어둠 속에서 욕설을 하며, 신음을 하며, 자동차를 밀고 있었던 것이다. 나는 그가 이제는 갔을 거라고 생각했다. 나는 멈춰 서서, 처음으로 발을 내디딘 이상한 나라의 이상한 사람을 보는 것처럼, 두렵지만 호기심으로 가득 차, 두렵다기보다는 흥미롭게, 멀리서 그를 지켜봤다. 나중에는 그가 운다고 생각했다, 연민을 불러일으키는 허스키한 목소리를 냈던 것이다. 나는 어린 시절의 친구를 떠올렸기 때문에, 사람들을 비난하며 살아온 것을 잊었기 때문에 불쌍히 여겨 가까이 갔다.

"누구세요?"

"나야. 메틴, 조금 전에 나를 알아보지 못했지, 나 하산이야."

"나중에는 알아봤어. 돈을 돌려주려고?"

"나는 혼자 왔어. 돈을 돌려받고 싶은 거야?"

"너희들은 내 돈 12,000리라를 훔쳐 갔잖아! 모르는 일이냐?"

나는 아무런 대꾸도 하지 않았다. 우리는 잠시 말을 하지 않았다.

"너 어디 있는 거야! 나오지그래, 얼굴 좀 보자!"

나는 손에 들고 있던 레코드와 노트를 물기 없는 곳에 내려놓고 그에게 다가갔다.

"돈을 가지고 오지 않은 거야? 나와!"

다가가 보니 그의 얼굴은 땀에 젖어 있었고, 불행해 보였다. 우리는 서로를 바라보았다.

"아니, 돈은 나한테 없어."

"그럼 왜 왔어?"

"너 조금 전에 운 거니?"

"잘못 들었어. 피곤해서……. 넌 여기 왜 온 거야?"

"우린 어렸을 때 좋은 친구였어."

그가 무슨 말을 하기 전에 덧붙였다.

"메틴, 원하면 도와줄게."

"왜?"

그는 이렇게 말했다가 "좋아, 그럼 차에 몸을 대!"라고 덧붙였다.

나는 차에 기대어 밀기 시작했다. 잠시 후 자동차가 움직이며 비탈길을 올라가기 시작했을 때는, 그보다 내가 더 좋아한 것 같다. 닐권, 그건 아주 이상한 느낌이었어. 잠시 후 우리가 얼마나 갔는지 확인하자 답답해지고 말았다.

"왜 그래?"

메틴은 이렇게 말하고 핸드브레이크를 당겼다.

"잠깐만! 좀 쉬자."

"안 돼, 그러면 늦을 거야!"

나는 다시 차에 기대에 밀었지만, 자동차는 그리 멀리 가지 않았다. 바퀴가 달린 게 아니라, 커다란 바위 덩어리 같았다! 나는 잠시 쉬면서, 좀 쉬어야지 하고 생각하던 차에, 그가 핸드브레이크를 내렸다. 차가 뒤로 밀리지 않도록, 나는 밀다가 멈췄다. 메틴이 물었다.

"왜 그래? 왜 안 미는 거야?"

"넌 왜 밀지 않는 건데?"

"나한테는 힘이 남지 않았는걸!"

"이 시간에 갈 데라도 있어?"

그는 대답하지 않았다. 시계를 보더니 욕설만 퍼부었다. 이번에는 그도 나와 함께 차에 몸을 대고 밀어 보았지만 역시 차는 움직이지 않았다! 우리는 차를 비탈길 위쪽으로 밀고, 차는 우리를 아래로 미는 것 같았다. 우리는 그 자리에 그대로 있었다. 결국에는 몇 걸음 더 갔지만, 힘이 남아 있지 않아 나는 그만두고 말았다. 비가 오기 시작해서 차로 들어갔다. 메틴도 내 옆으로 들어와 앉았다.

"자, 밀자!"

"거긴 내일 가! 지금은 얘기 좀 하자!"

"뭘 얘기해?"

나는 잠시 입을 다물었다가 "이상한 밤이야, 넌 번개가 두렵니?"라고 물었다.

"난 두렵지 않아! 자, 좀 밀자!"

"나도 두렵지 않아. 하지만 생각하면 좀 오싹하지 않니?"

그는 별 말이 없었다.

"담배 피울래?"

나는 담뱃갑을 꺼내 건넸다.

"난 안 피워! 자, 좀 밀자!"

우리는 차에서 내려 밀 수 있는 데까지 밀었다. 몸이 완전히 젖어서 다시 차 안으로 들어갔다. 어딜 가야 하는지 그에게 다시 물었지만, 그는 대답 대신 그들이 왜 나를 '자칼'이라고 하는지 물었다.

"신경 쓰지 마! 미친놈들이니까!"

"하지만 넌 그들과 같이 다니잖아. 같이 나를 털었고."

나는 그때 모든 걸 그에게 설명해 줄까 생각했다. 모든 걸 설명해야지, 하지만 그 모든 게 뭔지는 나 자신도 모르는 것 같았다. 모든 게 머릿속에 없어서가 아니었다. 처음으로 거슬러 가면 최초의 죄인들에게 벌을 줘야 할 텐데, 지금은 손에 피를 묻히기 싫어서, 그를 떠올리고 싶지 않아서다. 하지만 닐권, 나는 그것부터 먼저 해야 한다는 걸 알았어. 내일 아침 네게 설명해 줄게. 하지만 내일 아침을 왜 기다려야 하지, 라고 생각했다. 그래, 지금은 이 아나돌을 메틴과 함께 밀고, 나중에 비탈길 아래로 내려가 너희 집에 도착하면, 닐권, 메틴이 널 깨울 것이고, 네가 하얀 잠옷을 입고 어둠 속에서 나를 기다릴 때, 네게 닥칠 위험을 설명해 줄게. 그들이 너를 공산주의자라고 생각하고 있어, 나와 함께 도망치자, 함께 가자, 그들은 사방에 있어, 게다가 얼마나 강한지, 하지만 그래도 이 세상에는 함께 살 곳이 있어, 난 믿어, 그런 곳이 있을 거야, 난 믿어…….

"자, 밀자!"

우리는 빗속으로 나가 다시 밀었다. 잠시 후, 그는 그만두었지만 그래도 난 계속 밀었다, 믿었기 때문에, 더 강하게, 하지만 이건 아나돌이 아니라 바위 같았다! 더 이상 힘이 없어지자 그만두었다. 하지만 메틴은 나를 비난하는 눈으로 바라보았다. 비에 젖지 않으려고 차 안에 들어가니 메틴이 이렇게 말했다.

"그들이 미쳤다고 하지만 넌 그들과 함께 다니잖아! 그 둘이 아니라 너를 포함한 셋이서 가져갔잖아!"

"그들은 나에게 하나도 중요하지 않아. 나는 아무도 신경 쓰지 않아!"

그는 겁을 내는 것 같지 않았고, 여전히 나를 비난했다. 그래서 나는 이렇게 말할 수밖에 없었다.

"나는 그 12,000리라에서 한 푼도 받지 않았어, 메틴. 맹세해!"
 하지만 그는 믿는 것 같지 않았다. 나는 그를 붙잡아 목을 조르고 싶었다. 자동차 열쇠가 꽂혀 있었다. 아, 내가 운전만 할 수 있었다면! 세상엔 얼마나 많은 길이 있고, 먼 곳엔 얼마나 많은 나라와 도시와 바다가 있을까!
 "자, 내려서 밀어!"
 나는 생각하지 않고 주룩주룩 내리는 빗속으로 나가 차를 밀었다. 메틴은 밀지 않았다. 허리에 손을 얹고 주인처럼 보고만 있었다. 나는 피곤해져서 그만 밀었다, 하지만 그는 핸드브레이크를 당기지 않았다. 빗속에서 내 목소리가 들리게끔 거의 고함치듯 말했다.
 "난 지쳤어!"
 "아냐, 넌 더 밀 수 있어."
 "그만두겠어, 차가 뒤로 밀릴 거야."
 나는 이렇게 소리 질렀다.
 "그 돈이 어디 있는지 누구한테 확인해야 하지?"
 "내가 밀지 않으면 경찰서에라도 갈 거야?"
 그가 대답하지 않자 나는 조금 더 밀었다. 허리가 얼마나 아프던지, 끊어질 것만 같았다. 결국 그가 핸드브레이크를 당겼다. 나는 차 안으로 들어갔다. 온몸이 흠뻑 젖어 있었다. 담배에 불을 붙였다. 갑자기 천지가 진동할 정도로 환하게 밝아지고 끔찍한 번개가 바로 코앞에 떨어져서 나는 아무 말도 하지 못했다.
 "겁나?"

메틴이 물었다.

내가 대답을 하지 않자 그가 다시 물었다. 그래도 나는 대답하지 않았다. 아주 나중에야 이렇게 말할 수 있었다.

"바로 저기 떨어졌어. 바로 앞에, 저기!"

"아냐, 아주 먼 곳에 떨어졌어. 어쩌면 저 멀리 바다에, 무서워하지 마."

"이제 밀고 싶지 않아."

"왜? 무서워서? 바보! 다시는 이렇게 가까이 떨어지지 않아. 학교에서 안 배웠어?"

내가 아무 말도 하지 않자 그는 이렇게 말했다.

"겁쟁이! 불쌍하고 무식한 겁쟁이!"

"난 집에 갈래."

"좋아, 그럼 내 돈 12,000리라는 어떻게 되는 거야?"

"내가 갖지 않았는데 뭘! 맹세했잖아."

"그걸 내일 다른 사람들한테도 말해 보지그래. 경찰에게 설명해."

나는 차에서 내렸고, 목덜미가 아파서 어깨를 움츠리고 다시 밀기 시작했다. 다행이 차는 비탈길 끝에 가까워졌다. 메틴도 차에서 내렸다. 하지만 이제는 미는 척하면서 나를 자극하는 것도 귀찮은 모양이었다. 가끔 습관적으로 "자, 자."라고 하면서 내게 힘을 실어 주는 척할 뿐이었다. 그런 후 창녀, 라고 했던 누군가에게 욕설을 퍼부었다. 그가 "너희들"이라고 하는 걸로 봐서는, 아마도 두세 명인 것 같다. 나도 그만 밀었다. 세르다르 말처럼, 나는 노예가 아니기 때문이다! 그러자 메틴이 이번에는 이렇게 말했다.

"돈을 원해? 얼마를 원하든지 줄게. 밀기만 해!"

이제 비탈길 끝에 왔다고 생각하고 다시 밀었다. 허리의 통증을 참을 수 없게 되자, 심장과 폐에 혈액과 공기가 공급되도록 잠시 멈췄다. 하지만 그는 여전히 소리치고 있었고, 욕설을 하며 울부짖었다. 1,000리라를 준다고 했다! 나는 젖 먹은 힘까지 짜내서 조금 더 밀었다. 그가 2,000리라를 준다고 했다. 좋아, 나는 밀었다, 하지만 그들이 한 푼도 안 남기고 가져갔는데 그런 약속을 하냐, 라고 하지는 않았다. 평지에 도착해서야 나는 멈춰 쉬었다. 하지만 그는 다시 화를 내며 안달을 했다. 이제는 나를 신경도 쓰지 않고 욕설을 퍼부었다. 잠시 후엔 또다시 자동차를 발로 찰 거라고 생각했다. 그런데 한참 후 그가 더 이상한 짓을 해서 나는 더럭 겁이 났다. 비가 내리는 하늘로 얼굴을 들고, 어두운 하늘을 향해 저주를 퍼붓는 것이었다, 마치 '그'에게 저주를 하듯. 머릿속에 이런 생각이 떠올라 겁이 났지만, 더 이상 생각하지 않으려고 차를 밀었다. 하늘이 언덕 위에서 굉장히 가깝게 느껴질 정도로 천둥이 칠 때마다, 푸른색으로 밝아질 때마다, 끔찍한 굉음이 들렸고, 군청색 비는 이제 머리칼에서, 이마에서 흘러 내 입으로 들어왔다. 그래도 나는 밀고 또 밀었다. 하느님, 점점 더 자주 내리치는 번개를 보지 않기 위해 눈을 감고 어깨를 움츠리고, 얼굴은 땅으로 향한 채 장님 노예처럼 차를 밀었다. 나는 생각을 잊어버린 가련한 사람이었다, 아무도 나를 비난할 수 없고, 내게 벌을 줄 수도 없다. 이렇게 복종하고 있지 않은가. 봐라, 난 죄가 뭔지도 모른다. 차에 속도가 붙을수록 이상한 흥분을 느꼈다. 메틴은 이제 차 안에서 운전대를 잡고 있었고, 열린 창밖으로 여전히 울부짖으며 저주하고 있었다. 이제는 무엇에 대해 얘기하는지도 모르는 노파처럼, 말에게 저주를 퍼붓는 늙은 마부처럼, 하지만 '그'를 저주하는 것 같기도 했다. 하늘을 울리는 것이 '그'가 아닌 것 같았다. 넌 누구냐? 나는 그 누구의 욕설에도 동참할 수 없다! 나는 멈췄다, 더 이상 밀지 않았다.

하지만 그래도 자동차는 한동안 저절로 미끄러졌다. 스스로 가는, 고요하고 끔찍한 어두운 배를 보듯, 차가 서서히 멀어지는 것을 바라보았다. 비도 기세가 조금 꺾였다. 스스로 멀어지는 차를 보자 무언가 떠올랐다. '그'가 내릴 벌이 내게 떨어지지 않도록, 우리 둘을 떼어 놓는 것 같았다. 하지만 차는 조금 가다가 멈췄다. 하늘이 밝아지자 메틴이 밖으로 나오는 게 보였다.

"어딨어! 이리 와서 밀어!"

나는 꿈쩍도 하지 않았다.

"도둑놈! 파렴치한 도둑놈! 도망가, 도망가 보란 말이야!"

나는 잠시 그대로 서 있었다. 추워서 몸이 떨렸다. 잠시 후 그의 곁으로 뛰어갔다.

"넌 신이 두렵지 않아?"

나는 이렇게 소리 질렀다.

"신이 두렵다면 넌 왜 도둑질을 하냐?"

"난 두려워. 하지만 너는 위를 쳐다보고 저주를 했어, 어느 날엔가 벌을 받을걸."

"멍청하고 무식한 놈! 조금 전 번개가 무서웠지, 그렇지? 번개가 치니까 나무의 그림자와 묘지, 비와 폭풍이 두려웠지, 그렇지? 다 큰 어른이! 너 몇 학년이냐? 무식한 놈! 내가 말해 주지. 신은 없어! 알겠어! 이리 와서 밀어. 2,000리라 준다고 했잖아."

"그런 다음에 어디로 갈 건데? 집으로?"

"너도 데려갈게. 네가 원하는 곳으로 데려갈게, 아, 이 차가 저 비탈길 아래로 미끄러지면 얼마나 좋을까……."

나는 밀었어, 닐권. 그도 다시 차로 와서 이제는 화가 나서가 아니라, 습관적으로 말에게 저주를 퍼붓는 마부처럼 그렇게 저주를 퍼부었다. 잠시 후 자동차가 속도를 내자 곧 비탈길을 내려갈 것 같고, 차도 작동될 것 같았다. 메틴도 모든 게 역겹고 질린 것처럼 보였다! 이제 곧 차에 타면, 라디에이터를 켜고, 몸을 덥혀야지. 그런 후 너를 태우고, 함께 먼 곳으로 가야지, 아니면 다른 곳으로 가야지. 하지만 차가 비탈길에서 아래로 내려가기 시작했는데, 모터에서 아무 소리가 나지 않았다. 바퀴들만 젖은 아스팔트 위를 굴러 이상한 정적 속에 멀어져 갔다. 나는 자동차 안으로 들어가려고 뛰어갔지만, 차문은 잠겨 있었다.

"열어! 메틴, 문 열어, 문이 잠겼어! 열어, 나도 태워 줘! 멈춰!"

하지만 듣지 못하는 것 같았다. 왜냐하면 또다시 화가 나서 저주를 퍼붓기 시작했기 때문이다. 차문을 쳐 가며, 질식할 듯 신음하며 숨을 몰아쉬면서 차 옆에서 뛸 수 있을 만큼 뛰었다. 하지만 잠시 후 그 바퀴 달린 플라스틱은 나를 두고 가 버렸다. 그래도 고함을 치며 그 뒤를 뛰어 따라갔다. 하지만 자동차도 메틴도 멈추지 않았다. 라이트를 조용히 켜고, 정원과 텃밭, 포도밭을 밝히면서, 구불거리며 커브를 돌면서, 저 멀리 아래로 내려가, 시야에서 사라질 때까지 자동차 뒤에서 뛰었다. 그런 후 멈춰 서서, 바라보았다.

턱이 떨리면서 부딪치기 시작하자, 떠올랐다. 너의 레코드, 닐권, 저 멀리에 있어, 비탈길 저편에. 나는 몸을 돌렸다. 몸을 덥히기 위해, 원래 있던 데로 비탈길을 뛰어 올라갔다. 하지만 셔츠가 몸에 달라붙어서 힘이 들었다. 내 발은 작은 웅덩이에 들어갔다 나왔다를 반복했다. 두고 왔다고 생각하던 곳에도 레코드가 없어서 다시 달리기 시작했다. 천둥소리와 함께 사위가 밝아지자, 겁이 나서가 아니라, 추워서 몸이 떨렸다. 숨이 차오르고 다시 허리가 아파 왔다. 뛰어 올라갔다가 다시 뛰어 내려오면서, 잠깐씩 멈춰 선 채 덜덜 떨며 주위를 둘러봤지만, 레코드는 없었다.

해가 뜨고 얼마 지나지 않아 레코드를 찾아낼 때까지 몇 번이나 비탈길을 오르내렸는지는 이제 잊어버렸다. 피곤하고 몸이 떨려서 기절할 지경이 되었을 때, 그 바보 같은 레코드와 공책이, 몇 번이나 보면서도 이건 아닐 거야, 하고 생각했던 검은 얼룩 가운데 하나라는 걸 깨닫자 누군가 장난을 친 것만 같았다. 내게는 노예의 삶이 어울린다며 모든 걸 감춰 버리는 누군가인 것 같았다. 「베스트 오브 엘비스」의 미국인 변태 놈 얼굴을 신발로 짓이겨 버리고 싶었다. 어차피 커버는 비에 젖어 너덜너덜해져 있었다. 모두 물에 잠겨 버려라, 잠겨 버려라, 모두 잠겨 버려라! 하지만 짓이기지 않았다, 네게 돌려줄 거니까!

하루를 시작하는 첫 차, 할릴의 쓰레기 트럭이 비탈길을 올라왔다. 해가 떠오르면서 차에 붉은 빛을 비추었다. 나는 포도밭으로 들어갔다. 묘지로 가는 길로 나와서, 벽 아래를 지나 어렸을 때 어머니와 함께 지나갔던 오솔길로 들어섰다. 나만이 아는 장소가 여기에 있다. 아몬드 나무와 무화과나무 사이에.

땔감을 모았다, 마른 건 찾기 어려웠다. 하지만 파룩의 역사 공책을 몇 장 찢어 불을 지필 수 있었다. 아무도 볼 수 없는 푸른색 연기가 희미하게 피어올랐다. 셔츠와 바지를 벗었다, 운동화를 신은 채 거의 불 속으로 들어갈 듯 가까이 갔다. 몸을 덥히니 좋았다. 기분 좋게 내 몸을 바라봤다, 밑에서 타오르는 불길 속에서 벌거벗은 몸. 나는 그 무엇도 두렵지 않아! 나의 고추가 불길 속에, 그곳에, 그렇게 있는 모습을 바라보았다. 내 몸이 다른 남자의 몸 같았다. 햇볕에 그을리고, 견고하고, 강철 같고, 활 같았다! 생각했다. 나는 모든 것을 할 수 있다. 나를 두려워하라! 나의 털들이 불에 그슬려도 내게는 아무 해가 없을 것이다. 조금 더 서 있다가 불길을 더 키우려고 땔감을 찾아다녔다. 선선한 바람이 불어, 엉덩이에 소름이 끼쳤다. 그때 머리에 떠오르는 것이 있었다. 나는 여자가 아냐, 동성애자도 아냐. 그들은 두려워해. 나는 생각했다. 불길이 다시 세졌고, 나는 그 안으로 들어가 내 고추를 보면서 생각했다. 내가 할 수 있는 것들, 죽음, 두려움, 불, 다른 나라들, 무기, 가련한 사람들, 노예들, 깃발, 국가, 악마, 반란, 지옥.

그런 후, 너덜너덜해진 레코드 커버를 불에 쪼여 가며 말렸다. 옷도 말려 입었다. 그들을, 모든 것을 생각하며 진흙이 없는 구석진 곳으로 가서 누웠다.

곧 잠이 든 것 같다. 깨어났을 때는, 꿈을 꾼 걸 알았다, 하지만 무슨 꿈을 꿨는지는 알 수 없었다. 뭔가 따스한 꿈이었던 것 같았다. 해는 중천에 떠 있었다. 즉시 일어나 뛰어갔다. 어쩌면 시간이 없을 수도 있다. 약간 어리둥절했다.

손에 너의 레코드를 들고 우리 집 앞 비탈길을 급히 내려가는데, 일요일 해변으로 달려가는 끔찍한 자동차 행렬이 옆으로 지나고 있었다. 집에서는 아무도 나를 보지 못했다. 어머니도 아버지도 없었다. 커튼이 쳐져 있었다. 타흐신네는 비가 온 뒤 벌레가 생기기 전에 서둘러 체리를 수확하고 있었다. 마을로 들어가, 500리라를 소액으로 바꿨다. 시장도 가게도 문을 열었을 것이다. 토스트와 차 한 잔을 주문했다. 차를 마시며 주머니에서 빗을 꺼내 봤다. 하나는 초록색, 다른 하나는 빨간색. 신이 도울 것이다.

전부 다 설명해 줘야지. 전부 설명해 주면 죄악이 확실해지겠지. 그 무엇도 남지 않을 거야. 내가 누구인지 알게 될 거야, 닐귄. 넌 정말 다른 사람이구나, 라고 하겠지, 나는 노예가 아냐. 날 봐, 나는 내가 원하는 걸 해. 주머니에는 500리라에서 쓰고 남은 돈이 있어, 나는 나 자신의 주인이야. 당신들은 해변으로 가는군요, 손에는 비치볼과 가방, 발에는 이상한 나무 슬리퍼, 곁에는 남편과 아이들, 당신들은 가련한 사람들이야!

당신들은 이해하지 못해! 보고 있어도 진정으로 보지는 못하지. 생각은 하지만 진정으로 알지는 못해, 장님보다 못하니까. 역겨운 사람들! 해변에 가고, 희열이나 쫓는 역겨운 사람들! 이 사람들을 깨우치는 일이 내게 부여되었군그래. 나를 보시오. 내게는 공장이 있어! 나를 보시오. 내게는 채찍이 있어. 나는 주인이야, 나는 신사야. 철조망 사이로 붐비는 해변을 바라보았다, 닐귄 아씨, 당신을 그 사람들 속에서 찾지 못해서, 무스타파도 오지 않았다고 생각했습니다.

당신의 집으로 걸어갑니다. 난쟁이가 나를 보고, 닐귄 아씨, 어떤 신사분이 아씨를 보러 오셨어요, 라고 전하겠지. 너는, 레젭 씨, 정중한 사람인가요, 그럼 거실로 모셔요, 곧 갈게요, 라고 하겠지. 어쩌면 닐귄이 지금쯤 집에서 나왔고, 길에서 만날 수도 있을 것 같아 주위를 둘러보며 걸었다. 하지만 당신과 만나지 못했습니다, 숙녀분. 대문 앞에 도착해 거기 서서 바라봤다. 지난밤 빗속에서 바보와 장님 노예처럼 비탈길 위로 밀었던 걸 잊고 있던 자동차는 당신의 정원에 없었습니다. 아나돌은 어디 있을까? 이렇게 생각하며 정원으로 들어갔다. 나는 그 누구도 불편하게 하고 싶지 않은 정중한 신사이기 때문에, 계단에 있는 정문이 아니라 부엌문 쪽으로 갔다. 무화과나무 그림자와 벽돌을 기억해 냈다, 꿈처럼. 부엌문을 두드리고 잠시 기다렸다. 레젭 씨, 당신은 이 집의 하인입니까, 이 레코드와 초록색 빗이 아마 이 집에 사는 아름다운 숙녀분의 물건 같습니다. 그 숙녀분을 옛날에 좀 알았지요, 어쨌든, 지금 중요한 건 아니고, 이 물건들을 돌려주러 왔습니다. 다른 의도는 없습니다, 라고 해야지. 잠시 기다린 후 생각했다. 큰아버지 레젭이 집에 없는 걸 보니 시장에 간 것 같아. 어쩌면 집에 아무도 없는지 몰라! 꿈처럼, 그래. 나는 오싹해졌다!

손잡이를 누르며 당기자 부엌문이 천천히 열렸다. 고양이처럼 조용히 부엌을 지났다. 식용유 냄새가 났다, 기억이 났다. 아무도 없었다. 신발 밑창이 고무라서 항아리 옆으로 올라가는 나선형 계단을 오를 때도 아무도 듣지 못했다. 나는 꿈속에서 돌아다니는 그림자다, 어쩌면 내가 잠을 못 자서 꿈이라고 느끼는 거라 생각했다. 냄새를 맡으니 떠올랐던 것이다. 그러니까, 이 집 안에선 이런 냄새가 나는구나, 진짜 집처럼! 나왔어, 라고 해야지.

위층에 올라가 닫힌 문 하나를 조심스럽게 열었다. 그 역겨운 몸을 금세 알아볼 수 있었다. 메틴이었다, 시트를 몸 쪽으로 잡아당긴 채 자고 있었다! 나한테 빚이 2,000리라 있어, 라고 생각했다. 신이 없다고 한 것도. 그의 목을 졸라도 아무도 알아채지 못할 것이다. 멈춰서 생각했다. 지문이 남을 것이다. 문을 살며시 닫고, 문이 열려 있는 다른 방으로 들어갔다.

탁자 위에 놓인 병과 흐트러진 침대 위에 던져 놓은 커다란 겉옷을 보고 알았다. 파룩의 방이다. 거기서도 나와, 아무 생각 없이 다른 방 문을 살짝 열었다가 벽에서 아버지 얼굴을 본 것 같아 소름이 끼쳤다. 이상하다, 아버지 얼굴에 턱수염이 나 있었다, 액자틀 안에서 화가 나고 실망한 눈길로 나를 보고 있었다. 아, 안타깝게도 넌 정말 바보구나, 라고 하는 것 같았다. 나는 두려웠다. 잠시 후 가르랑거리는 노파의 목소리가 들려와 벽에 걸려 있는 사람과 방에 있는 사람이 누구인지 알았다.

"누구야?"

그래도 문을 활짝 열어 보았다. 꼬깃꼬깃한 시트 사이에 파묻혀 있는, 주름이 가득한 얼굴과 커다란 귀를 보자마자 문을 닫았다.

"레젭, 너니, 레젭?"

제일 끝에 있는 방으로 조용히 뛰어가 문 앞에서 떨고 있는데 다시 그 목소리가 들려왔다.

"레젭, 너니? 너한테 말하고 있잖아, 레젭, 누가 왔어?"

급히 방으로 들어갔다가 놀라고 말았다. 당신도 방에 없군요, 닐귄 아씨! 정리된 빈 침대의 시트를 걷어 올려 냄새를 맡았다. 그러고는 흔적을 남기지 않기 위해 급히 덮었다. 노인의 목소리가, 마치 내가 뒤지지 못하게 하려는 듯 다시 고함치고 있었기 때문이다.

"누구냐고 물었잖아. 거기 누구 있어, 레젭?"

베개 밑에서 잠옷을 꺼내 냄새를 맡았다. 라벤더와 닐귄 냄새가 났다. 그러곤 냄새를 맡지 않은 것처럼 개어 베개 밑에 넣었다. 레코드와 빗을 두고 갈까 생각했다. 바로 저기에, 침대 위에, 닐귄, 놓아두어야지. 여기서 빗을 보면 알 거야, 닐귄. 나는 며칠 동안 너를 따라다녔어, 너를 사랑해. 하지만 그렇게 하지 못했다. 거기 놓아두면 모든 게 끝일 것만 같았기 때문이다. 그래, 끝내자, 라고 생각했다, 모든 것을, 하지만 다시 목소리가 들려왔다.

고요한 집 169

"레젭, 너한테 말하고 있잖아, 레젭!"

나는 방에서 나와 버렸다, 노파가 느릿느릿 움직이는 소리가 들렸던 것이다. 그들의 할머니가 침대에서 일어나고 있는 것 같았다. 재빨리 계단을 내려가는데, 내 뒤에서, 문이 열리고, 마룻바닥을 뚫을 듯 지팡이로 바닥을 치는 소리가 들렸다.

"레젭, 레젭!"

나는 계단을 돌아 부엌으로 들어갔다가 바로 나오려다가 멈춰 섰다. 아무 짓도 하지 않고 그대로 나갈 수는 없다, 화덕 위에, 약한 불 위에 냄비가 놓여 있었다. 화력 조절기를 돌리자 불이 최고로 강해졌다. 다른 조절기도 돌려 놓았다. 나왔다, 생각했다. 뭔가 다 끝내지 못한 것 같았다.

아무도 신경 쓰지 않겠다고 생각하며 빠르게 걸었다. 해변에 도착하자, 예상했던 대로, 철조망 사이로, 사람들 속에서, 이번에는 당신을 보았습니다, 그곳에 있군요, 닐귄 아씨! 레코드와 빗을 주고 끝내 버리고 싶었다! 나는 그 누구도 두렵지 않아. 그녀는 몸을 닦고 있었다. 그러니까 조금 전에 바다에 들어갔다 왔군요. 무스타파는 없었다. 오지 않은 것 같았다. 나는 생각했다.

잠시 기다렸다 가게로 갔다. 다른 손님들도 있었다.

"《줌후리예트》하나 주세요!"

"없어!"

가게 주인은 벌겋게 달아오른 얼굴로 말했다.

"이제는 팔지 않아."

나는 아무 말도 하지 않았다. 잠시 기다리자, 이제 당신 닐권 아씨도 해변에서 나와 여느 아침처럼 묻더군요.

"《줌후리예트》하나요!"

"없어요, 이제 팔지 않습니다."

"왜요? 어제는 팔았잖아요."

가게 주인이 코끝으로 나를 가리키자 너는 나를 바라보았다. 우리는 서로를 바라보았다. 이해했어, 이해했어, 이해했어, 나를? 이제 정중한 신사처럼 인내심을 갖고, 천천히 모든 걸 설명해야지, 라고 생각했다. 나는 밖으로 나와 레코드와 빗을 들고 기다렸다. 잠시 후 너도 나왔다. 모든 걸, 모든 걸, 모든 걸 지금 설명해야지, 그러면 넌 이해할 거야.

"잠시 얘기할 수 있을까?"

그녀는 놀라서 가던 길을 멈추고 나를 쳐다보았다. 아, 그 아름다운 얼굴! 얘기를 하려는데, 흥분하고 말았다. 그런데 그녀는 기다리지 않았다! 악마를 본 듯 도망쳤다. 나는 즉시 그녀 뒤를 쫓아가 따라잡았다. 그 누구의 눈치도 보지 않고 말했다.

"제발 닐귄, 멈춰! 한 번만 내 말을 들어 봐!"

그녀는 갑자기 멈춰 섰다. 그녀의 얼굴을 좀 더 가까이서 보고 나는 놀랐다. 눈동자 색깔도 얼마나 아름답던지!

"좋아, 무슨 말인지 몰라도 빨리 얘기해!"

나는 모든 걸 다 잊어버린 것 같았다. 아무것도 떠오르지 않았다. 방금 처음 만난 것처럼 할 말이 없었다. 한참 후, 기대를 품고 이렇게 물었다.

"이 레코드 네 거니?"

내가 레코드를 내밀었지만, 그녀는 쳐다보지도 않았다!

"아니, 아냐!"

"닐귄, 이 레코드 네 거야, 네 거! 잘 봐. 그을음 때문에 잘 구별이 안 될 거야. 젖어서 말렸거든."

그녀는 머리를 숙이고 살폈다.

"아냐, 이거 내 거 아냐! 넌 나를 다른 사람과 헷갈리고 있나 봐."

그녀가 가려고 해서, 나는 그녀의 팔을 잡았다.

"봐!"

그녀는 이렇게 고함을 쳤다.

"왜 너희들 나한테 거짓말을 하는 거야?"

"봐!"

"왜 나한테서 도망치는 건데? 넌 인사도 하지 않더라! 내가 너한테 무슨 나쁜 짓이라도 했어, 말해 봐! 내가 없었으면 그들이 너한테 무슨 짓을 했을지 알아?"

나는 큰 소리로 말했다.

"그들이 누군데?"

"왜 거짓말을 하는 거야? 모른 척하지 마! 왜 《줌후리예트》를 읽는 거야?"

그녀는 정직하게 대답하는 대신 체념한 눈빛으로 도움을 구하듯 절망적으로 주위를 둘러봤다. 그래도 나는 마지막 희망으로 품고 신사답게 말했다. 그녀의 팔을 잡았다.

"나 너를 사랑해, 알고 있어?"

그녀가 갑자기 내 손에서 빠져나와 뛰어가려고 했다, 하지만 도망갈 수 있다고 확신하지는 못하는 것 같았다! 나는 뛰어가 두 걸음을 내딛어, 고양이가 몸을 뻗쳐 상처 입은 쥐를 잡는 것처럼, 사람들 사이에서 그녀의 가녀린 손목을 다시 붙잡았다. 잠깐만! 이렇게나 쉬웠구나. 그녀는 떨고 있었다. 그녀에게 입을 맞추고 싶었다, 하지만 지금 나는 신사다, 그녀가 자신의 죄를 깨달았다고 그걸 기회로 삼아 이용할 사람이 아니다. 나는 나 자신을 제어할 줄 안다. 봐, 사람들 속에서 그 누구도 도와주려고 나서지 않는다, 네가 잘못한 걸 알기 때문에. 그렇다면, 작은 아씨, 왜 나한테서 도망치려는지 설명해 봐, 말해 봐, 어떤 짓을 꾸미고들 있는지, 내게 뭘 감추고 있는지 설명해야 다른 사람들이, 이곳에 있는 사람들 중 그 누구도 나를 비난하고, 나를 오해하지 않도록 말이야. 무스타파는 여기 있나? 모두들 나를 비난하던, 그 믿을 수 없는 꿈과 그 영원한 두려움이 이제 끝날 거라고 생각하며, 그녀가 말하기를 기다리는데 갑자기 그녀가 이렇게 소리 질렀다.

"이 미친 파시스트, 날 놔줘!"

그녀가 다른 편이라는 걸 자백한 셈이었다. 처음에는 놀랐지만, 그 자리에서 당장 벌을 줘야겠다고 결심했다. 그리고 마구 구타하는 벌을 내렸다.

27

 마구 구타를 한 후 도망치는 사람이 하산이라는 것을, 바닥에 누워 있는 사람이 닐귄이라는 것을 깨닫자, 뭘 꾸물거려, 레젭, 뛰어가, 뛰어가란 말이야, 장바구니를 바닥에 내려놓고 달리고 또 달렸다.
 "닐귄! 닐귄! 얘야 괜찮니?"
 그녀는 몸을 구부리고 침대에 누워 있는 것처럼, 머리를 두 손으로 감싸 아스팔트 바닥 쪽으로 구부린 채 떨고 있었다. 몸이 아니라, 영혼의 고통 때문에 몸부림치는 듯, 그래서 소리를 지르는 건 생각도 못하는 듯 신음만 하는 것 같았다.
 "닐귄, 닐귄."
 나는 그녀의 어깨를 잡고 말했다.
 그녀는 잠시 더 떨면서 울었다. 그러다 더 이상 신음하지 않고, 화가 나고 답답해서 누군가를 질책하듯, 후회스러워 불평하듯 주먹을 쥐고 아스팔트를 치기 시작했다. 나는 그 손을 붙잡았다.

내가 그녀의 손을 잡자, 닐귄은 이해할 수 없는 무언가를 처음으로 이해한 듯 보였다. 몸을 숨기고 지켜보다가 몰려든 사람들, 소리를 지르며 누군가를 부르는 사람들, 더 잘 보려고, 무슨 말을 하려고, 궁금해서, 겁에 질려서, 서로의 어깨 너머로 머리를 빼고 바라보는 사람들에 갑자기 부끄러워진 것 같았다. 일어서려고 내게 손을 뻗쳤다. 얼굴이 피투성이였다. 하느님. 어떤 여자가 비명을 질렀다.

"나한테 기대, 얘야, 나한테 기대렴."

그녀는 일어나 내게 기대었다. 나는 손수건을 주었다.

"여기서 벗어나요, 집으로 가요."

"괜찮니?"

누군가가 말했다.

"택시가 왔어요, 타요."

사람들이 길을 내주었고, 택시에 오르던 차에 누군가 내 장바구니와 닐귄의 가방을 내밀었다. 어린아이였다.

"이거 누나 거예요."

레코드를 줬다.

"병원으로 갈까요, 이스탄불로 갈까요?"

운전수가 물었다.

"집에 가고 싶어요!"

닐귄이 말했다.

"정 그렇다면 먼저 약국으로 가자!"

고요한 집 175

내가 말했다.

그녀는 아무 말도 하지 않았다. 약국으로 가는 길에도 아무 말 없이 떨고만 있었다. 시력이 돌아왔는지를 보려고 가끔 얼굴에 대고 있던 손수건을 멍하니 바라볼 뿐이었다.

"머리를 이렇게 세워."

나는 그녀의 머리카락을 당겼다.

약국에는 역시 케말 씨가 아니라 그의 아름다운 아내가 있었다, 라디오를 듣고 있었다.

"케말 씨 없어요?"

내가 물었다.

그녀는 닐권은 보자 비명을 질렀다. 그러다 약국 안을 급하게 뛰어다니면서 한편으로는 질문을 던졌지만 닐권은 가만히 앉아서 아무 대꾸도 하지 않았다. 결국 케말 씨의 아내도 입을 다물고, 솜과 약으로 닐권의 얼굴에 난 상처를 소독하기 시작했다. 나는 뒤돌아서 있었다. 볼 수가 없었기 때문이다.

"케말 씨 없어요?"

"약사는 나예요! 그 사람이 있으면 뭐 하려고요? 그는 위층에 있어요! 아, 얘야, 너를 뭘로 이렇게 때렸다니?"

그때 열린 문으로 케말 씨가 들어왔다. 우리를 보자 순간 멈칫했다가, 늘 이런 걸 기다려 왔다는 듯 열심히 들여다봤다.

"왜 이렇게 되었어?"

케말 씨가 물었다.

"저를 때렸어요."

"세상에! 우리가 왜 이렇게 된 거지, 왜 이렇게 된 거지?"

약사가 말했다.
"우리가 누군데?"
케말 씨가 물었다.
"누가 이런 짓을 했든 간에 그것들을……."
약사가 말했다.
"파시스트."
닐귄이 중얼거렸다.
"넌 말하지 마, 가만있어, 지금은 말하지 마."
약사가 말했다.
하지만 케말 씨는 그 단어를 듣고 흠칫 놀란 눈치였다. 추한 말을 들은 듯, 아니면 떠올린 듯. 그러다 라디오로 손을 뻗으며 아내에게 소리 질렀다.
"왜 라디오를 이렇게 크게 틀어 놓는 거야!"
라디오를 끄자, 약국 안은 텅 빈 것 같았고, 고통과 수치심과 죄가 표면으로 떠오르는 것 같았다. 나는 생각하고 싶지 않았다.
"라디오 끄지 마세요, 다시 켜 주시겠어요?"
닐귄이 말했다.
케말 씨가 라디오를 켰고, 나는 생각하지 않았다. 우리 모두 아무 말도 하지 않았다. 약사는 처치를 끝내고 이렇게 말했다.
"지금 당장 병원으로 가요. 내출혈이 있을 수 있어요. 머리도 많이 때려서, 뇌에도 무슨 이상이……."
"오빠 집에 있어요, 레젭?"
닐귄이 물었다.

"아니, 자동차 수리하러 갔어."

"빨리 택시를 타고 가요, 돈 있어요, 레젭 씨?"

약사가 물었다.

"내가 줄게." 하고 케말 씨가 말했다.

"아뇨, 난 집에 가고 싶어요."

닐귄은 신음하며 일어섰다.

"잠깐만, 진통제 좀 뇌 줄게."

닐귄이 아무 말을 하지 않아 그녀를 안으로 데리고 들어갔다. 나와 케말 씨도 입을 다물고 있었다. 그는 진열장 밖을 바라보았다, 아침까지 바라보던 그 풍경. 맞은편 간이식당의 진열장, 코카콜라 광고, 전등 그리고 되네르*가 들어간 샌드위치. 나는 무슨 말이든 해야겠다는 생각에 이렇게 말했다.

"일요일 저녁에 와서 아스피린 사 갔어. 자고 있다고 하더군. 그날 아침에 낚시하러 갔다며."

"이런 일이 사방에서 일어나고 있어. 어딜 가든 가만두지 않는다니까."

그가 이렇게 말했다.

"뭐가?"

"정치."

"난 모르겠어."

우리는 다시 밖을 내다보았다. 일요일, 해변으로 가는 사람

---

* '회전'이라는 뜻으로, 쇠고기나 양고기 등 커다란 고깃덩이를 빙빙 돌리며 구워서 바깥부터 얇게 잘라 먹는 대표적인 터키 음식.

들. 잠시 후 두 사람이 돌아왔다. 닐귄의 얼굴을 돌아보았다. 한쪽 눈은 반쯤 감겨 있고, 양쪽 뺨은 퍼렇게 멍들어 있었다. 케말 씨 부인은 병원에 가야 한다고 했다. 닐귄은 원하지 않았다. 그래도 그녀는 다시 주장하면서 남편에게 택시를 부르라고 했다.

"아니요, 걸으면 좀 나아지겠지요. 집까지 가는 길이 얼마나 된다고."

닐귄은 가방을 들면서 이렇게 말했다.

두 사람은 계속 말을 하고 있었지만, 나는 장바구니와 꾸러미를 들고 닐귄의 팔짱을 꼈다. 핏줄을 속일 수 없다는 듯 그녀는 자연스럽게 내게 기댔다. 문을 열자 방울 소리가 들렸고, 우리가 막 나가려는데 케말 씨가 닐귄에게 물었다.

"너 혁명주의자니?"

닐귄은 상처 입은 머리로, 그렇다고 끄덕였다. 케말 씨는 잠깐 참으려 하다가 결국 이렇게 물었다.

"그가 어떻게 알았대?"

"내가 가게에서 사는 신문을 보고요."

"아!"

그는 안도한 듯, 하지만 그보다는 부끄러운 듯 그렇게 말했다. 그리고 점점 더 부끄러워하는 것 같았다. 그의 아름다운 아내도 동시에 "그렇구나!"라고 했기 때문이다.

"당신은 가만있어!"

케말 씨는 갑자기 아내에게 고함을 질렀다. 이제는 부끄러워하는 것도 지겨운 모양이었다.

닐권과 나는 밖으로, 태양 아래로 나왔다.
"나한테 푹 기대. 가방도 주고."
나는 이렇게 말했다.
우리는 아무에게도 보이지 않게 대로로 나가서 맞은편 길로 들어갔다. 형형색색의 수영복과 수건이 걸려 있는 발코니와 정원을 지났다. 아직도 아침을 먹는 사람들이 있었지만 우리를 쳐다보지는 않았다. 잠시 후 한 청년이 자전거를 타고 지나가다가 우리를 쳐다봤다. 닐권이 상처를 입어서가 아니라 내가 난쟁이라서 그런 것이었다. 그의 눈길을 보고 알았다. 잠시 후 어린 여자아이가 발에 오리발을 신고 오리처럼 우리 앞을 지나가서 닐권을 웃게 만들었다.
"웃으면 여기가 아파요."
닐권은 이렇게 말하고 더 웃었다.
"넌 왜 웃지 않는 거야, 레젭? 왜 그렇게 근엄한 거야? 넌 항상 진지해, 진지한 사람처럼 넥타이를 매고 있고, 웃어 좀."
내가 억지로 웃자, 닐권은 "아, 이빨도 있구나!"라고 했다. 나는 부끄러워서 더 웃었다. 하지만 곧 우리는 입을 다물었고, 그녀는 울었다. 그녀가 운다는 걸 감추고 싶어 하는 것 같아서 쳐다보지 않았다. 하지만 그녀가 떨기 시작해서 위로해 줘야겠다고 생각했다.
"울지 마, 울지 마."
"아무것도 아닌 일로, 얼마나 바보 같고, 쓸데없고……. 나는 바보야, 한 아이에게……."
"울지 마, 울지 마."

우리는 멈춰 섰다. 나는 그녀의 머리를 쓰다듬었다. 혼자 울고 싶을지도 모른다는 생각이 들었다. 그녀를 놓아주었다. 맞은편 발코니에서 한 아이가 무서우면서도 궁금하다는 듯 우리를 바라보고 있었다. 내가 울렸다고 생각할 것이다. 잠시 후 닐귄이 울음을 그쳤다. 선글라스를 달라고 했다, 가방에 있다고 했다. 나는 꺼내서 그녀에게 주었다. 그녀가 썼다.
"어울리는걸."
내가 이렇게 말하자 그녀는 웃었다.
"내가 예뻐?"
내가 대답을 하기도 전에 그녀는 또 물었다.
"우리 엄마도 예뻤어? 엄마는 어땠어, 레젭?"
"너도 예쁘고, 네 엄마도 예뻤어."
"어떤 사람이었어, 엄마는?"
"좋은 여자였어."
"어떻게 좋았어?"
나는 생각했다. 그 누구에게도 아무것도 원하지 않았고, 그 누구에게도 짐이 되지 않았고, 왜 사는지조차 모르는 사람 같았다. 그림자 같았다. 마님은 그녀가 고양이 같다고 말하곤 했다. 늘 남편 뒤만 따라다닌다며. 하지만 웃기도 했다, 해처럼, 하지만 겸손하기도 했다. 좋은 사람이었다, 그렇다, 사람들은 그녀를 어려워하지 않았다.
"너처럼 좋은 사람이었어."
"내가 좋은 사람이야?"
"물론이지."

"나 어렸을 때는 어땠어?"

나는 생각했다. 정원에서 아주 잘 놀았지, 두 어린 오누이가. 파룩 씨는 벌써 커서 같이 놀지 않았어. 나무 밑에서 뛰놀았고, 호기심도 많았지. '그'도 자기 집에서 와서 너희들과 함께 놀곤 했지. 너희들은 '그'를 차별하지 않았어. 난 부엌 창문에서 듣곤 했지. 숨바꼭질할까? 그래, 숫자를 세, 술래를 정하자! 누나가 세 봐. 에나 메나 도시, 도시 사클람보시, 사클람보시*……. 하산은 갑자기 "넌 프랑스어 아니, 닐귄?" 하고 물었다.

"넌 어렸을 때도 이랬어."

"그러니까 어땠냐고?"

한참 후 음식을 준비하던 내가 위층을 향해 소리쳤다. 마님, 식사 준비됐어요, 그러면 마님은 창문을 열고 아래로 소리쳤다, 닐귄, 메틴, 자, 밥 먹어라, 어디들 있니, 레젭, 이것들이 또 없네, 어디 있어! 저기 있어요, 마님, 무화과나무 있는 곳에, 그러면 마님은 내다보았고, 그러다 무화과나무 잎사귀 사이에서 그들을 보고는 소리를 질렀다. 아, 또 하산과 같이 있네, 레젭, 내가 너한테 몇 번 말했어, 이 집에 그 아이 들여놓지 말라고, 왜 온데, 여긴, 지 애비 집에 가라고 해, 마님이 이렇게 말할 때면, 다른 베니션 블라인드가 열리고, 도안 씨의 머리가 그의 아버지가 앉아 오랜 세월 동안 일했던 방 창문에서 나와, 그럼 어때요, 어머니, 함께 놀면 어때서요, 라고 했다. 마님

---

* 술래잡기를 할 때 처음이나 중간에 부르는 널리 알려진 구절.

이, 너하고 무슨 상관이냐, 넌 니 아버지처럼 그 방에 그냥 앉아 있어, 허튼 것들이나 써, 물론 넌 아무것도 모르지, 하지만 이 아이들이 하인의 아이들과 어울려 놀면, 하고 말할 때, 도안 씨는, 그럼 좀 어때요, 어머니, 형제처럼 의좋게 잘 놀고 있잖아요, 라고 대꾸했다.

"레젭, 네 입에서는 펜치로 말을 끄집어내야 한다니까!"

"뭐라고?"

"어린 시절을 물었잖아."

"메틴과 사이좋게 아주 잘 놀았지."

마님은, 형제라고, 아이고 하느님, 그게 무슨 뚱딴지같은 소리야, 이 아이들에겐 파룩 말고 다른 형제가 없다는 걸 다 아는데, 나의 도안에게 다른 형제가 없는 것처럼, 도안의 형제들이라니! 그런 소문을 누가 꾸며 내는 거야, 여든 넘은 내가 그런 거짓말과 싸워야 해, 아들아, 네 피가 난쟁이와 절름발이의 피냐? 라고 했다. 나는 아무 말도 하지 않고 듣고 있었다. 그러다 두 사람이 창문을 닫고 방으로 들어가면 나는 밖으로 나와, 자, 닐권, 자, 메틴, 할머니가 부르시잖니, 밥이 준비되었다, 라고 했다. 그들이 들어갈 때 '그'는 구석에 서 있었다.

"우린 하산과도 놀곤 했어요!"

닐권이 말했다.

"그래, 그래!"

"기억나?"

그리고 너희들, 마님과 도안 씨, 어디 있다가 식사 시간에 맞춰 왔는지 모르는 파룩, 메틴과 네가 위층에서 밥을 먹고 있을 때, 아까 그 자리에 그대로 서 있는 '그'를 발견하고는, 쉿, 하산, 배고프냐, 내 새끼, 자, 이리 오너라, 라고 하면, '그'는 조용히, 겁먹은 모습으로 내 뒤를 따라왔고, 나는 '그'를 안으로 들여 나의 작은 의자에 앉히고, 내가 지금도 음식을 담아 먹고 있는 접시를 '그' 앞에 놓아 주었다. 위층으로 올라가 쾨프테, 샐러드, 콩 요리 그리고 파룩까지 먹고 주머니에 넣고도 남은 복숭아와 체리를 아래층으로 가져와 '그' 앞에 놓아 주었고, 그렇게 '그'가 먹고 있으면 묻곤 했다. 아버지는 뭐 하시니, 하산? 별거 없어요, 복권 팔아요! 다리는 어떻다니, 아프다니? 몰라요! 넌 잘 지내니, 학교는 언제 가니? 몰라요! 내년이지, 그렇지 않니, 내 새끼? '그'는 입을 다물고, 나를 처음 본 듯 겁을 먹은 채 바라보았다. 도안 씨가 죽고, '그'가 학교에 다니기 시작한 후에도. 올여름 넌 몇 학년으로 올라갔니, 하산? 하고 물어도 대답하지 않았다. 3학년, 그치? 공부 열심히 해서 훌륭한 사람이 되어야 한다! 나중에 뭐가 될 거니? 닐권이 갑자기 내 품 안에서 비틀거렸다.

"왜 그래? 앉을까?"

"옆구리가 아파요. 거기도 때렸거든요."

"택시 탈까?"

그녀는 대답하지 않았다. 우리는 걸었다. 다시 대로로 나가, 바닷가에 주차된 자동차, 이스탄불에서 온 일요일 인파 사이를 지나갔다. 대문 안으로 들어가니 자동차가 있었다.

"오빠가 왔네."

닐권이 말했다.

"응, 곧장 이스탄불에 있는 병원으로 가."

내가 이렇게 말했지만 닐귄은 별 말이 없었다. 우리는 부엌 문으로 들어갔다. 나는 놀랐다. 가스를 켜 놓고 잊어버렸던 것이다, 다른 화덕에도 불이 타오르고 있었다. 겁이 나서 바로 껐다. 그런 후 닐귄을 위층으로 데리고 갔다. 파룩 씨는 없었다. 닐귄을 긴 의자에 눕히고, 등에 베개를 대 주던 차에 위에서 나를 부르는 소리가 들렸다.

"여기 있어요, 여기 있어요, 마님, 곧 갑니다."

닐귄의 머리 밑에도 베개를 놓으며 말했다.

"괜찮니? 파룩 씨를 여기로 보낼게."

나는 위층으로 올라갔다. 마님이 방에서 나와 지팡이를 들고 계단 맨 위에 서 있었다.

"어디 갔었어?"

"시장에 갔잖아요……."

"어디 가는데 지금은?"

"잠깐만요, 방 안으로 들어가세요, 곧 오겠습니다."

나는 파룩 씨의 방문을 두드렸다. 응답이 없었다. 나는 기다리지 않고 문을 열고 안으로 들어갔다. 파룩 씨는 침대에 누워 책을 읽고 있었다.

"차를 금방 고쳐 주던걸, 레젭. 메틴이 어젯밤에 몰고 나갔는데 이유 없이 길에서 멈췄대."

"닐귄 아가씨가 아래층에 있어요. 파룩 씨를 기다립니다."

"나를? 왜?"

"레젭! 거기에서 뭐 하는 거야?"

마님이 소리쳤다.

"닐권 아가씨가 아래층에 있으니 내려가 보세요, 파룩 씨."

파룩 씨는 약간 놀란 듯 내 얼굴을 바라보더니 책을 내려놓고 침대에서 일어나 나갔다.

"갑니다, 마님."

나는 마님 곁으로 갔다.

"왜 여기 서 계세요? 제 팔짱을 끼세요, 침대에 눕혀 드릴게요. 여기서 식사하세요. 피곤하시잖아요."

"음흉한 놈! 너 또 거짓말하는구나, 파룩은 금방 어디로 갔어?"

나는 열린 문을 통해 마님의 방으로 들어갔다.

"거기서 뭐 해? 뒤지지 마!"

"방을 환기시켜요, 마님. 보시다시피 저는 아무것도 만지지 않아요."

마님이 방 안으로 들어왔다. 나는 베니션 블라인드를 열었다.

"자, 침대에 누우세요."

그녀는 침대에 누워 어린아이처럼 이불을 이마까지 끌어올렸고, 역겹고 혐오스러운 감정을 금세 잊어버린 듯, 아이 같은 호기심을 품고 물었다.

"시장에 뭐가 있디? 뭘 봤어?"

나는 침대로 가서 이불 가장자리를 정리하고, 베개를 들고 톡톡 쳤다.

"아무것도 없어요. 이젠 멋진 것들은 보이지 않아요."

"심통 사나운 난쟁이! 이젠 너한테 이런 것도 못 물어볼 거라는 거 알아."

그녀의 표정은 혐오스럽고 역겹다는 듯 변했고, 잠시 후 입을 다물었다.

"신선한 과일을 샀어요. 가져올까요, 네?"

그녀는 아무 말도 하지 않았다. 나는 아래로 내려왔다. 파룩과 닐권은 이야기를 나누고 있었다.

28

닐귄이 약사와 그녀의 남편에 대해서, 그리고 레젭에게 기대서 집까지 걸어왔다는 걸 설명한 후에도 나는 어떻게 된 일인지 다시 묻고 싶었다. 닐귄은 내 얼굴을 보고 이해했다는 듯 이렇게 말했다.
"별 거 아냐, 오빠. 그냥 예방주사 같은 거야."
"예방주사는 언제 맞을지 알고 기다리는 거잖아. 빌어먹을, 예방주사는 맞기 전에 먼저 팔 위에 소름이 끼치잖아, 무슨 말인지 알겠어?"
"그래, 하지만 그 느낌은 나중에 와. 마지막 순간에."
"그런 다음에?"
"그런 다음에 뭐 후회했지. 나 자신에게 화가 났어. 내가 그 바보를 다스리지 못했기 때문에. 아무것도 아닌 일로."
"걔가 바보냐?"

"모르겠어. 어렸을 때는 그렇지 않았어, 좋은 아이였어. 하지만 올해는 바보라고 생각했어. 바보에다 순진해. 그가 나를 때릴 때도, 이 우스운 상황을 왜 내가 제어하지 못했을까, 하고 나 자신에게 화가 났어."

"그런 다음에?"

나는 겁이 나서 물었다.

"그런 다음엔 이미 늦었다는 걸 알았어. 맞을 때마다, 한 대 더 맞는구나, 라고만 생각하게 됐지. 아마도 고함을 질렀을 거야. 아무도 도와주러 오지 않았어. 오빠, 왜 이런 것까지 궁금해해?"

"내 호기심이 얼굴에 드러나?"

"고통을 당하는 걸 좋아하는 사람 같아. 절망에 빠진 사람처럼. 가까운 사람이 죽으면 당장 자신도 죽고 싶은 환자들처럼 절망적인 세부사항들을 왜 궁금해하는 거야?"

"왜냐하면 난 그런 사람이거든."

나는 이상한 희열을 느끼며 대답했다.

"그런 사람 아니야. 오빠는 자신이 절망적이라고 믿고 싶은 것뿐이야."

"아냐."

"그렇다니까, 쓸데없이 절망적인 사람인 척하잖아."

"그럼 네가 희망이라고 하는 그건 뭔데?"

닐권은 잠시 생각한 후 이렇게 말했다.

"관심을 잃는 거지, 잃어버릴 이유도 없는데."

그리고 조금 더 생각하더니 이렇게 덧붙였다.

"인간의 삶을 지탱하는 거야. 죽지 않도록 지탱하는 것. 그러니까, 인간은 어렸을 때 이렇게 생각하잖아, 내가 죽으면 어떻게 될까, 라고. 그러면, 내 마음은 반항하는 것 같은 느낌으로 꽉 차올랐어. 이 감정에 대해 곰곰이 생각하면 결국 그것이 무엇인지 알게 되지. 오빠는 오빠가 죽은 후 어떻게 될지 궁금하잖아, 이런 호기심은, 견딜 수 없이 끔찍한 것이야."

"그건 호기심이 아냐, 닐귄. 순전히 질투야. 네가 죽은 후 다른 사람들이 즐기고, 행복해지고, 너를 잊고 잘 살아갈 것이고, 너는 그 희열에서 제외될 테고, 이러한 이유로 모두를 질투하게 되지."

"아냐. 궁금하잖아. 오빠는 죽음으로부터 보호하는 이 호기심을 무시하고, 궁금하지 않는 척하는 거잖아."

"아냐! 그저 궁금하지 않은 것뿐이야."

나는 화를 내며 말했다.

"왜 궁금하지 않은 건데, 말해 봐."

닐귄은 이상한 자신감을 보이며 말했다.

"난 알아, 항상 같은 것들, 같은 이야기들이기 때문이야."

"전혀 그렇지 않아."

"그래, 그렇다니까. 너도 신념을 잃지 않고 싶기 때문에 알고 싶지 않은 거야."

"나의 생각을 신념이라고 말할 순 없어. 게다가 신념이라 한다 치더라도 내가 모르기 때문이 아니라, 알기 때문에 믿어."

"난 몰라!"

우리는 잠시 입을 다물었다. 잠시 후 닐귄이 말했다.

"그렇다면 책에서, 기록 보관소에서 읽은 그 많은 단어들은 뭔데? 오빤 모르는 것처럼 행동하고 싶은 것뿐이야."

"내가 괜히 왜 그렇게 해?"

그런 다음 닐권의 제스처로 나는 갑자기 마음이 편해졌다. 더 깊은 곳에 자리잡은 이유를 더 이상 설명할 수 없다는 걸 정직하게 인정하는 것처럼 어쩔 수 없다는 듯 어깨를 으쓱하며 손바닥을 양쪽으로 폈고, 나는 이상한 느낌에 휩싸였다. 나는 자유롭다. 하지만 왠지 나 자신이 역겁기도 했다. 내게 거짓의, 이중적인 무언가를 감추고 있는 것처럼. 나는 생각했다. 사람은 자신을 어느 정도까지 알 수 있다, 그다음엔 아무리 노력해도 어떤 지점에 와서는 막히게 되고 응답 없는 잡담을 하게 된다. 레젭이 방으로 들어왔다. 나는 자리에서 일어나 어디서 왔는지 알 수 없는 자신감으로 이렇게 말했다.

"자, 닐권, 널 병원으로 데려갈게."

"아휴 정말! 가고 싶지 않다니까!"

"허튼소리 마! 약사 놈이 옳아, 내출혈이라도 있다면?"

"약사는 여자야, 남자가 아니라! 내출혈 같은 것도 없을 거야!"

"자, 닐권, 그만 버티고!"

"지금은 아냐!"

그래서 우리는 다시 이야기를 시작했지만 어떤 결론에 도달하기 위해서가 아니라, 마치 단어들만 헛되이 서로 싸우게 만들고, 서로 때리게 하면서 그 의미들의 무력함을 완전히 밝히려는 듯했다. 내가 이것을 말하면, 그녀는 저것을 말했고,

나도 저것을 말할 수 있을 것 같은데, 그녀가 이번에는 다른 것을 말했으며, 결국 말들은 무엇도 변화시키지 않았고, 단어와 시간을 허비하는 것 말고는 아무 이득이 없었다. 결국 닐귄은 잠이 온다고 했다. 그녀는 등을 기대고 있던 긴 의자에 완전히 누웠고, 눈을 감으며 내게 말했다.

"오빠, 역사에 대해서 얘기해 줘."

"어떤 거?"

"공책에 있는 거 읽어 줘."

"잠을 자면 좀 나아질 것 같아?"

침대에 누워 이야기를 해 달라고 조르는 어린아이처럼 그녀는 평온하게 미소 지었다. 드디어 이야기에 쓰임새가 생겼다는 생각에 기쁜 마음으로 위층 내 방으로 뛰어갔다. 하지만 가방에는 역사 공책이 없었다. 헉헉대며 서랍이며 옷장, 여행 가방을 뒤졌다, 그다음에는 다른 방도 뒤졌다, 할머니의 방에도 가 봤지만 그 빌어먹을 것을 찾지 못했다. 어제 저녁 무렵 닐귄과 비를 바라본 후, 술에 취해 공책을 자동차 뒷좌석에 놓고 왔을지도 모른다는 생각이 들었다. 하지만 거기도 없었다. 방들을 다시 뒤져 보려고 위층으로 올라가다가 닐귄이 이미 잠들어 버린 걸 보고는 멈춰서 바라보았다. 그녀의 얼굴은 보라색과 붉은색을 칠해 놓은 얼어붙은 새하얀 가면 같았다. 벌려진 입의 어두운 틈은, 기대와 동시에 소름을 불러일으키는 추상 조각 구멍을 연상시켰다. 레젭이 다가오는 걸 보고 죄책감을 느끼며 정원으로 나갔다. 닐귄이 일주일 내내 앉아서 책을 읽었던 선 베드에 나의 육중한 몸을 실은 후 가만히 앉아 있었다.

　대학교 복도, 도시의 교통체증, 반팔 셔츠, 후덥지근한 여름, 심각한 분위기 속에서 먹는 점심, 단어들을 생각했다. 잘 잠긴 수도꼭지에서는 물방울이 떨어지고 있을 것이고, 방들에서는 먼지와 책 냄새가 날 것이고, 금속 냉장고에서는 플라스틱 맛이 나는 마가린 조각이 새하얗고 딱딱하게 굳어 있을 것이고, 불확실한 시간을 기다리고 있을 것이다. 빈 방은, 빈 채로 남겨질 것이다! 술을 마시고 잠을 자고 싶었다. 잠시 후 이렇게 생각했다. 우리 중 가장 상태가 좋은 사람에게 이런 일이 일어나다니! 일어나서 조용히 안으로 들어가, 자고 있는 그녀의 상처 입은 몸을 바라보았다. 레젭이 다가왔다.

　"병원에 데리고 가요, 파룩 씨."

　"깨우지 말자!"

　"깨우지 말자고요?"

　그는 어깨를 으쓱하고 흔들거리는 걸음걸이로 부엌으로 들어갔다. 나도 다시 햇빛 아래로 나가 닭장이 있는 그곳에서 멍청한 닭들 옆에 앉았다. 한참 후에 메틴이 왔다. 조금 전에 일어났지만 눈은 졸려 보이지 않았고, 사건에 관심을 보였다. 닐귄이 설명해 준 걸 내게 다시 설명해 달라고 했고, 듣는 도중에 자신의 이야기도 사이사이에 끼워 넣었다. 어젯밤 그들에게 뺏긴 12,000리라, 자동차가 어떻게 해서 고장이 났는지, 엄청난 비. 그곳에서 그 늦은 밤에, 혼자 뭘 했냐고 묻자 순간 입을 다물고 이상하게 행동을 했다.

　"근데, 내 공책이 있었는데, 자동차에 놓고 나온 것 같아, 봤어? 사라져 버렸거든."

"못 봤어!"

메틴은 자동차를 수리하러 갈 때 어떻게 작동시켰는지 물었다. 레젭과 약간 밀었더니 곧장 작동하더라고 하자, 내 말을 믿지 않고, 레젭에게 달려가 다시 물었다. 레젭도 같은 말을 하자, 오늘 부당한 일을 당한 건 닐귄이 아니라 자신이라는 듯 재수가 없다며 저주를 퍼부었다. 그런 후 메틴은 내가 생각하고 싶지 않았던 말을 꺼냈다. 누구라도 경찰서에 갔어? 아무도 경찰서에 가지 않았다고 하자, 메틴이 나태함에 질려 버렸다는 듯 얼굴을 찡그렸다. 하지만 잠시 후에는 우리는 다 잊은 듯 더 심오한 고통을 떠올리는 표정을 지었다. 나는 안으로 들어가 닐귄이 잠에서 깨어난 걸 보고 다시 병원과 내출혈 얘기를 꺼냈지만 소용없었다. 직접적인 단어를 사용하지 않고 그녀에게 죽음을 떠올려 주려고 했다, 나는 공포를 느끼지 않고 그녀에게 공포심을 느끼게 해 주고 싶었다. "가자."라고 말하길 기다렸지만 그녀는 그렇게 말하지 않았다.

"지금은 싫어. 어쩌면 밥 먹고 나서."

할머니가 아래층에 내려오지 않았기 때문에 식탁에서 편히 술을 마실 수 있었다. 레젭이 우리 모두에게 죄책감을 전파하려 했지만 나는 눈치채지 못한 척했다. 하지만 메틴이 다시 그들 얘기를 꺼냈을 때, 레젭의 행동을 보고 그가 가장 죄책감을 느낀다고 생각했다. 그는 죄를 지었기 때문에 불행하고, 불행하기 때문에 죄를 지은 것 같았다. 하지만 정확히 그렇지는 않았다. 마치 우리가 모두 밖에 있는 것 같았고, 그걸 알고 있지만, 안에 있어야 하는 게 무엇인지 모르는 것 같았다. 지금 그 어딘가에 있는, 안에 있는 '그'는 하산이었다, 우리는 그를 비난하는 것 같기도 했고, 불쌍히 여기는 것 같기도 했다. 식사가 다 끝나 갈 무렵에는 짜증스러운 생각도 들었다. 닐귄이 그에게 "미친 파시스트"라고 하지 않았다면 일이 이렇게 되지 않았을지도 모른다고. 나는 흠뻑 취한 것 같다. 그러다 뜬금없이, 이런 장면도 떠올랐다. 신문에서 읽은 적이 있다. 보스포루스 어느 곳에서, 아마도 타라비야에서 승객들을 싣고 가던 시내 연결 버스가 한밤중에 바다로 빠졌다. 마치, 내가, 바로 지금, 그 버스 안에 있는 것 같았고, 바다 밑으로 떨어진 것 같았다. 버스 안의 전등은 여전히 켜져 있었고, 모두들 다급하게 창문을 바라보고 있었다. 하지만 버스 안으로 뛰어든 죽음의 어둠은 여유롭고 멋진 여자처럼 매력적이었고, 우리는 기다리고만 있었다.

식사를 마친 후, 닐귄에게 병원에 가자고 한 번 더 말했지만, 그녀는 가지 않겠다고 했다. 나는 내 방으로 올라와 침대에 누워, 에블리야 첼레비를 펼쳤다. 책을 읽으면서 잠이 들고 말았다.

정확히 세 시간 후 깨어났을 때, 심장이 이상하게 뛰었다. 침대에서 몸을 일으켜 일어날 수가 없었다. 눈에 보이지 않는 코끼리가 내 몸 위에 쓰러져 나의 팔과 다리를 누르는 것만 같았다. 눈을 감고 다시 편히 잠에 빠져들 수 있을 것도 같았다. 하지만 꿈을 꾸는 아름다운 잠에 빠지지 않으려고, 안간힘을 다해 침대에서 일어났다. 한동안 방 가운데에 바보처럼 서서,

이렇게 중얼거렸다. 시간이라는 건 뭘까? 내가 해결책이라며 기다리는 건 뭘까? 5시에 가까워지고 있었다. 아래층으로 내려갔다.

닐권도 잠을 자다 깨어났는지, 다시 긴 의자에 누워 책을 읽고 있었다.

"그렇지 않아도 난 이렇게 아프고 싶었어. 누워서 마음 편히 원하는 책을 읽기 위해서 말이야."

"넌 그냥 아픈 게 아니야. 더 심각해. 일어나, 병원으로 데려가야겠다."

그녀는 일어나지 않았다. 『아버지와 아들』을 두 번째로 읽고 있었다. 사소한 일에 방해받기 싫어하는 책벌레처럼, 나한테는 신경도 쓰지 않고, 책을 읽고 싶다고 했다. 그렇게 한동안 이야기를 주고받으며, 이번에는 직접적으로 그 단어를 써가며 그녀의 마음에 죽음의 공포를 집어넣어 주려 했다. 하지만 그녀는 미소를 지으며, 그런 일이 자신에게 생길 거라고는 생각하지 않는다고 했다. 자신이 그렇게까지 두들겨 맞았다고는 생각하고 싶지 않다는 것이었다. 그녀가 들고 있던 책으로 시선을 돌렸고, 보라색으로 멍들고 퉁퉁 부은 눈이 뭔가를 읽을 수 있다는 게 놀라워 나는 그대로 망연히 서 있었다.

다시 위층으로 올라갔다. 방을 서성거리며 다시 공책을 찾아보았지만 역시 발견할 수 없었다. 공책에 흑사병과 관련된 무슨 내용을 썼던가 곰곰이 생각했다. 공책을 찾으러 정원으로 내려갔지만 그걸 찾고 있었다는 걸 잊어버리고 말았다. 거리로 나갔을 때도 비슷한 감정이었다. 배회하기는 했지만 완전히 목적이 없는 것만은 아니었다. 무언가를 찾을 수 있다는 걸 여전히 믿고 있는 것 같았다.

거리와 해변은 어제만큼 활기차지 않았다. 모래는 젖어 있었고, 태양은 따스하지 않았고, 마르마라 해는 더럽고 활기가 없었다. 접혀 있는 빛바랜 파라솔은 죽음을 연상시키는 절망감을 풍겼다. 자기 자신이 되지 못한 문명이, 어디서 어떻게 왔는지 알 수 없는 무자비한 바람으로 붕괴되어 사라질 준비를 하는 것처럼. 하루의 더위를 흡수했다가 방출하는 자동차 사이를 지나 방파제 앞에 있는 찻집까지 걸어갔다. 옛 동네 친구를 보았다. 성장해서, 결혼했고, 아내와 아이도 옆에 있었다. 우리는 얘기를 나누었다. 그렇다, 그 절망적인 단어들로······.

그는 아내에게 내가 이곳에서 가장 오래 산 사람이라고 했다. 그들은 월요일 저녁에 우연히 레젭을 만났다고 했다. 셀마에 대해 묻기에 우리가 이혼한 얘기는 하지 않았다. 그는 젊은 날 우리의 모험에 대해 언급했지만, 나는 모두 잊어버린 것 같았다. 우리가 나룻배를 타고 아침까지 마셨다고 했다. 다른 친구들은 누가 있었는지, 다들 무슨 일을 하고 사는지도 설명해줬다. 셰브케트와 오르한이 다음 주에 온다고 했다. 그들 어머니도 보았다고 했다. 셰브케트는 결혼했고, 오르한은 소설을 쓴다고 했다. 그런 뒤 내게 아이가 있는지, 대학은 어떤지 묻고, 죽음에 대해 언급했다. 속삭이듯 말하진 않았지만, 속삭이는 듯한 태도였다. 그러고는, 아침에 여기서 누군가가 어떤 여자애를 공격했고, 무슨 일인지는 몰라도 그녀를 때렸다고 했다. 많은 사람들이 있는 장소에서 일어난 일이지만, 우리 나라 사람들은 이제는 서로 간섭을 하지 않고, 두려워서 도와주지 않는 걸 배워 가고 있다고 했다. 그런 후 이스탄불에서 만나고 싶다며 주머니에서 명함을 꺼내 주었다. 그는 일어서면서, 명함을 들여다보는 나를 보고 덧붙여 설명했다. 정확히 공장이라고는 할 수 없고, 작업장이라고 했다. 대야, 양동이, 바구니를 생산한다고 했다, 그렇다, 물론, 플라스틱으로.

집에 돌아갈 때, 가게에 들러 라크 작은 병을 샀다. 닐권에게 '병원'을 언급한 후 마시기 시작했다. 닐권은 "아냐, 안 갈 거야."라고 했다, 레젭도 그 말을 들었지만 그래도 날 책망하는 눈길로 쳐다봤다. 어쩌면 그래서 그에게 안주를 준비해 달라고 하지 못했다. 내가 부엌으로 가서 직접 안주를 준비했다. 그런 다음에는 단어들과 장면들이 내 머릿속에서 편하게 돌아다닐 수 있도록 나 자신을 내버려 두었다. 패배와 승리가 단어일 뿐이라고 생각했다. 어떤 걸 믿던지 그것이 결국 나를 찾을 거라고 생각했다. 그러니까, 소설에 언급되어 있지 않은가 말이다. 모든 것이 끝났다는 걸 이제 나는 느끼고 있었다. 어쩌면 오르한의 소설에도 그런 문장이 있을 것이다. 레젭이 식탁을 준비할 때도 나는 자리에서 꿈쩍하지 않았다. 그의 책망하는 시선도 신경 쓰지 않았다. 날이 어두워진 후에 할머니를 아래층으로 모시고 내려왔을 때는 술병을 감췄다. 잠시 후 메틴이 아무 거리낌 없이 병을 꺼내 놓고 마시기 시작했다. 할머니도 보지 않는 것 같았다. 기도하듯 중얼거리며 불평을 늘어놓았다. 레젭이 할머니를 위층으로 모시고 올라갔다. 우리는 아무 말도 하지 않았다.

"자, 이제 이스탄불로 돌아가자. 지금, 당장!"

메틴이 말했다.

"넌 한여름까지 있을 거라고 했잖아?"

닐귄이 물었다.

"마음이 바뀌었어."

그는 잠시 아무 말도 하지 않다가 이렇게 덧붙였다.

"지루해, 당장 돌아가자!"

"걔들이 싫어?"

닐귄이 물었다.

"누구?"

"옛날 친구들 말이야."

"누난 당장 가야 해, 모르겠어, 누나, 이게 장난인 것 같아?"

메틴이 말했다.

"내일 갈 거잖아!"

닐귄이 말했다.

"난 더 이상 이곳을 견딜 수 없어. 파룩 형, 형은 더 있어도 돼. 하지만 자동차 열쇠는 나한테 줘. 닐귄을 데리고 갈 테니."

"넌 면허증 없잖아!"

닐귄이 말했다.

"모르겠어, 누나, 누나는 가야 한다고! 무슨 일이 있으면 어쩔 거야? 봐, 파룩 형이 손을 쓸 거라고 생각 안 해. 내가 운전할게."

"너도 오빠만큼 취했어."

"가고 싶지 않아? 왜 가고 싶지 않은데?"

"오늘 저녁은 여기 있자."

닐귄이 말했다.

여기까지 말하고 다들 입을 다물었다. 한동안 침묵이 흘렀다. 할머니를 눕히고 아래층으로 내려온 레젭이 식탁을 치웠다. 메틴이 생각에 잠겨 있는 걸 보았다. 더러운 먼지구름 속에서 긴장한 채 숨을 멈추고 있는 것 같았다. 잠시 후 갑자기 긴장을 풀었다.

"난 오늘 저녁에 여기 없을 거야."

그는 이렇게 말하고 일어섰다. 마지막 희망인 양 위층으로 올라갔다. 잠시 후 머리를 빗고 옷을 갈아입고 아래층으로 내려왔다. 그러고는 아무 말도 하지 않고 밖으로 나갔다. 그가 대문까지 갔을 때도 그가 바른 애프터셰이브 로션의 향기가 여전히 풍겨 왔다.

"쟤 왜 저래?"

닐귄이 물었다.

나는 대답으로, 푸줄리*의 시를 약간 변형하여 읊었다.

또다시 이 신선**하고 아름다운 장미***와 사랑에 빠졌다
(장미는) 속임수를 써서 매순간 싸우게 만든다.

---

* 1483~1556. 터키 고전 시인.
** '꽃봉오리'를 의미.
*** 터키 고전문학에서 '장미'는 '연인'을 상징한다.

닐권이 웃었다. 우리는 아무 말도 하지 않았다. 할 말이 남지 않은 것 같았다. 정원은 놀라울 정도로 고요했다, 비가 갠 후의 정적보다도 더 깊고, 더 어두웠다. 추한 호기심을 품고 닐권의 얼굴에 있는 가면을 살펴보기 시작했다. 보라색 잉크로 봉인한 것 같았다. 레젭은 여전이 들락거렸다. 나는 역사를 생각했다, 사라진 공책을, 그리고 다른 것들도. 견딜 수 없을 것 같았다. 자리에서 일어났다.

"그래, 오빠, 조금 걸으면 기분 전환이 될 거야."

그럴 생각은 없었다, 하지만 걸었다.

"조심해, 많이 마셨으니까."

내 등 뒤에 대고 닐권이 이렇게 말했다.

대문을 나가면서 아내를 생각했다. 그런 후 잠시 푸줄리를 생각했다. 고통을 겪고 싶어 했던 푸줄리의 욕구를. 디완 시인들은 즉석에서 시를 읊는 걸까, 아니면 몇 시간 동안 종이 앞에 앉아서 쓰고 수정하는 걸까? 달리 할 일이 없어 그런 걸 생각했다. 집에 일찍 돌아갈 순 없다는 걸 깨달았다. 일요일 저녁 거리는 한산했고, 찻집과 가지노는 반쯤 비어 있었다. 나무에 걸려 있는 형형색색의 전구는 어제의 강한 바람으로 꺼져버린 것 같았다. 길 모퉁이에 있는 물구덩이를 들어갔다 나온 자전거 바퀴가 만든 진흙 자국이 아스팔트 위에 무의미한 곡선을 그려 놓았다. 내가 자전거를 탔던 시절을, 젊은 날을, 그리고 다시 아내를, 역사를, 이야기들을, 병원에 데려가야 하는 닐권을, 에블리야 첼레비를 생각하며 저 멀리 호텔까지 비틀거리며 걸었다. 아크릴 간판을 밝히는 형광등의 지직거리는 소리와 저속한 음악이 신경을 곤두서게 만들었다. 한동안 주저했다. 나는 죄도 원하고 결백도 원했다. 책임감에 집착하는 남자들은 언제나 놀랍다. 뜬금없이 나를 현행범으로 붙잡는 나의 의식이 마음에 들지 않는다, 도덕주의는 나를 짜증나게 한다. 축구 경기에서, 골대 뒤에서 기다리며 골키퍼를 짜증나게 하는 카메라맨들처럼! 결국, 병원에는 아침에 가야지, 라고 생각했다.

회전문을 통해 호텔로 들어갔다. 냄새를 맡으며 부엌을 찾아가는 개처럼, 소음을 빨아들이는 카펫과 웨이터를 지나 계단을 통해 음악의 근원지로 내려갔다. 머리에 페스*를 쓴 남녀 관광객들이 술병이 놓여 있는 테이블에 앉아 소리를 지르고 있었다. 터키에서의 마지막 밤을 맞은 외국 관광객들을 위한 '동양의 밤'인 것 같았다. 넓은 무대에서는 저질스러운 오케스트라가 금속성 소음을 내고 있었다. 한 웨이터에게 물어 벨리댄스가 아직 시작되지 않았다는 걸 알아낸 후, 부끄러워하며 라크를 주문했다.

첫 잔을 마신 직후, 흥겹고 얄팍한 음악이 시작되었다. 캐스터네츠 소리를 알아듣고 쳐다보니, 희미한 어둠 속에서, 고깔 모양 불빛 아래에서 흔들리고 있는 햇볕에 그을린 댄서의 살이 보였다. 반짝이며 떨리는 장신구들에 눈이 부셨다. 빠르게 몸을 흔들수록, 엉덩이와 가슴에서 빛이 뿜어 나오는 것 같았다. 나는 흥분했다.

---

* 검은 술 장식이 달린 붉은색 원통형 터키 전통 모자.

나는 자리에서 일어났다. 웨이터가 두 번째 잔을 가지고 왔다. 나는 다시 앉았다. 댄서뿐 아니라, 우리 모두가 연기를 한다는 생각이 들었다. 댄서는 순종적인 동양 여자처럼 보이도록 연기했으며, 동양에서 마지막 밤을 보내는 관광객들도 그녀가 원하는 대로 그녀를 보고 있었다. 고깔 모양의 빛이 테이블 위를 돌아다닐 때마다 나는 독일 여자들의 얼굴을 쳐다봤다. 놀라는 표정은 아니었지만, 놀라고 싶은 듯한 미소를 짓고 있었으며, 서서히 그녀들이 기대하는 것이 실현되었다. 댄서를 보면서 자신들은 '그렇지 않다.'라고 생각할 것이다, 그렇게 평온함을 느끼고, 남성과 동등하다고 느낀다는 걸 나는 감지했다. 우리를, 우리 모두를 '그렇게' 보고 있다는 것도 느꼈다. 빌어먹을! 하인을 지배하면서 자신들이 남편과 동등하다고 생각하는 부인들처럼 우리를 비하하고 있는 것이다!

갑자기 나 자신이 믿을 수 없을 만큼 무시당하는 것 같아서, 이 추한 놀이를 엉망으로 만들고 싶어졌다. 하지만 내가 아무것도 하지 않을 것을 알고 있었다. 나는 패배감과 혼란스러움을 만끽했다.

음악이 격렬해지고, 보이지 않는 무대 구석에 있는 드럼이 힘들이지 않고 소음을 제어하자, 댄서는 테이블을 향해 엉덩이를 돌리고, 신경질적으로 부채질을 하듯 다급하고 거칠게 흔들었다. 그러곤 곧장 몸을 돌려 공격적이고 자랑스럽게 가슴을 보여 주었다. 고깔 모양의 불빛 때문에 기대하지 않았던 승리와 자신감이 보이자 나는 마음이 편해졌다. 그렇다, 우리를 굴복시키는 것은 그리 쉽지 않다. 우리는 여전히 무언가를 할 수 있고, 여전히 건재하다.

댄서는 지금 그들에게 도전하고 있다. 가끔 침을 삼키는 여자 관광객들의 시선을, 그 학구적인 관찰을 수포로 돌아가게 하고 있다. 머리에 페스를 쓴 남자 관광객들은 이미 스스로를 놔 버린 후였다. 순종적인 여자에게로 향하는 것이 아니라, 존경에 마지않는 여자 앞에서 왜소해지며 스스로를 잊어버린 것 같았다.

나는 이상한 행복감을 느꼈다. 둔하지만 활발한 댄서의 몸은 나를 흥분시켰다. 우리 모두가 잠에서 깨어나는 것 같았다. 땀으로 반짝이는 배 주변의 그을린 살을 보고 있으니 모든 것에 전력을 다할 수 있을 것 같았다. 나는 중얼거렸다. 지금 당장 집에 가야지, 닐권을 병원으로 데리고 가야지, 그런 다음 심술을 부리지 않고 역사에 전력투구해야지, 과거와 진짜 이야기들, 생생한 사건들을 믿으면 그렇게 할 수 있을 것 같았다. 당장, 지금 당장 할 수 있을 것 같았다.

댄서는 자신이 느꼈던 업신여김이 폭로되길 원하는 듯 그들 중에서 눈독을 들였던 사람들의 손을 잡아 끌어내기 시작하더니 함께 벨리댄스를 추는 분위기로 이끌어 갔다, 하느님! 독일 남자들은 처음에는 소극적으로 팔을 벌리고 천천히 움직이며, 부끄럽지만 즐길 권리도 있다는 눈빛으로 친구들을 바라보았다. 하지만 빌어먹을, 게임, 모두 게임이다, 나는 나 자신이 믿도록 애를 썼으나 허사였다.

잠시 후 내가 기대하고 두려웠던 것을 댄서가 시도하자 다시 한 번 모든 희망을 잃었다고 결론을 내렸다. 그들 중 가장 멍청하고 즐겁게 따라하는 듯한 사람을 골라, 노련하게 옷을 벗기기 시작했던 것이다. 친구들에게 미소를 지어 보이며 서툴게 배를 튕기던 뚱뚱한 독일인이 셔츠를 벗을 때 나는 더 이상 참지 못하고 고개를 떨어뜨렸다. 나의 모든 의식이 지워지기를, 나의 과거에서 그 어떤 흔적도 남지 않기를, 미래와 기대에 대한 그 어떤 흔적도 남지 않기를 바랐다. 내 이성의 상상에서 벗어나, 이성 밖에 존재하는 세계에서 자유롭게 거닐고 싶었다. 하지만 나 자신을 놔 버릴 수 없다는 것을, 여느 때처럼 두 사람으로 남을 것임을, 이성의 상상과 망상 속에서 돌고 돌아, 빌어먹을, 이 더러운 곳에서, 이 추한 음악 속에서 한동안 앉아 있을 것임을 이제는 알고 있다.

29

자정이 훨씬 지난 시간이었지만 여전히 달그락거리는 소리가 들려와 궁금해졌다. 아래층에서 뭘 하고들 있지, 왜 잠을 자지 않고, 나에게 이 고요한 밤을 남겨 주지 않는 거지? 침대에서 일어나 창문으로 걸어가서 아래를 내려다봤다. 레젭의 방 불빛이 여전히 정원으로 새어나오고 있었다. 난쟁이는 저기서 뭘 하는 걸까? 나는 겁이 났다! 그는 음흉하다. 그가 나를 본다는 것을, 나의 모든 걸 주시한다는 것을, 내 손과 팔의 움직임을 관찰한다는 것을, 그 커다란 머릿속에서 뭔가를 계획한다는 것을 나는 안다. 이제는 나의 밤을 엉망으로 만들고, 나의 생각도 더럽히려는 것 같다. 이런 생각이 들자 겁이 났다. 셀라하틴은 어느 날 밤, 내가 순수한 어린 시절에 파묻혀 하루의 더러움에서 정화되지 못하도록, 자신처럼 고통받도록, 내 방으로 들어왔다. 이 생각을 하자 다시 두렵고, 소름이 끼치고, 오싹한 기분이 들었다. 그는 죽음을 발견했다고 말했다. 나는 한 번 더 생각했다, 그리고 더 두려워지자 어두운 창문 앞에서 물러났고, 정원으로 떨어졌던 나의 그림자는 사라졌다. 나는 서둘러 침대로 돌아와 이불 속으로 들어가서 생각했다. 그가 죽기 넉 달 전이었다. 밖에선 북동풍이 불어 창틈에서 윙윙 울리는 소리가 났다. 나는 방으로 들어가 침대에 누워 있었지만, 셀라하틴의 방에서 삐걱거리며 서성거리는 소리가 그치지 않았기 때문에, 폭풍과 벽에 부딪치는 베니션 블라인드가, 이상하기도 하지, 소름 끼쳤기 때문에 잠을 이룰 수가 없었다. 잠시 후 다가오는 발소리가 들려와 겁이 났다! 갑자기 방문이 열리자 소스라치게 놀랐고, 생각했다. 많은 세월이 지난 후 이 밤에 내 방에! 셀라하틴은 안으로 들어와, 그곳에, 문지방에 잠시 서 있었다. "잠을 잘 수가 없어, 파트마!" 술에 취한 것 같지는 않았다, 저녁 식사 때 얼마나 마셨는지 내가 보지 않은 것 같았다. 나는 아무 말도 하지 않았다. 그는 비틀거리며 들어왔다. 눈은 활활 타오르고 있었다. "잠을 잘 수가 없어, 파트마, 아주 끔찍한 것을 발견했거든. 오늘 저녁은 내 말을 들어야 해. 뜨개질감을 들고 다른 방으로 가는 것도 허락할 수 없어. 끔찍한 것을 발견했어, 누군가에게 꼭 설명해야 해!" 난쟁이가 아래층에 있어요, 그는 당신 말을 듣는 걸 아주 좋아해요, 라고 생각했다, 하지만 아무 말도 하지 않았다. 그의 표정이 이상해졌고, 갑자기 속삭이듯 말했기 때문이다. "죽음을 발견했어, 파트마, 여기선 아무도 몰라, 죽음을, 동양에서 내가 처음으로 발견했어! 지금 조금 전에, 오늘 밤." 그는 잠시 말을 멈췄고, 자신의 발견을 두려워하는 듯 보였지만 술에 취한 말투는 아니었다. "내 말 들어, 파트마! 당신도 알다시피 알파벳 'O'로 시작하는 장은 계획보다 무척 지체되었지만 그래도 끝을 냈어. 지금은 'Ö'를 쓰고 있어, ölüm* 항목을 써야 했어, 알잖아!" 나는 알고 있었다, 왜냐하면 아침 식사 때, 점심 그리고 저녁 식사 때, 그 말만 했기 때문이다. "그런데 도저히 쓸 수가 없었어. 며칠 동안 방 안을 서성대기만 하고 왜 쓰질 못하는 걸까, 생각했어. 다른 항목들처럼, 이것도, 물론, 그들로부터 인용하려 했으니까, 그들이 생각하고 쓴 것에 내가 덧붙일 건 있을 수 없어, 라고 생각했으니까. 하지만 내가 왜 이 항목을 쓰지 못하는지도 이해할 수 없었어." 그는 한순간 웃었다. "어쩌면 나의 죽음이 떠올랐기 때문일까, 백과사전을 결국 끝내지 못하고 나이 일흔에 가까워지기 때문일까 어쩌면, 그렇게 생각해?" 나는 아무 말도 하지 않았다. "아냐, 파트마, 그렇지 않아, 난 여전히 젊어, 내가 할 일을 아직 끝내지 못했어! 게다가 이걸 발견한 지금, 믿을 수 없을 만큼 젊고 원기왕성하다고 느끼고 있어. 이 발견의 후광 아래서 해야 할 일이 얼마나 많은지, 백 년을 더 살아도 충분하지 않아!" 그는 갑자기 고함을 질렀다. "모든 것, 모든 것, 모든 사건들, 행동들, 삶이 아주 새로운 의미를 갖게 되었어! 이제 난 모든 걸 완전히 다르게 보게 되었어. 일주일간 내 방에서 서성대며, 한 단어도 쓰지 못하다가, 두 시간 전에 갑자기 뇌리에 반짝하고 떠올랐어. 두 시간 전에 동양에서 처음으로 내가, '무(無)'라는 두려움

---

* '죽음'이라는 의미.

에 눈을 떴어, 파트마. 알아, 당신이 이해하지 못하는 거, 하지만 이해해야 해, 내 말을 들어 봐!" 나는 이해하기 위해서가 아니라, 달리 할 수 있는 것이 없어서 그의 말을 듣고 있었다. 그는 자신의 방에서처럼 서성거렸다. "일주일 동안 내 방에서 서성거리면서 죽음을 생각했어. 그리고 그들이 백과사전에서, 책에서, 왜 이 주제에 대해 그렇게 많은 지면을 할애했는지가 궁금했어. 예술 작품을 둘째치고라도, 서양에는 죽음에 대해 쓴 책만 수천 권이 있어. 이렇게 간단한 주제를 그들은 왜 확대할까 생각했지, 난. 내 백과사전에는 이 주제를 짧게만 언급하는 게 내 의도였어. 이렇게 쓰려고 했지. 죽음은 유기체의 파멸이다! 이렇게 짧게 의학적으로 시작하고, 전설과 성서에 나오는 죽음에 대한 이야기를 하나하나 반박하고, 그런 책들은 어차피 서로 베낀 것임을 한 번 더 나열한 후, 덧붙여, 다양한 민족들의 장례식 전통이 얼마나 우스꽝스러운지 쓴 다음 대략 요약할 참이었어. 이 부분을 이렇게 짧게 언급하려 했던 것은, 백과사전을 한시라도 빨리 끝내려고 했기 때문이야, 하지만 진짜 이유는 그게 아니야. 죽음이 무엇인지 두 시간 전까진 이해하지 못했고, 그저 평범한 동양인처럼 이 주제를 중요하게 여기지 않았던 거야, 파트마. 그러다 두 시간 전에 이해하게 되었지. 그 많은 세월 동안 인지하지 못했던 것을, 두 시간 전에, 신문에 나온 주검들을 보며 갑자기 깨달았어. 끔찍하지! 들어 봐! 독일인들이 이번에 하리코프*를 공격했대. 어쨌든, 이건 중요한

---

* 우크라이나 북동부의 도시로, 2차 세계대전 중 소련과 독일의 격전지였다.

게 아냐. 두 시간 전에 신문에 나온 주검들을 멍하니 바라보는데, 의대에 다닐 때, 사십 년 전에 병원에서 시체를 보며 느꼈던 두려움이란 없이 그렇게 바라보는데, 갑자기 머릿속에서 번개처럼 번쩍하는 것이 있었어, 공포 그 자체였지, 내 머리를 커다란 망치가 내려치는 것처럼. 그리고 이렇게 생각했지. 무! 그래, 무! 무라는 것이 있고, 그 가련한 전사자들은, 지금, 이 생기 넘치는 무의 우물에 빠져 죽었어. 파트마, 정말 끔찍해, 지금도 느껴. 난 이렇게 생각했어. 신과 천국 그리고 지옥이 없는 것으로 보아, 죽음 이후엔 아무것도 없어. 텅 빈 무! 당신이 지금 당장 이해할 거라고는 생각하지 않아. 두 시간 전까진 나도 몰랐으니까, 하지만 무라는 걸 발견한 후엔 알게 되었어, 파트마, 무와 죽음의 끔찍함을 생각할수록 점점 더 깊게 이해하게 되었어! 동양에선 아무도 이걸 인식하지 못하고 있어. 그렇기 때문에 수백 년 동안, 수천 년 동안 우리는 허덕이고 있는 거야, 하지만 서두를 필요는 없어, 내가 당신에게 천천히 설명해 줄게. 오늘 밤 나 혼자선 이 발견의 짐을 감당할 수 없어!" 그는 안달이 난 듯이, 손과 팔을, 젊었을 때처럼 움직였다. "왜냐하면 한순간에, 모든 것이 왜 이러한지 이해하게 되었어. 우리는 왜 이렇고, 그들은 왜 그런지. 동양이 왜 동양이고, 서양이 왜 서양인지 이해하게 되었어. 맹세컨대 정말 이해하게 되었어, 파트마, 제발 애원할게, 내 말을 주의 깊게 들어, 그럼 이해하게 될 거야." 그는 내가 사십 년 동안 듣지 않았다는 걸 모르는 것처럼 설명했다. 초기처럼 신념을 품고, 주의 깊게, 어린아이를 속여 설득하려는 바보 같고 늙은 선생처럼 달콤하고 다정하려고 노력했지만, 죄인일 수밖에 없는 흥분된 목소리로 설명했다. "파트마, 내 말을 주의 깊게 들어! 화내지 말고, 알았지? 신이 없다고 내가 몇 번이나 말했지. 왜냐하면 그 존재를 증명할 수 없으니까, 그렇다면 신의 존재를 기초로 하는 종교는 모두 공허한 시적인 지껄임에 지나지 않아. 그러면 그 지껄임이 설명하는 천국도 지옥도 물론 없어. 천국과 지옥이 없다면, 그러면 죽음 이후의 삶도 없어. 내 말 잘 듣고 있는 거지, 파트마? 죽음 이후에 삶이 없다면 죽은 자들의 삶은 전적으로, 아무것도 남기지 않고 죽음과 함께 없어지지. 이 상황을, 이번에는 주검의 관점에서 한번 살펴보자고. 죽음 이전에 살던 주검은, 죽음 이후에 어디에 있지? 육체에 대한 얘기가 아냐. 의식, 감정, 이성으로서 지금 그는 어디에 있지? 그 어떤 곳에도 없어, 그렇지 않아, 파트마? 존재하지 않는 것 안에 있어, 내가 '무'라고 했던 것에 파묻혔어. 이제 아무도 보지 못하고, 아무에게도 보이지 않아. 이제 이해했어, 파트마, 내가 '무'라고 했던 것이 얼마나 끔찍한지? 생각할수록 공포에 휩싸여, 난. 하느님, 얼마나 기이하고, 얼마나 소름끼치는 생각인지! 눈앞에 떠올려 보면 오싹해! 당신도 생각해 봐, 파트마, 안에 아무것도 없는 그러한 것을 한번 생각해 봐. 소리도, 색깔도, 냄새도, 감촉도 없고, 그 어떤 특징도 없고, 장소도 없는 공간을 생각해 봐, 파트마. 공간도 차지하지 않고, 보이지도 않고, 들리지도 않는 무언가를 떠올릴 수 없지, 그렇지? 얼마나 칠흑 같은 어둠인지, 처음과 끝이 없는 칠흑 같은 어둠이라는 건 인지하지도 못해! 죽음이라는 것은 이것보다 더 어두워, '무'는 이것보다 더 너머에 있고! 두려운 거야, 파트마? 우리의 시체가 역겹고 차가운 땅의 고요 속에서 썩고 있을 때, 내 주먹만 한 구멍이 뚫린 전사자들의 몸, 산산조각이 난 두개골 그리고 땅에 흩어진 뇌, 흘러내리는 눈과 피범벅으로 찢어진 입이 콘크리트 위에서 썩고 있을 때, 아, 그들의 의식은, 우리의 의식은 시작도 없고 끝도 없는 영원한 '무'의 어둠속에 파묻혀. 바닥이 보이지 않는 절벽 밑으로 머리를 아래로 한 채 등을 보이며 영원히 추락할 때 자신에게 무슨 일이 일어나는지도 모르는 장님처럼, 아냐, 이보다 더 너머에 있는 것. 아무것도 아닌 것 같은 것. 빌어먹을, 이러한 것들이 떠오를수록 공포에 휩싸이고, 죽고 싶지 않아. 죽는다는 생각이 들면 저항하고 싶어, 하느님, 얼마나 큰 좌절감을 주는지, 계속해서 영원의 어둠 속에 파묻히면서 처음과 끝이 없을 거라는 것을, 단지 어둠 속에서, 다시는 절대, 절대, 절대 밖으로 나오지 못하고, 아무것도 듣지 못하고 사라져 간다는 걸 안다는 것. 파트마, 우리는 모두 '무' 속으로 침몰할 거야. 소멸은 우리를 끝까지 채울 거야. 두렵지 않아, 저항하고 싶은 마음이 들지 않아? 당신은 두려워해야 하고, 그 두려움을 자각해야만 해, 반란자인 죽음에 대한 두려움이 당신 마음속에 일어나기 전에는 오늘 밤 당신을 놔주지 않을 거야. 들어 봐, 들어 봐, 천국은 없어, 지옥도 없고, 당신을 주시하고, 보호하고, 벌을 주고, 용서할 그 누구도 없어. 죽음 이후에 당신은 아무도 없는 '무' 속으로, 다시는 나올 수 없는 어두운 바다의 바닥으로 내려가는 것처럼 그렇게 내려갈 거야. 되돌아올 수 없고, 아무도 없는 고요 속에서 질식할 거야. 당신의 시체가 차가운 땅속에서 썩을 때, 두개골과 입은 화분처럼 흙으로 찰 것이고, 살은 마른 거름 조각처럼 떨어져 나와 흩어져 버릴 것이고, 해골은 석탄 조각처럼 가루가 될 것이며, 돌아올 수 있다는 희망을 가질 권리조차 없다는 걸 알면서도, 마지막 머리카락 한 올까지 당신을 녹여 없애 버릴 역겨운 늪으로 들어갈 것이고, '무'의 무자비하고 얼음 같은 진흙 속에서 홀로 사라져 갈 거야, 파트마, 이해해?"

나는 두려웠다! 두려워하며 머리를 베개에서 들어, 방을 둘러봤다. 옛 물건, 현재의 세계. 하지만 내 방과 내 물건들은 잠자고 있었다. 나도 모르게 땀에 젖어 있었다. 누군가 보고 싶었다, 누군가와 이야기를 나누고, 만지고 싶었다. 잠시 후 아래층에서 달그락거리는 소리를 들었다, 궁금했다. 3시가 되었다. 일어나 창문 쪽으로 갔다. 레젭의 방에 여전히 불이 켜져 있었다. 나는 생각했다. 음흉한 난쟁이는 가정부의 사생아다! 나는 두려워하며 추운 겨울밤을 생각했다. 넘어진 의자들, 깨진 유리들, 접시들, 역겨운 형겊들, 피, 나는 소름이 끼쳤고 허둥댔다. 내 지팡이는 어디 있지? 지팡이를 집어 들고 바닥을 쳤다, 한 번 더 치고 소리를 질렀다.

"레젭! 레젭! 빨리 위로 올라와!"

나는 방에서 나와 계단 앞으로 갔다.

"레젭, 레젭, 너한테 말하고 있잖아, 어디 있어?"

아래를 내려다봤다, 그곳에서 나오는 빛 속에 그림자들이 있었다, 벽에서 움직이고 있었다. 난 알아, 너희들 거기 있잖아.

나는 다시 한 번 소리 질렀고 드디어 어떤 그림자가 보였다.

"갑니다, 마님, 간다고요."

그림자가 작아지다가 난쟁이가 나타났다.

"무슨 일이세요? 필요한 거 있으세요?"

그는 위로 올라오지 않았다.

"넌 왜 이 시간에 자지 않는 거야? 아래서 뭐 하는 거야?"

"아무것도 하지 않아요, 그냥 앉아 있어요."

"이 시간에? 거짓말하지 마. 난 당장 알 수 있으니까, 그들에게 뭘 말해 주고 있는 거야?"

"아무것도 말해 주지 않아요. 또 무슨 일이세요? 또 생각하고 있는 거예요? 생각하지 마세요. 잠이 오지 않으면 신문을 읽거나, 옷장을 뒤지세요, 옷들이 제자리에 있는지 보세요, 과일도 드시고요. 그런 건 다시 생각하지 마세요."

"내 일에 참견 마! 걔들 올라오라 그래."

"닐퀸 아가씨만 있어요. 파룩 씨와 메틴은 없어요."

"없다고? 날 아래로 내려다 줘. 내 눈으로 볼 테야, 그들에게 뭘 말해 줬어?"

"제가 뭘 말해 주기를 바라세요, 마님? 전 이해할 수가 없네요!"

결국 그가 계단을 올라왔다. 내게 올 거라고 생각했는데, 내 방으로 들어갔다.

"내 방 뒤지지 마! 뭘 하는 거야?"

난쟁이는 그곳에 서 있었다. 당장 그의 뒤를 따라갔다. 그는 갑자기 몸을 돌리고 내게 다가와, 내 팔을 잡았다. 나는 깜짝 놀랐다. 그래, 나를 만졌다, 그가. 그는 나를 침대로 데리고 갔다. 날 눕혀 줘, 따스한 이불을 덮어 줘. 그래, 나는 어린 소녀야, 결백해, 나는 잊었다. 나는 침대에 누워 있었고, 그는 나가는 참이었다.

"복숭아를 한 입만 깨물고 그냥 두셨네요. 제일 좋은 복숭아인데, 좋아하지 않으시네요. 살구를 가지고 올까요, 그럴까요?"

그는 나갔다. 나는 혼자 남았다. 같은 천장이 내 위를 덮을 때, 나는 같은 바닥 위에 있다. 물병 안에 같은 물, 탁자 위에 같은 컵, 빗, 화장수, 접시 그리고 같은 시계가 그대로 있을 때 나는 침대에 누워 있다. 시간이라고 하는 건 얼마나 이상한 것인가, 라고 생각하다가 몸서리를 쳤다. 다시 그날 밤 셀라하틴이 발견했던 것을 생각하리라는 걸 알았다, 겁이 났다. 악마는 설명했다.

"이 발견의 위대함을 이해할 수 있어, 파트마? 그들과 나를 구분하는 보이지 않는 경계선을 오늘 밤 발견했어! 아냐, 옷과 기계, 집, 가구, 예언자, 정부 그리고 기계가 동양과 서양을 구분짓진 않아. 이것들은 모두 결과야. 그들은 죽음이라는 바닥이 보이지 않는 우물을, '무'를 자각한 거야. 우리는 이 대단한 사실에 대해 전혀 알지 못해. 이 둘 사이의 믿을 수 없을 정도로 커다란 차이가 이렇게나 작고 단순한 발견에서 비롯되었다는 걸 생각하면 견딜 수가 없어, 화가 치밀어! 천 년 동안 그 거대한 동양에서 이런 생각을 하는 사람이 어떻게 한 명도 나오지 않았는지 이해할 수 없어. 잃어버린 시간과 삶을 생각하면 어리석음과 태만이 어느 차원까지 이르렀는지 이제 당신도 알 수 있을 거야, 파트마! 하지만 그래도 나는 미래를 믿어, 단순하지만 내딛는 데 그토록 많은 세기가 걸린 그 첫 걸음을 내가 내디뎠으니까. 오늘 밤, 내가, 셀라하틴 다르브노울루가, 동양에서 죽음을 발견했어! 내가 한 말이 무슨 의미인지 알아? 당신은 멍하니 보고 있군! 물론 그렇겠지, 어둠을 아는 사람만이 밝음을 알지, '무'를 아는 사람만이 존재가 무슨 의미인지 아니까. 나는 죽음을 생각해, 고로 나는 존재해! 아냐! 태만한 동양인들도 안타깝지만 존재하고, 당신도, 손에 들고 있는 뜨개질바늘도 존재해, 하지만 죽음에 대해선 당신들 그 누구도 알지 못해! 그렇다면, 이렇게 말해야 옳겠지. 나는 죽음을 생각한다, 고로 서양인이다! 나는 동양에서 나온 첫 번째 서양인이야, 서양이 된 첫 번째 동양! 알아듣겠어, 파트마?" 그는 갑자기 고함을 질렀다. "아, 하느님, 당신도 그들과 같아, 당신도 장님이야!" 그런 후 울음 섞인 신음 소리를 내며 창문을 향해 비틀거리며 두 걸음을 뗐다. 순간, 이상하기도 하지, 나는 그가 창문을 열고 밖으로, 폭풍 속으로 몸을 던질 거라고, 발견의 흥분으로 날갯짓을 하며 날아오를 거라고 생각했다. 극도의 흥분 속에서, 두세 번 팔을 저어 날아갈 것이며, 그러다가 사실을 깨닫고 떨어져 처박혀 죽을 거라고 생각했다. 하지만 셀라하틴은 방 안에 남았고, 닫힌 어두운 창으로 모든 나라와 그가 동양이라고 했던 것을 볼 수 있다는 듯 증오와 절망으로 응시했다. "가련한 장님들! 자고들 있군! 침대에 들어가, 이불에 감싸여, 어리석은 평온으로 가득 찬 잠에 파묻혀 쿨쿨 자고들 있군! 모든 동양이 잠자고 있어. 노예들! 죽음을 가르쳐서 그들을 노예 상태에서 구해 낼 거야! 하지만 먼저 당신을 구할 거야, 파트마, 내 말 잘 들어, 죽음을 이해하고 두려워한다고 말해!" 내가 신은 없다는 말을 하지 않을 것을 뻔히 알면서도 애원했고, 내 손가락을 일일이 꼽으며 증거를 세어 가며 내가 믿게 하려고 안간힘을 썼다. 나는 믿지 않았다. 질려서 아무 말도 하지 않게 되었을 때, 내 맞은편에 있는 의자에 앉아, 멍하니 탁자 위를 바라보았다. 베니션 블라인드도 여전히 벽에 부딪치고 있었다. 그런 후 갑자기, 내 옆에 있는 시계를 보고는 마치 전갈이나 뱀을 본 듯이 두려워하며 소리를 질렀다. "우리는 그들을 따라잡아야 해, 따라잡아야 해! 더 빨리, 더 빨리!" 그는 시계를 집어 들고, 이불이 덮여 있는 침대 위에 던지고 고함을 쳤다. "그들과 우리 사이에 어쩌면 천 년의 시간 차이가 있어. 하지만 우린 따라잡을 수 있어, 파트마, 그들을 따라잡아야 해, 왜냐하면 이제 우리가 모르는 건 무엇도 남아 있지 않으니까. 우리는 그들의 모든 걸 배웠고, 가장 심오한 사실이 뭔지도 알아! 이 사실을 당장 소책자로 출간해 우리의 가련한 사람들에게 가르쳐 줄 거야. 바보들! 그들은 아직도 자신들의 삶이 있다는 것조차 몰라, 생각할수록 화가 나. 그 무엇도 의심하지 않고, 자신들이 살고 있는 삶의 존재에 대해서도 모르고, 세상을 당연하게 여기며 얌전하고, 만족스럽고, 평온하게 살아가고 있어! 그들을 죽여 버릴 테야! 죽음에 대한 두려움으로 내 앞에 굴복하게 만들 거야! 자신들을 알고, 두려워하고, 역겨워하는 것을 배우게 될 거야! 당신은 여태껏 자신을 제대로 혐오하는 무슬림을 본 적 있어, 자신을 역겨워하는 동양인을 본 적 있어? 그들은 스스로에게 아무것도 기대하지 않아, 자신들을 무리에서 떼어 놓는 법을 몰라, 무엇인지 모르는 흐름에 순종하고, 다른 사람들이 원하는 건 변태나 미친 짓으로 치부해 버리지! 나는 그들에게 외로움이 아니라 죽음을 두려워하는 법을 가르칠 거야, 파트마! 그렇게 되면 혼자 남는 걸 견딜 수 있고, 외로움의 깊은 고통을 군중 속의 바보 같은 평온보다 좋아하게 될 거야! 그러면, 스스로를 세상의 중심에 놓아야 한다는 걸 깨달을 거야! 그렇게 되면 평생 동안 같은 사람이라는 것에 자부심이 아니라 수치심을 느끼게 될 거야! 더욱이 신이 아니라, 자신들에게 기대어 스스로를 심문하게 될 거야! 이 모든 게 실현될 거야, 파트마, 수천 년 동안 계속된 행복하고 평온한 바보 같은 꿈에서 그들을 깨울 거야! 그들의 심장에 죽음에 대한 숨 막히는 두려움과 미칠 것 같은 공포를 심어 줄 거야! 반드시 그렇게 할 거야, 필요하다면 몽둥이로 머리를 쳐 가며라도 그렇게 할 거야, 맹세해!" 그런 후 자신의 분노에 지친 듯 잠시 입을 다물고 가쁜 숨을 몰아쉬었다. 어쩌면 약간 부끄러워하는 것도 같고, 약간은 자신이 심어 줄 두려움을 스스로 두려워하는 것도 같았다. 하지만 잠시 후 다시 소리를 질렀다. "잘 들어, 파트마. 이 두려움을 스스로 느끼지 못한다면 이성으로 파악해서 느낄 수 있을 거야. 우리가 살고 있는 삶은, 우리 동양인들에게 이 공포를 전달하지 못하고 있어. 그러니 우리는 이성으로 공포를 배워야 해, 그것도 아주 잘 배워서 그들처럼 되어야 해. 그들처럼 되려면 내 말을 명심해서 듣고 이성만 작동시키면 돼. 내 말을 잘 들어!" 하지만 나는 더 이상 듣지 않았다. 밤의 적막 속에 나를 내버려 두면, 포근한 잠에 빠져들어 아침을 맞이할 텐데, 라고 생각하며 기다렸다.

아래에서 들려오는 달그락거리는 소리가 다시 한 번 나를 사로잡자, 머리를 따스한 베개에서 들었다. 마치 내 몸속에서 돌아다니는 것처럼, 난쟁이가 집 안을 돌아다니는 소리가 들렸다. 난쟁이는 뭘 하고 있는 걸까, 그들에게 뭘 설명해 주고 있는 걸까? 잠시 후 대문이 부딪치는 소리가 들려와 겁이 났다. 정원에서 들려오는 발소리로 알았다. 메틴! 이 시간까지 어디 있었던 걸까? 부엌문을 달그락거리며 안으로 들어가는 소리가 들렸다, 하지만 위층으로 올라오지 않았다. 나는 생각했다. 지금 그들은 아래에 있다, 모두 아래에 있다, 난쟁이가 그들에게 뭔가 설명하고 있다. 몸이 오싹했다. 지팡이가 어디 있지, 현장에서 모두 붙잡아야지, 라고 생각했지만 침대에서 일어나지 않았다. 그러다 발소리 때문에 누군가 계단을 오르는 걸 알았고, 마음이 편해졌다. 하지만 그 소리가 이상하다는 걸 깨달았다. 마치 악마가 술을 마시고 그의 방으로 돌아가는 것 같았다! 내 방문 앞에서 꺾어서 돌아가지 않고 그대로 멈췄고, 방문을 두드려서, 무서운 꿈에서 깨어나는 것처럼 고함을 지르고 싶었지만, 그러지 않았다.

메틴이 내 방으로 들어왔다. "할머니, 안녕하세요?"라고 물었다. 이상했다! "괜찮으세요?" 나는 대답하지 않았고, 쳐다보지도 않았다. "괜찮으시다는 거 알아요, 할머니는 아무렇지도 않아요, 할머니한테는 아무 일도 일어나지 않을 거예요." 나는 알았다. 그는 술에 취해 있었다! 지 할아버지처럼! 나는 눈을 감았다. "자지 마세요, 할머니! 할머니한테 할 말이 있어요!" 말하지 마! "지금은 자지 마세요!" 나는 자고 있다, 그 아이가 침대로 다가오는 것을 느꼈다. "할머니, 이 낡은 집을 부숴 버려요!" 나는 이해했다. "이 집을 부수고 이 자리에 커다란 아파트를 지어요. 건축업자가 우리에게 절반을 줄 거예요. 우리 모두를 위해서 좋을 거예요, 할머니는 아무것도 몰라요!" 그래, 난 아무것도 모른다. "우리 모두에게 돈이 필요해요, 할머니! 이렇게 간다면 곧 이 집의 부엌살림도 감당할 수 없을 거예요!" 나는, 우리 집 부엌, 이라고 중얼거렸다. 어렸을 때 우리 집 부엌에선 카네이션과 계피 냄새가 났다. "아무것도 하지 않는다면 여기서 레젭과 함께 굶게 되실 거예요. 다른 사람들은 이런 일에 애를 쓰지 않아요, 할머니. 파룩 형은 매일 술에 취해 있고, 닐귄은 공산주의자예요, 알고 있었어요?" 나는 계피 냄새를 맡곤 했고, 아무것도 몰랐다, 사랑받기 위해선 모든 걸 알아야 한다는 것도. "대답해 봐요! 할머니를 위해서예요! 내 말 듣고 있어요?" 나는 듣지 않는다, 여기 있지 않고 잠을 자고 있기 때문이다. 나는 기억하고 있다. 우리는 잼을 끓이고, 레모네이드와 셔벗을 마시곤 했다. "대답해 봐요, 할머니, 제발 대답해 주세요!" 그리고 쉬크뤼 파샤의 딸들에게 가곤 했다. 안녕, 튀르캰, 쉬크란, 니간, 안녕! "할머니는 바라지 않아요? 다 쓰러져 가는 이 집에서 춥고 배고프게 사는 게, 멋지고 따스한 아파트에서 사는 것보다 좋아요?" 그는 내 침대로 다가

와, 나를 겁주려고 놋쇠 봉이 달린 침대를 흔들었다. "일어나요, 할머니, 눈을 떠 봐요, 대답 좀 하세요!" 나는 눈을 뜨지 않았다, 몸이 흔들렸다. 그들에게 가기 위해 마차를 탔을 때, 달그락달그락. "그들은 할머니가 이 집을 부수고 싶어 하지 않는다고 생각해요! 하지만 그들도 돈이 필요해요. 파룩 형의 아내가 왜 그를 두고 가 버렸다고 생각하세요? 돈 때문이에요! 사람들은 이제 돈 말고 다른 건 생각하지 않아요, 할머니!" 그 아이는 여전히 나를 흔들었다. 달그락달그락, 마차가 흔들리곤 했다. 말의 꼬리는…… "할머니, 대답해 주세요!" 파리를 쫓곤 했다. "대답을 해 주지 않으면 못 주무시게 할 거예요!" 나는 기억했다, 기억했다, 기억했다. "저도 돈이 필요해요, 그 누구보다도 더, 알겠어요? 왜냐하면 저는……." 하느님, 그 아이는 내 침대 가장자리에 앉았다. "저는 그들처럼 작게 만족할 사람이 아니에요. 저는 이 바보들의 나라가 구역질나요! 미국으로 갈 거예요, 돈이 필요해요. 알겠어요?" 그의 입에서 내 얼굴로 풍기는 알코올 냄새를 맡자 역겨웠다, 그리고 이해했다. "지금 저한테, 알았다고 하세요, 할머니도 아파트를 원하시잖아요, 그들에게 말하자고요. 그래, 라고 하세요, 할머니!" 나는 말하지 않았다. "왜, 그래, 라고 하지 않는 거예요? 추억에 매달려서 그래요?" 나의 추억들, 나의. "새 아파트로 전부 옮기면 돼요! 할머니의 옷장과 궤, 재봉틀, 접시를 다 옮겨요. 할머니, 할머니도 만족하실 거예요. 알겠어요?" 그 적막한 겨울밤이 얼마나 아름다웠는지 나는 알고 있다. 밤의 적막이 나의 것일 때, 모든 것이 뻣뻣하게 누워 있을 때. "벽에 걸려 있는 할아버지 사진도 거기다 걸어요. 할머니 방은 이 방과 똑같이 만들게요. 제발 대답해 주세요!" 나는 대답하지 않았다. "아 하느님, 한 명은 술고래에 게으르고, 다른 한 명은 공산주의자고, 이 사람은 노망이 들었다고 해서 내가……." 나는 듣지 않았다. "평생을 이 바보들의 감옥에서 보낼 수는 없어, 그렇게는 안 돼!" 나는 두려웠다, 아이의 차가운 손이 내 어깨 위에서 느껴졌다! 울먹이는 목소리가 가까워졌고, 술 냄새를 풍기며 숨을 몰아쉬며 애원했다. 나는 기억하고 있었다. 천국은 없어, 지옥은 없어, 당신의 시체는 얼음처럼 차가운 어둠 속에 홀로 남게 될 거야. 아이는 계속 애원했다. 당신의 눈은 흙으로 채워질 것이고, 벌레들이 내장을 갉아 먹을 것이고, 살은 녹게 될 거야. "할머니한테 애원할게요!" 당신의 뇌 안에서 개미들이, 폐에서는 달팽이들이 돌아다닐 것이고, 당신의 심장은 지렁이로 들끓을 거야. 아이는 갑자기 멈췄다. "어머니와 아버지는 돌아가셨는데, 왜 할머니는 살아 있어요? 그게 맞아요?" 나는 생각했다. 이 아이들을 속였던 것이다. 나는 생각했다. 난쟁이가 아래층에서 설명했던 것이다! 나는 생각했다, 하지만 다른 말은 하지 않았다. 아이는 울고 있었다, 순간, 그 아이의 손이 내 목으로 뻗쳐 올 거라고 생각했다! 나는 나의 무덤을 생각했다. 아이는 내 침대에 누워 여전히 울고 있었다. 역겨웠다. 침대에서 겨우 일어났다, 슬리퍼를 신고, 지팡이를 들고 방에서 나가 계단 앞으로 가서 소리쳤다.

"레젭, 레젭, 빨리 올라와!"

30

닐귄과 아래층에 앉아 있었다. 마님이 부르는 걸 듣자마자 일어나, 계단을 뛰어 올라갔다. 마님은 방문 앞에 서 있었다.

"빨리 와, 레젭! 이 집에서 도대체 무슨 일이 일어나는 거야? 당장 말해!"

마님은 큰 소리로 말했다.

"아무 일도 없는데요."

나는 숨을 헐떡이며 대답했다.

"아무 일도 없다고! 쟤가 미쳤어, 가서 봐!"

죽은 쥐라도 가리키듯 역겨워하며 지팡이 끝으로 방 안을 가리켰다. 안으로 들어갔다. 메틴이 마님의 침대에 엎드려 있었고, 그의 머리는 수놓아진 베개에 파묻혀 있었다.

"나를 죽이려고 했어, 무슨 일이야, 레젭, 이 집에서 무슨 일이 일어나는지 감추지 마!"

"아무 일도 없다니까요."

나는 이렇게 말하고 메틴에게 갔다.

"메틴 씨, 이게 무슨 어울리지 않는 행동이에요, 빨리 일어나요!"

"아무것도 아니라고! 누가 얘를 속였어? 지금 날 아래층으로 내려다 줘."

"알겠어요. 메틴 씨가 조금 마셨네요, 마님! 그뿐이에요. 젊으니까 마실 수 있지요, 하지만 보시는 것처럼 술에 익숙하지 않은 거지요. 아버지도 할아버지도 이렇지 않았나요?"

"알았어, 넌 입 다물어! 그런 건 묻지 않았어!"

"메틴 씨, 빨리요, 메틴 씨 침대로 데려가 눕혀 줄 테니 어서 가요."

메틴은 비틀거리며 일어났다. 방에서 나가면서 벽에 걸려 있는 할아버지의 사진을 이상한 눈빛으로 쳐다봤다. 그러고는 자신의 방으로 들어가자 울먹이듯 말했다.

"왜 어머니와 아버지는 일찍 죽었어? 말해 봐, 레젭, 왜?"

옷을 벗기고 재우려다 내 입에서는 "하느님!"이라는 말이 나왔고, 그는 갑자기 나를 밀쳤다.

"하느님이라고! 바보 같은 난쟁이! 내가 벗을 테니 신경 쓰지 마."

하지만 옷을 벗지 않고 가방에서 뭔가를 꺼내 들고 나가다 멈춰서더니, 이상한 태도로 "난 화장실에 가!"라고 말하며 나갔다.

마님이 부르고 있어 그곳으로 갔다.

"나를 아래층으로 내려다 줘. 내 눈으로 볼 테야, 뭣들 하는지."

"아무 일도 없어요, 마님, 닐귄 아가씨는 책을 읽고 있고, 파룩 씨는 나갔어요."

"이 시간에 어딜 가지? 그들에게 뭘 설명해 줬어? 거짓말하지 마."

"거짓말 아니에요. 눕혀 드릴 테니 오세요."

나는 그녀의 방으로 들어갔다.

"이 집에서 무슨 일이 돌아가고 있어……. 내 방에 들어가지 마, 뒤적거리지 마!"

나를 따라 그녀도 방으로 들어왔다.

"자, 마님, 침대에 누우세요, 나중에 피곤해하시잖아요."

이렇게 말하던 차에 메틴이 부르는 소리를 듣고 겁이 나서, 즉시 방에서 나왔다.

메틴이 비틀거리며 내게 다가와 갑자기 술에 취한 것처럼 말했다.

"봐, 어떻게 되었는지, 레젭!"

메틴은 손목에서 흘러나오는 피를 만족스럽게 바라보고 있었다. 베었지만 그리 깊은 상처는 아니었다. 긁힌 정도였다. 그런 후 갑자기 겁이 났던지, 나를, 평범한 것들을, 후회의 감정을 떠올린 것 같았다.

"이 시간에 약국 문 여나?"

"열렸어요, 하지만 먼저 솜을 드릴게요, 메틴 씨!"

나는 즉시 아래층으로 내려와 장롱에서 솜을 꺼냈다.

"무슨 일이야?"

닐귄이 책에서 눈을 떼지 않고 물었다.

"아무 일도 아냐, 손을 베었어!"

메틴이 말했다. 그에게 솜을 주고, 솜으로 상처를 누르고 있는데 닐귄이 와서 보더니 이렇게 말했다.

"손이 아니라 손목이구나. 별 거 아니네. 이걸 어떻게 해냈니?"

"아무것도 아니라고?"

메틴이 말했다.

"이 장롱에는 뭐가 있어, 레젭?"

닐귄이 물었다.

"아무것도 아니라고, 하지만 난 약국에 갈 거야."

메틴이 말했다.

"그냥 잡동사니들이에요, 아가씨."

"아버지와 할아버지의 옛날 물건들 없어? 그들은 뭐에 대해 썼어?"

나는 한순간 생각하다 갑자기 이렇게 말해 버렸다.

"신이 없다는 것."

닐귄은 웃었고, 그 웃는 얼굴이 아름다웠다.

"어떻게 알아? 너한테 말해 줬어?"

나는 아무 말도 하지 않았다. 장롱 문을 닫았다. 마님이 부르는 소리를 듣고 위층으로 올라가 다시 그녀를 침대에 눕히고, 아래층에는 아무 일도 없다고 말했다. 물병의 물을 갈아 달라고 했다. 깨끗한 물을 올려다 놓고 아래층으로 내려가니 닐귄은 다시 책을 읽고 있었다. 잠시 후 부엌에서 달그락거리는 소리가 들렸다. 파룩 씨가 부엌문 밖에 서서 문을 열지 못해 내는 소리였다. 가서 열어 주었다.

"잠겨 있지도 않았는데요!"

내가 말했다.

"집에 불이 다 켜져 있네. 무슨 일 있어?"

그는 내 얼굴에 지독한 라크 냄새를 뿜었다.

"당신을 기다리고 있었어요, 파룩 씨."

"나 때문이라고! 아, 나 때문에. 택시로 가지 그랬어, 난 벨리댄스를 구경하고 왔어."

"닐귄 아가씨 말씀을 하시는 거라면 괜찮아요."

내가 말했다.

"괜찮다고? 모르겠는걸, 나는. 괜찮지, 그렇지?"

하지만 놀란 듯한 표정이었다.

"괜찮아요, 들어오시지 않을 건가요?"

그는 들어왔다가 다시 몸을 돌리고 어둠을 응시했다. 대문 너머에 있는 희미한 가로등을 쳐다봤고, 그곳에 있는 어딘가에 마지막으로 한 번 다녀오고 싶은 듯한 표정이었다. 그런 후 냉장고를 열고 술병을 집어 들었다. 갑자기 손에 전해진 술병의 무게 때문에 균형을 잃은 듯 두어 걸음 뒤로 물러섰다가, 내 의자에 쓰러지듯 앉았다. 천식 환자처럼 가쁘게 숨을 몰아쉬었다.

"파룩 씨, 자신을 너무 혹사하시는군요. 아무도 이렇게 많이 마시지 않아요."

한참 후 그는 "알아."라고 대답한 후 다른 말은 하지 않았다. 그는 사랑하는 아기를 품에 안고 있는 어린 소녀처럼 병을 껴안고 앉아 있었다.

"스프를 만들어 드릴까요? 육수가 있는데."

"해 줘."

그는 조금 더 앉아 있다가 비틀거리며 걸어갔다.

스프를 가져가니 메틴도 와 있었다. 손목에 가느다란 반창고가 붙어 있었다.

"누나, 약사가 누나 물어보던데. 병원에 안 갔다니까 놀라던걸."

"그래, 아직 늦지 않았어, 가자."

파룩이 말했다.

"무슨 말을 하는 거야. 아무 일도 없을 거라니까!"

닐귄이 말했다.

"나 벨리댄스 구경했어. 페스를 쓴 멍청이 같은 관광객들과 함께."

"어땠어?"

닐귄이 즐거운 듯 물었다.

"내 공책이 어디 있지? 공책과 역사에서 뭔가 끌어낼 수도 있을 텐데."

"게으른 사람들……. 당신들 때문에."

메틴이 말했다.

"메틴, 넌 이스탄불로 돌아가고 싶은 거니? 이스탄불도 똑같은 꼴이야."

파룩이 말했다.
"둘 다 취했잖아, 아무도 운전할 상태가 아냐!"
닐귄이 말했다.
"내가 운전할게!"
메틴이 소리쳤다.
"안 돼, 오늘 밤은 여기서 사이좋게 있자."
닐귄이 말했다.
"모두 이야기야!"
파룩은 이렇게 말하고 잠시 아무 말도 하지 않다가 이렇게 덧붙였다.
"그 어떤 이유도 없는 이야기들……."
"아냐, 매번 얘기하지만 모든 것에는 다 이유가 있어."
"부끄럽지 않아! 정말 질리지도 않고 얘기하네."
"제발 그만 말해, 이제 충분해."
메틴이 말했다.
"우리가 서양인의 자식으로 태어났다면 어떻게 됐을까? 예를 들면, 우리가 프랑스인 자식들이라면! 메틴이 좋아했을까?"
파룩이 말했다.
"아니, 걔는 미국을 원해."
닐귄이 대답했다.
"그러니 메틴?"
"쉿, 말하지 마, 나 잘 거야."
메틴이 말했다.

"메틴 씨, 거기서 자치 마세요, 감기 걸려요."
내가 말했다.
"넌 간섭 마."
"메틴 씨에게도 스프 가져다 드릴까요?"
"아, 레젭! 아, 레젭, 아!"
파룩 씨가 말했다.
"가져와!"
메틴이 말했다.

나는 부엌으로 내려가 그를 위해 스프를 준비했다. 가지고 올라가니 파룩 씨도 긴 의자에 누워 있었다. 천장을 바라보며 닐권과 이야기를 나누며 함께 웃고 있었다. 메틴은 손에 레코드를 들고 바라보고 있었다.

"정말 좋아, 기숙사 친구들처럼."
닐권이 말했다.
"올라가서 안 잘 건가요?"
이렇게 말하고 있는데, 마님이 부르는 소리가 들렸다.

위층으로 올라갔다. 마님을 진정시키고 침대에 눕히는 데 오래 걸렸다. 그녀는 아래로 내려오고 싶어 했고, 나는 복숭아를 갖다 줬다. 방문을 닫고 아래로 내려와 보니, 파룩 씨는 곯아떨어져서, 깊은 곳에서 나오는, 시련을 많이 겪은 노인처럼 이상한 가르랑거리는 소리를 냈다.

"몇 시야?"
닐권이 속삭이듯 물었다.
"3시 반이 되었어요. 아가씨도 여기서 잘 거예요?"

"응."

나는 위층으로 올라갔다. 방마다 돌아다니며 얇은 이불을 들고 아래층으로 가져왔다. 닐귄은 고맙다고 했다. 나는 파룩 씨를 덮어 주었다.

"난 됐어."

메틴은 이렇게 말하며, 텔레비전을 보듯 멍하니 손에 들고 있는 레코드 커버를 바라보았다. 다가가서 보니 아침의 그 레코드였다.

"불 좀 꺼 줘."

닐귄이 별 말을 안 해서 천장에 매달려 있는 전등을 껐다. 하지만 여전히 그들이 보였다. 밖에서 눈에 거슬리는 불빛이 베니션 블라인드 사이로 들어왔기 때문이다. 모든 걸 포기한 것 같은 파룩 씨의 코고는 소리를 보여 주려는 듯 한구석에서 아주 작은 불빛이 삐져 나왔고, 세계가 칠흑 같은 어둠이 아니라면 두려워 할 필요가 없다는 걸 일깨워 주려는 듯 누워 있는 세 남매의 몸 위를 비추는 것 같았다. 저 멀리서가 아니라, 가까운 곳에서, 간간이 끊기지만 단호한 매미 울음소리가 들렸다. 두려워하고 싶지만 두려움을 느끼지 못하는 것 같았다. 가끔 그들 중 하나가 가볍게 움직이는 걸 보았고, 같은 방에서 자는 세 남매의 잠을, 어둠과 평온하고 무력한 코 골음의 이불이 덮어 주어 멋지다고 생각했다. 너는 잠을 잘 때도 혼자가 아니기 때문에. 추운 겨울밤, 이렇게 자더라도 혼자 몸을 떨며 자는 게 아니니까! 위층에 있는 방에, 혹은 옆방에, 너의 바스락거리는 소리를 듣고 너를 기다리는 어머니 또는 아버지 혹은 두 분이 다 있어서 그걸 생각하면 평온한 잠의 새털 속에 파묻히는 것처럼. 그러자 머리에 떠오르는 것이 있었고, 어쩐지 지금 하산은 떨고 있을 거라는 생각이 들었다. 왜 그랬니? 왜 그렇게 했니? 나는 생각했고, 더 많이 생각했고, 가볍게 흔들리는 몸들을 바라보며 이야기들을, 나 자신에게 다시 반복하여 들려주며 잠시 거기에 앉아 있어야지 생각했다. 아니다, 잠시가 아니라, 아침까지 앉아 있어야지, 두려워해야지, 두려움의 따스한 품속에서 잠들어야지, 라고 생각하던 차에 닐귄의 목소리가 들렸다.

"레젭? 아직도 거기 있는 거야?"

"네, 아가씨."

"왜 안 잤어?"

"자려고 했어요."

"빨리 가서 자, 난 아무렇지도 않아."

나는 가서 우유를 조금 마시고 요구르트를 먹은 후 누웠다. 하지만 곧장 잠들지는 않았다. 침대에서 뒤척이며, 그들이, 그곳에서, 위에서, 세 남매가, 같은 방에서 함께 자는 걸 생각했고, 그다음엔 죽는 걸 생각했고, 그다음에는 죽기 전의 셀라하틴 씨를 생각했다. 그는, 아, 내 아들아, 안타깝게도 나는 너와 이스마일의 교육에 신경을 쓰지 못했다, 라고 했다. 시골로 데려가 아버지라며 보여 주었던 그 바보 같은 놈이 너희들을 망쳐 놨구나. 물론 내 잘못도 약간 있단다, 파트마가 너희들을 거기로 보내는 걸 모른 척해 주었단다, 하지만 파트마를 불쾌하게 만들고 싶지 않았다, 내 학문에 필요한 비용을 여전히 파트마가 대고 있으니까, 너희들이 먹는 빵도 그녀에게서 나왔어, 너희들이 겪은 고통도. 내가 가슴 아픈 것은 시골에 있는 그 바보들이 너희들의 이성을 두려움으로 마비시켰다는 거야. 하지만 이제는 안타깝지만 너희들을 교육시켜, 자신의 이성으로 결정을 내릴 자유로운 인간으로 양육할 수 없단다, 너무 늦었어, 어릴 때 교육이 평생을 가기 때문이 아니라 내가 늙어서 오래 못 살 것 같기 때문이란다. 이제는 한 사람 두 사람을 개화시켜 구제하는 것엔 만족할 수 없기 때문이란다. 어둠의 지하 통로를 걷는 수백만의 가련한 무슬림이 있어, 내 책의 빛을 기다리는 수백만 명의 무지하고 가련한 노예들! 하지만 시간이, 아, 정말 너무나 부족하구나! 잘 있어라, 나의 가련하고 조용한 아들아, 마지막으로 네게 충고도 한마디 해 주겠다, 내 말을 잘 들으렴, 레젭. 넓고 자유로운 사람이 되어라, 자기 자신과 자신의 이성만을 믿어라, 알아들었느냐? 나는 아무 말도 하지 않았다, 머리를 끄덕이며 생각했다. 단어들! 낙원의 나무에서 지식의 사과를 따라, 레젭, 두려워 말고 따라, 그러면 어쩌면 고통 속에서 몸부림치겠지만 대신 자유로워진단다, 그리고 모두가 자유로울 때 진정한 낙원을, 진짜 천국을 이 세계에 세우게 될 것이다. 그러면 그 무엇도 두려워하지 않게 될 것이다. 나는 단어들, 이라고 생각했다, 허공에 퍼지자마자 사라지는 소리들, 단어들……. 나는 단어들을 생각하며 잠이 들었다.

  해가 뜬 지 한참이 지나, 누군가 창문을 두드려서 깨어났다. 이스마일이었다! 나는 즉시 문을 열었고, 우리 둘은 죄와 두려움에 싸인 듯 서로를 바라보았다. 잠시 후 이스마일은 울먹이는 목소리로 물었다.

"여기 하산 안 왔지, 그렇지?"

"아니. 들어와, 이스마일."

그는 부엌으로 들어와 뭔가를 깨 버릴 것 같아 주저하는 것처럼 엉거주춤 서 있었다. 우리는 잠시 아무 말도 하지 않았다. 그러다 이번에는 주저하지 않는 듯 물었다.

"걔가 왜 그랬대, 레젭, 들었어?"

나는 아무 말도 하지 않고 안으로 들어가 파자마를 벗고, 셔츠와 바지를 입으면서 그가 하는 말을 듣고 있었다. 혼잣말을 하고 있었다.

"걔가 원하는 건 다 해 줬어. 이발소 조수로 일하기 싫어해서, 알았다고, 그럼 공부하라고 했어. 하지만 공부도 하지 않았어. 그들과 어울린다는 걸 알게 되었지. 사람들이 보고 말해 줬어. 저 멀리 펜딕까지 가서 가게 주인들에게 강제로 돈을 걷는대!"

그런 후 잠시 아무 말도 하지 않았다. 그가 울 거라고 생각했지만 부엌으로 돌아가 보니 울지는 않았다. 그는 주저하며 이렇게 물었다.

"뭐라고들 그래? 위층에 있는 사람들 말이야? 아가씨는 어때?"

"어젯밤엔 괜찮다고 하더군, 지금은 자고 있어. 하지만 병원에 데려가지 않았어. 병원에 데려갔어야 했는데."

이스마일은 기뻐하는 표정이었다.

"어쩌면 병원에 갈 정도는 아닐지도 몰라. 어쩌면 그렇게 많이 때리지 않았을지도 몰라."

나는 잠시 입을 다물었다가 이렇게 말했다.

"내가 봤어, 이스마일, 어떻게 때렸는지를 내가 봤어!"

그는 자신이 그 일을 저지른 듯 부끄러워했고, 나의 작은 의자에 털썩 주저앉았다. 나는 그가 울 거라고 생각했다.

잠시 후 위층에서 달그락거리는 소리가 들려서, 찻물을 올리고 마님 방으로 올라갔다.

"안녕히 주무셨어요? 아침을 아래서 하시겠어요, 아니면 여기서 하시겠어요?"

나는 베니션 블라인드를 열었다.

"여기서. 걔들 좀 불러, 할 말이 있으니."

"모두 자고 있어요."

하지만 아래로 내려갈 때 닐귄이 깨어난 걸 보았다.

"좀 어때요, 아가씨?"

그녀는 빨간색 옷을 입고 있었다.

"아주 좋아요, 아무 탈도 없어요."

하지만 얼굴은 그렇게 말하고 있지 않았다. 한쪽 눈은 완전히 감겨 있었고, 딱지가 앉은 상처도 더 부어올랐고, 보라색이었다.

"곧장 병원에 가세요!"

"오빠 일어났어요?"

나는 아래로 내려갔다. 이스마일은 여전히 그대로 앉아 있었다. 나는 차를 우려냈다. 잠시 후 이스마일이 말했다.

고요한 집

"어제 집에 헌병이 왔어. 아들을 숨기지 말라고 하더군. 내가, 왜 그 아이를 숨깁니까, 정부보다 제가 먼저 벌을 줄 겁니다, 라고 했어."

그는 아무 말 하지 않고, 내가 무슨 말을 하길 기다렸다, 내가 아무 말도 하지 않자 다시 울 것 같은 표정이었지만 울지는 않았다.

"뭐라고들 그래?"

내 대답을 듣지 못하자 담배에 불을 붙였다.

"걜 어디서 찾지?"

나는 빵을 구우려고 자르기 시작했다.

"친구들 말로는 함께 찻집에 간다고 하더군. 그들과 어울려서 이런 짓도 한 거야. 걔는 아무것도 몰라!"

그가 나를 보고 있는 게 느껴졌다. 나는 빵을 잘랐다. 그는 다시 말했다.

"걔는 아무것도 몰라!"

나는 계속 빵을 잘랐다.

위로 올라가니 파룩 씨는 깨어 있었고, 닐권은 쾌활한 표정으로 그의 말을 듣고 있었다.

"이렇게 해서 역사의 천사 품에 안겨 있는 나 자신을 보게 되었어! 자애로운 아주머니처럼 나를 안고 있었지, 그러면서 지금 네게 역사의 비밀을 말해 주마, 라고 했어."

파룩의 말에 닐권은 끽끽거리며 웃었고, 파룩은 계속 말을 이어 갔다.

"대단한 꿈이었어! 나는 두려워서 깨어났지, 하지만 깨어난

게 아니었어. 깨어나고 싶은데 잠의 벼랑으로 떨어지는 것 같았어. 봐, 이 꼬깃꼬깃한 걸, 내 주머니에서 나왔어."

"아, 페스!"

"그래, 페스라니까! 어젯밤에 벨리댄스를 볼 때 관광객들이 쓰고 있던 거야. 내가 뭘 했는지 나도 모르겠어. 조금 전 내 주머니에서 나왔어. 어떻게 내 주머니에 들어가 있을까?"

"아침 식사 지금 드릴까요?"

"응, 레젭."

그들은 이렇게 대답했다.

그들은 상인들과 교통 체증에 붙잡히기 전에 이스탄불로 돌아가려 했다. 나는 부엌으로 내려가 빵을 굽고, 달걀을 삶고, 아침 식사 거리를 꺼냈다. 이 와중에 이스마일이 말했다.

"어쩌면 형은 알 거야. 여기 이러고 있지만, 형은 모든 걸 더 잘 알잖아."

나는 잠시 생각했다.

"네가 아는 것만큼만 알아, 이스마일!"

그러고는 하산이 담배를 피우는 걸 봤다고 말했다. 이스마일은 속았다는 듯 놀라며 나를 쳐다보더니, 희망을 품으며 이렇게 말했다.

"어딜 가겠어? 어느 날 어딘가에서 나타날 거야. 무슨 일이 일어나고 몇 명이 죽는지 사람들은 잊어버리니까."

잠시 입을 다문 후 다시 물었다.

"사람들이 잊을까, 형?"

나는 차를 따라서 그의 앞에 놓았다.

"넌 잊겠니, 이스마일?"

나는 위층으로 올라갔다.

"마님, 다들 일어났어요, 아래에서 마님을 기다리고 있어요. 자, 아래로 내려가요, 마지막으로 그들과 함께 아침을 드세요."

"걔들을 불러! 말해 줄 것이 있으니까, 그들이 너의 거짓말에 속아 넘어가는 건 원하지 않아."

나는 아무 말도 하지 않고 아래로 내려갔다. 식탁을 차리고 있는데, 메틴이 일어났다. 파룩과 닐귄은 웃고 있었고, 메틴은 조용히 앉아 있었다. 부엌으로 내려가자 이스마일이 말했다.

"하산이 이틀 밤이나 집에 오지 않았어, 알고 있어?"

그는 나를 주의 깊게 바라보았다.

"몰라. 비 오는 밤에도 집에 안 왔어?"

"안 왔어. 지붕이 새서 사방이 홍수였어, 우린 밤새 안 자고 기다렸지만 오지 않았어."

"비가 와서 어디 들어가 있었겠지."

그는 나를 더 주의 깊게 바라보았다.

"여기 안 왔어?"

"안 왔어, 이스마일!"

이렇게 말했지만 나중에 생각해 보니 불이 켜져 있던 화덕이 떠올랐다.

나는 차와 빵과 달걀을 위로 가지고 갔다.

"우유도 줄까요, 닐귄 아씨?"

"아니."

묻지 말고 우유를 끓여 닐귄 앞에 놓아 줄걸 그랬다는 생각이 들었다. 부엌으로 내려와 이스마일에게 말했다.

"차 좀 마시지그래, 이스마일."

나는 그 앞에 아침거리를 놓고 빵도 잘랐다.

"말했어, 형?"

나는 대답하지 않았고, 그는 약간 부끄러워하는 듯, 사죄를 하는 듯 조용히 아침을 먹기 시작했다. 마님의 쟁반을 가지고 올라갔다.

"왜 올라오지들 않아? 내가 부른다고 말하지 않았어?"

"말했어요, 마님, 지금 아침을 먹고 있으니까, 가기 전엔 당연히 와서 마님 손등에 입을 맞출 거예요."

그녀는 갑자기 교활할 정도로 민첩하게 머리를 베개에서 들었다.

"어젯밤에 그들에게 뭘 설명했어? 빨리 말해 거짓말하지 말고!"

"제가 그들에게 뭘 설명하길 바라시는지 도무지 모르겠어요!"

그녀는 대답하지 않고 역겨운 표정을 지었다. 나는 쟁반을 두고 아래로 내려왔다.

"공책을 찾았으면 좋겠는데."

파룩이 말했다.

"마지막으로 어디서 봤어?"

"자동차 안에서. 그다음에 메틴이 차를 가지고 나갔는데, 못 봤다고 하는군."

"못 봤어?"

닐권이 이렇게 묻고, 파룩과 그녀가 동시에 메틴을 바라봤지만 그는 대답하지 않았다. 매를 맞은 아이처럼 풀이 죽어 앉아 있었다. 매는 맞았지만, 우는 것마저 허락받지 못한 아이처럼. 손에는 빵이 들려 있었지만 그것이 빵인지조차 모르는 것처럼 한동안 멍하니 바라본 후, 노망난 노인처럼, 어렵사리 자신을 기억해 내고는 빵에 버터와 잼을 발랐고, 그것이 자신이 먹던 빵 조각과 같은 것이라는 사실과, 지나가 버린 아름다운 시간을 기억하기 위해서인 듯 갑자기 희망에 차 빵을 깨물었다. 하지만 곧 승리의 희망을 잊고, 입에 든 빵도 잊은 듯, 턱 사이에 자갈을 물고 있는 듯, 그렇게 꼼짝 않고 있었다. 나는 그를 보며 생각하고 있었다.

"메틴, 너한테 묻고 있잖아!"

닐권이 소리 질렀다.

"형 공책 못 봤어."

나는 아래로 내려왔고, 이스마일은 담배를 한 대 더 피우고 있었다. 그가 남긴 빵으로 나도 아침을 먹으려고 앉았다. 이스마일과 얘기는 나누지 않았다. 부엌 안으로, 우리의 절망적인 손 위로 햇빛이 비치고 있었다. 그가 울 것 같아서 무슨 말이든 해야겠다고 생각했다.

"복권 추첨 언제 해, 이스마일?"

"어젯밤에 했어!"

이후 긴 소음이 들렸다. 네브자트의 오토바이가 지나갔다.

"나 이제 일어나 볼게."

이스마일이 말했다.

"앉아, 어딜 갈 거야? 쟤들 가면 얘기 좀 하자."

그는 앉았다. 나는 위로 올라갔다.

파룩 씨는 아침을 다 먹고 담배를 피우고 있었다.

"관용을 베푸는 셈치고, 우리 할머니를 좀 좋게 봐 줘, 레젭! 우리가 가끔 전화할게. 여름이 끝날 때까지 꼭 한 번 더 올게."

파룩이 말했다.

"기다릴게요."

"할머니에게, 신이여 보호하소서, 무슨 일이 생기면 곧장 전화 줘. 다른 것도 필요하면 물론 연락 주고. 하지만 넌 전화가 익숙하지 않지, 그렇지?"

"먼저 병원에 가실 거지요, 그렇지요? 지금 바로 일어나지 마세요, 차 한 잔씩 드릴게요."

"그러지."

나는 아래로 내려갔다. 차를 따라서 가져다주었다. 닐권과 파룩은 벌써 얘기를 나누고 있었다.

"내가 너한테 카드 뭉치 이론에 대해 말한 적 있어?"

"있어. 머리를 호두에 비유했고, 그걸 깨고 안을 들여다 보면 주름들 사이에 역사의 벌레들이 있을 거라고도 했지. 나도 오빠한테 그 모든 게 허튼소리라고 했고. 하지만 재미있기는 했어······."

"맞아, 모두 재미있고 허튼 이야기지."

"그렇지 않아, 이 사건이 괜히 내게 일어난 건 아냐."

"전쟁, 약탈, 살인, 파샤, 강간······."

"모든 일에는 다 그럴 만한 이유가 있어."

"사기꾼, 흑사병, 상인, 싸움…… 삶……."

"이 모든 것에는 원인이 있다는 걸 오빠도 알잖아."

"내가 알고 있나?"

파룩은 이렇게 말하고는 입을 다물고 있다가 한숨을 내쉬었다.

"아, 재미있고, 허튼 이야기들!"

"속이 메스꺼워."

닐귄이 말했다.

"이제 가자!"

메틴이 말했다.

"넌 왜 좀 더 있다 가지, 메틴? 바다에도 들어가고. 이스탄불에서 뭘 할 건데?"

파룩이 물었다.

"형과 누나가 게으르기 때문에 내가 돈을 벌어야 하거든! 시간당 250리라를 받고 이모 집에서 여름 내내 과외를 할 거야. 알았어?"

"난 니가 무서워!"

파룩이 말했다.

나는 부엌으로 내려갔다. 닐귄의 속을 좋게 해 줄 게 뭐가 있을까 생각했다. 이스마일이 갑자기 일어났다.

"나 갈게. 하산이 돌아다니다가 결국에는 집으로 오겠지, 그렇지, 레젭 형?"

"올 거야! 어딜 가겠어, 올 거야, 이스마일, 앉아 있어."

그는 앉지 않았다.

"위에서 그들이 뭐라 그래? 올라가서 사과할까?"

나는 놀라서 잠시 생각했다.

"앉아, 이스마일, 가지 마."

이런 말을 하던 차에 위에서 소리가 들려왔다. 천장을 치고 있었다, 마님의 지팡이가. 너 기억나? 우리는 잠시 머리를 들어 위를 쳐다보았다. 잠시 후 이스마일이 앉았다. 지팡이를 몇 번 더 쳤다, 이스마일의 머리를 치듯. 그런 후 우리는 차갑고, 메마르고, 한 번도 질리지 않는 늙은 목소리를 들었다.

"레젭, 레젭, 아래에 무슨 일 있어?"

나는 위로 올라갔다.

"아무 일도 없어요, 마님."

이렇게 말하고 그녀의 방으로 들어가 침대에 눕혔다. 이제 그들이 올라올 거라고 했다. 그들의 가방을 차에 실을까, 생각했다. 닐귄의 가방을 들고 천천히 아래로 날랐다. 가방을 내리고 있는데 닐귄이, 왜 니가 가방을 날라? 라고 할 거라고 생각했다. 하지만 긴 의자에 누워 있는 걸 보자마자 속이 메스껍다고 말한 걸 잊어버렸다는 것이 생각났다. 전혀 잊고 싶지 않았는데 잊어버린 것 같았다. 그와 동시에 그녀가 토하는 걸 봤기 때문이다. 나는 가방을 들고 서 있었고, 메틴과 파룩은 놀라서 바라보았다. 갑자기 닐귄이 아무 소리도 내지 않고 머리를 옆으로 돌렸다. 입에서 흘러나오는 걸 보고는 어쩐 일인지 달걀이 떠올랐다. 닐귄이 토하고 있을 때, 나는 그녀의 속을 풀어 줄 것들을 찾아 다급하게 부엌으로 뛰어 내려갔다. 오늘 아침에 우유를 주지 않았기 때문이라고 생각했다, 바보 같은 나 때문에. 하지만 나는 우유도 집어 들지 않았다. 무슨 말인가를 하는 이스마일을 넋을 잃고 멍하게 바라보았다. 잠시 후 기억을 떠올리고 달려갔다. 다시 위로 올라갔을 때 닐권은 죽어 있었다. 그들은 그녀가 죽었다고 말하지 않았다, 내가 그녀를 보고 죽은 걸 알았다, 하지만 죽음이라는 말을 아무에게도 하지 않았다. 퍼런 얼굴을, 어둡고 편안한 입을, 쉬고 있는 소녀의 입과 얼굴을, 그녀를 피곤하게 만들고, 경솔하게 행동했다는 죄책감 어린 눈빛으로 서로를 바라보았다. 십 분 후, 메틴이 자동차로 데려온 케말 씨의 부인인 약사가 죽음이라는 말을 했다. 뇌내출혈이라고 했다. 그래도 어쩌면 그녀가 일어나 걸을 거라는 생각에 우리는 한동안 희망을 가지고 닐권을 바라보았다.

31

바보 같은 고슴도치가 작고 우스운 코를 가시 속에서 내밀면 조금 장난을 칠까 하는 마음에, 덮어 놓은 페인트 통을 들추고 잠시 조용히 기다렸다. 하지만 코를 내밀지 않았다. 정신을 차린 모양이다. 조금 더 기다리다 지루해져서, 가시 하나를 조심스럽게 잡아 고슴도치를 공중으로 들어 올렸다. 아프냐, 지금 응? 갑자기 놓아 버리자 뚝, 하고 바닥에 떨어져 뒤집어졌다. 이 바보 같은 고슴도치 정말 가련하군, 니가 불쌍해, 역겨워, 질렸어.

7시 반이 되었다. 하루 종일 여기 숨어 있었다. 한밤중에 발견한 고슴도치를 가지고 여섯 시간을 보내고 있다. 옛날에는 고슴도치가 정말 많았다, 여기, 아래에, 우리 동네에, 밤마다 바스락바스락 소리를 내며 정원으로 들어왔다. 어머니와 나는 그 소리를 금세 알아챘고, 어둠 속에서 그것들 눈앞에 성냥

불을 켜면 깜짝 놀라 가만히 있었다, 바보들! 몸 위로 양동이를 덮어 아침까지 인질로 삼을 수 있다. 놈들이 모두 가 버리고, 이제 한 마리만 남아 있었다. 가장 마지막까지 남아 어리둥절한 고슴도치, 네가 지켜워. 담뱃불을 붙일 때 불을 지르고 싶었다, 고슴도치뿐 아니라, 이 모든 것들, 체리 밭, 올리브 나무 모두에! 모두에게 멋진 안녕이 될 것이다. 하지만 그럴 가치가 없다고 생각했다. 발로 고슴도치를 뒤집었다, 뭘 하든 하라지 뭐. 배고픔을 잊게 해 줄 담배를 입에 물고 나는 간다, 지금.

내 물건들을 챙겨야지 생각했다. 일곱 개비가 남은 담뱃갑, 빗 두 개, 성냥, 페인트 통은 바보 같은 고슴도치 옆에 두었지만, 파룩 씨의 역사 공책은 챙겼다. 별 쓸모가 없다 하더라도 공책을 들고 있는 사람은 덜 의심할 거라고 생각했기 때문이다. 물론 나를 중요하게 여기고 내 뒤를 쫓을 경우를 대비해. 가기 전에 마지막으로 한 번 더 봐야지, 이곳을, 아몬드와 무화과 나무 사이에 있는 나만의 옛 아지트를. 어렸을 때도 여기 오곤 했다. 집에 있는 게 지루하고, 모든 게 지루하게 느껴질 때마다. 마지막으로 한 번 보고, 길을 나섰다.

오솔길을 지나고 이번에는 멀리 보이는 우리 집과 아랫마을을 마지막으로 한 번 봐야지. 그래요, 아버지, 안녕히 계세요, 그날이 와서 내가 성공해서 돌아왔을 때, 어차피 신문에서 읽어 알고 계시겠지만, 그땐 내게 얼마나 잘못 대해 주었는지 알게 될 겁니다. 나는 시시한 이발사나 될 사람이 아닙니다. 안녕, 엄마, 무엇보다도 먼저 엄마를 인색한 복권 장수에게서 구해 줄게요. 그런 후 그 죄인들의 화려하고 의미 없는 벽과 지붕을 보았다. 당신 집은 여기서 보이지 않아, 닐귄, 벌써 경찰에 고발했지, 그렇지, 이만 안녕!

묘지에서는 멈추지 않고, 우연히 지나가다 비석들을 읽듯이 무심하게 읽었다. 궬 그리고 도안 그리고 셀라하틴 다르븐오울루, 라고 쓰여 있었다. 고인의 명복을 빌며. 어쩐지 나 자신이 무척 외롭고, 죄를 지은 것 같고, 절망적으로 느껴져 눈물이 날 것 같아 빨리 걸었다.

누군가 잘난 척하는 놈이 날 알아보고, 내가 저지른 짓을 알고 있을 것 같아, 월요일 아침 서로를 속이기 위해 경쟁하듯 이스탄불로 차를 몰고 가는 사람들이 들끓는 아스팔트 길로 내려가지 않았다. 텃밭과 과수원으로 들어갔다. 체리와 앵두를 집적거리던 까마귀들은 내가 다가가자 죄라도 지은 듯 솟구쳐 날아올라 도망쳤다. 아타튀르크도 한때 동생과 함께 까마귀를 쫓았다는 걸 아세요, 아버지? 어제 한밤중에 온갖 용기를 다 짜내어 집으로 가서 창문으로 들여다보았다. 전기불이 전부 켜져 있었다, 아무도, 낭비야, 꺼, 라고 하지 않았다. 아버지는 머리를 두 손으로 감싼 채, 우는지, 혼잣말을 하는지 멀리서는 확실히 알 수 없었다. 그때서야 누군가 아버지에게 소식을 전해주었군, 하고 생각했다. 어쩌면 헌병도 왔겠네. 아버지의 그 모습이 다시 떠오르자 그가 가여워져 죄책감마저 들 뻔했다.

저 아랫마을에서 건달들이 지나는 사람들을 바라보며, 누가 누구인지, 누가 뭘 하는지 궁금해하며 모여 있어서, 나는 그곳을 지나가지 않았다. 지난 밤 메틴의 자동차가 서 있던 곳에서 아스팔트 길을 벗어나 텃밭 아래로 내려갔다. 기찻길로 내려가 정거장을 향해 농업학교를 따라 걸었다. 아버지는, 학교에서 배우지 않는 문제가 입학시험에 안 나온다면, 집에서 가깝다는 이유로 나를 이 학교로 보내려 했을 것이고, 나는 내년이면 졸업장을 받고 정원사가 될 터였다. 아버지는, 졸업장이 있으면 정원사가 아니라 공직이라고 했다, 그렇다, 넥타이를 매고 있으니까. 하지만 내 생각에는 그저 넥타이를 맨 정원사일 뿐이다. 이들은 여름에도 수업을 받는다. 잠시 후 수업 벨이 울리고, 선생님 앞으로 뛰어가면, 그는 실험실에서 토마토에 씨가 있다는 걸 보여 줄 것이다. 여드름이 나고 욕정에 시달리는 가련한 놈들! 이런 걸 생각할수록 그 여자애가 내 앞에 나타난 게 아주 흡족하다. 만약 그 여자애가 이런 일이 생기도록 하지 않았다면 어쩌면 나도 넥타이를 맨 정원사가 되거나 이발소 주인이 되는 데 만족했을 것이다. 물론 이발소 조수에서 기술자로 거듭나기 위해서는 십 년 동안 아버지뿐 아니라, 이발사의 잔소리도 참아 내야 할 것이다. 기다려야만 한다는 얘기다!

　전선 공장이 있는 곳에 노동자들이 서 있다. 기차가 지나갈 때 차가 지나가지 못하도록 만들어 놓은, 붉은색과 하얀색을 칠해 놓은 차단기 앞에서 기다리고들 있었다. 그들은 그곳이 아니라 옆에 있는 작은 문으로 얌전히 안으로 들어갔다. 경비 초소에서 들고 있던 카드를 어딘가에 넣었다 뺄 때, 경비는 노동자들을 간수처럼 바라보았다. 공장도 사방이 철조망으로 둘러쳐져 있었다. 그렇다, 공장이라는 곳은 사실 현대적인 감옥이며, 기계들 좋으라고 아침 8시부터 저녁 5시까지 가련한 노예들이 인생을 허비하고 있다. 아버지가 영향력 있는 사람만 알았다면 공부는 안 해도 된다고 당장 결정을 내리고, 나를 이 노동자들 사이에 끼워 넣었을 것이다. 내가 평생을 이 감옥의 기계 앞에서 보낼 거라 생각하면서, 아버지는 내 아들이 먹고살 직장이 있다고 기뻐했을 것이다. 공장이라는 이 감옥의 창고에다, 우리 측 사람들은 공산주의자들에게 어떻게 할지를 빈 드럼통에 써 놓았다.

공장 선착장에 있는 배에서 기중기가 짐을 들어 올리는 걸 바라보았다. 아주 거대한 짐이었다. 허공에서 움직이는 것이 너무나 이상했다. 이 배는 짐을 내린 후 미지의 어딘가로 갈 것이다! 그곳에 멈춰 선 채 조금 더 배를 구경했다. 하지만 잠시 후 맞은편에서 오는 노동자들이 보였고 그들이 나를 할 일 없이 배회하는 사람으로 생각할 것 같았다. 영향력 있는 사람에게 줄을 대서 일자리를 구했다고 그들이 나보다 우월하다고 생각하는 게 싫었다. 그들 옆을 지나면서 쳐다봤다. 별 차이도 없었다. 나보다 조금 나이가 많고 옷이 깨끗할 뿐이었다. 내 운동화에 진흙이 묻어 있지 않았다면 내가 그저 배회하고 있다는 걸 알아챌 수도 없을 것이다.

여기 있는 우물을 잊어버렸던 것 같다. 먼저 맘껏 물을 마셨다. 굶주린 배에 좋지는 않았지만 나쁘진 않다. 신발에 묻은 진흙도 닦았다. 저주스러운 붉은 진흙이 내 신발에서 없어지고, 과거의 역겨운 때가 사라지도록 애를 쓰고 있는데 누군가 다가왔다.

"잠깐 물 좀 마십시다!"

나는 물러섰다. 노동자일 것이다. 그는 이 더위에 재킷을 입고 있었다. 재킷을 벗고는 세심하게 개어 한구석에 놓았다. 그런 후 물은 마시지 않고 코를 풀기 시작했다. 약삭빠른 사람이 되면 직장을 얻을 뿐 아니라 다른 사람의 차례를 뺏으려고 물을 마시는 대신 코를 풀 수도 있구나. 이 사람은 중등교육 졸업장이 있을까? 재킷 주머니에 있는 지갑이 보였다. 그는 여전히 코를 풀고 있었다. 나는 화가 나서 재킷 주머니에서 지갑을 집어 내 바지 뒷주머니에 넣고 말았다. 그는 보고 있지 않았다, 여전히 코를 풀고 있었다. 잠시 후 내게 실례가 되지 않도록 물을 마시는 척했다.

"이제 그만하세요, 저도 일이 있어요."

내가 이렇게 말하자 그는 물러섰다. 그런 후, 가쁜 숨을 들이쉬며 "고마워."라고 했다. 재킷을 집어 들어 입었지만 지갑이 없어진 건 알아채지 못했다. 내가 침착하게 운동화를 씻고 있을 때 그는 공장을 향해 걸어갔다. 돌아보지도 않았다. 운동화에 묻은 진흙을 꽤 깨끗하게 씻어 냈을 즈음에는 시야에서 사라지고 없었다. 나도 종종걸음으로 다른 쪽으로, 역이 있는 쪽으로 걸었다. 더위 때문에 귀뚜라미가 울기 시작했다. 내 뒤로 기차가 왔고, 월요일 아침, 직장으로 가는 사람들이 빽빽하게 늘어선 채 나를 보며 지나갔다. 이 기차를 그냥 보내고 다른 기차를 타야겠다.

기차역의 콘크리트 길로 올라갔다. 다른 사람들처럼, 그러니까 볼 일이 있는 사람처럼, 공책을 들고 멍하니 걸어가면서,

헌병들은 쳐다보지도 않고 곧장 간이식당으로 갔다.
"치즈 토스트 세 개 주세요!"
진열장 쪽으로 손이 나왔고, 먼저 치즈를 바깥으로 삐져나오게 빵 사이에 넣었다. 치즈를 바깥으로 나오게 해서 진열장에 놓아야, 토스트가 치즈로 꽉 찬 것처럼 보이기 때문이다. 모두들 약삭빠르다, 그리고 나보다 약삭빠르기 때문에 대단한 사람이라도 된 것처럼 느끼고 있다. 다 좋은데, 내가 당신들이 생각하는 멍청이가 아니라면, 혹은 당신들보다 더 약삭빠르다면, 혹은 내가 모든 게임을 수포로 돌아가게 한다면 어쩔 건데!
"면도날과 강력 접착제 주세요."
나는 이렇게 말하고 간이식당 대리석 위에 100리라를 꺼내 놓았다.
간이식당 주인이 거스름돈과 함께 건네주는 물건을 받아서 나왔다. 역시 헌병들을 쳐다보지 않았다. 이 역의 화장실은 콘크리트 길 끝에 있다. 코를 찌르는 고약한 냄새가 난다. 문을 안에서 걸어 잠근 후 바지 뒷주머니에서 지갑을 꺼내 봤다. 그 약삭빠른 노동자는 1,000리라 한 장과, 500리라 두 장 그리고 잔돈까지 모두 2,125리라를 가지고 있었다. 다른 쪽 칸에는 추측했던 대로 신분증이 있었다. 사회보험증이었다. 이름은 이브라힘, 성은 셰네르, 아버지 이름은 페브지, 어머니 이름은 카메르, 트라브존 시, 쉬르메네 구 등등. 좋아, 나는 전부 몇 번이나 읽고 외웠다. 그런 후 호주머니에서 학생증을 꺼내 벽에 대고, 내 사진을 면도날로 조심스럽게 잘랐다. 손톱 가장자리

고요한 집

로 사진 뒤에 있는 딱딱한 종이를 벗겨 냈다. 그런 후 이브라힘 셰네르의 사진을 보험증에서 떼어 냈고, 강력 접착제로 그 자리에 내 사진을 붙이자 이제 이브라힘 셰네르가 되었다. 이렇게나 쉬운 거라니. 이브라힘 셰네르의 보험증을 내 주머니에 넣었다, 내 지갑도. 그리고 화장실에서 나와 간이식당으로 갔다.

    토스트가 준비되어 있었다. 하루 동안 버찌와 설익은 토마토만 위 속에 들어갔던 터라 맛있게 먹었다. 아이란*도 한 잔 마셨다. 다른 걸 뭘 먹을까 하며 살펴봤다, 주머니에 돈이 많으니까. 비스킷과 초콜릿이 있지만 마음에 드는 것이 없었다. 그래서 토스트를 한 개 더 주문했다, 잘 구워 달라고 했다, 식당 주인은 아무 말도 하지 않았다. 나는 어깨를 간이식당 카운터에 기대고 역에서 약간 등을 돌리고 있었다. 마음이 아주 편했고, 아무것도 고민하지 않았다. 단지 한 번 몸을 돌려 기찻길에서 누군가 오지 않는지 우물이 있는 쪽을 바라봤지만 아무도 오지 않았다. 그 약삭빠른 노동자는 자신이 영리하다고 생각하겠지만, 자신의 지갑이 도난당한 걸 모르고 있다. 어쩌면 알아챘겠지만 가져간 사람이 나라는 건 생각하지 못할 수도 있다. 식당 주인이 토스트를 줄 때 신문을 한 부 달라고 했다.

    "《휘리예트》!"

    신문을 받아서 벤치로 가서 아무도 신경 쓰지 않고 앉았다.

---

* 요구르트를 희석한 터키 전통 음료.

토스트를 먹으면서 읽었다.

먼저 어제 몇 명이 죽임을 당했는지 봤다. 카르스에서, 이즈미르에서, 안탈리아에서, 앙카라 발가트에서……. 이스탄불을 건너뛰고 마지막을 봤다. 우리 측에서 열두 명, 그들 측에서는 열여섯 명이 죽었다. 이스탄불의 상황을 봤지만 죽임을 당한 사람은 아무도 없었다, 이즈미트는 이름도 나오지 않았다. 그런 후 흥분하며 진정 두려워하던 곳을 봤다. 빠르게 읽어 내려갔지만 부상당한 사람들 사이에 닐귄 다르븐오울루는 없었다. 처음부터 끝까지 다시 읽었다, 없었다, 그렇다. 어쩌면 이 신문에 나오지 않았을 거라는 생각이 들어 《밀리예트》*를 샀다. 그 신문에도 부상당한 사람들 중에 그녀의 이름은 없었다. 어차피 부상당한 사람들의 이름은 나오지만 그들에게 상처를 입힌 사람이 누구인지는 쓰지 않는다. 중요하지 않다, 내 이름을 신문에서 보는 데 관심이 있다면, 창녀가 되든지 축구 선수가 됐을 것이다.

그런 후 정신없이 신문을 접고 안으로 들어가 매표소로 향했다. 어디로 갈지는 알고 있었다.

"위스퀴다르 한 장!"

"기차는 위스퀴다르에 가지 않아! 마지막 역은 하이다르파샤야!"

매표원이 잘난 척하며 말했다.

"알아요, 알아요, 하이다르파샤 줘요."

---

* '민족'이라는 의미로, 터키 대표 일간지 중 하나.

고요한 집

그래도 그는 주지 않았다. 빌어먹을 놈. 이번에는 "어른, 아니면 학생?" 하고 물었다.

"이제는 학생 아니에요, 내 이름은 이브라힘 셰네르예요."

"니 이름이 나하고 무슨 상관인데!"

이렇게 말했지만 내 얼굴을 보고는 겁이 났는지 입을 다물고 표를 건넸다.

화가 났다. 나는 그 누구도 두렵지 않다. 밖으로 나와 보니, 기찻길 끝에서 오가는 사람은 없었다. 조금 전에 내가 앉았던 벤치에는 다른 약삭빠른 사람들이 앉아 있었다. 가서 일어나라고 할까, 조금 전엔 내가 여기 앉아 있었습니다, 라고 할까 생각했다. 하지만 그럴 필요가 없다, 기차를 기다리던 사람들이 한꺼번에 나한테 덤빌 수 있다. 앉을 다른 곳이 있나 둘러보다 갑자기 겁이 덜컥 났다. 헌병들이 나를 보고 있었기 때문이다.

"시계 있어요?"

헌병 하나가 물었다.

"저요? 있어요, 저, 시계."

"몇 신가요?"

"시간요? 8시 5분을 지나고 있어요."

그들은 다른 말은 하지 않고 자기들끼리 얘기를 하며 갔다. 나도 내 갈 길을 갔다, 하지만 어디로 갈 것인가? 어쨌든 빈 벤치가 있어 가서 앉았다. 아침에 직장으로 가는 사람처럼 나도 담배에 불을 붙이고 신문을 펼쳐 멍하니 읽었다. 국내 소식을 다 읽은 후, 식솔을 거느린 책임감이 있는 남자들처럼 주의 깊게 읽어 갔다. 브레즈네프와 카터가 터키를 나누려고 비밀리에 협정을 맺었다면, 뭐든 할 거라고 생각했다. 그들이 교황을 터키에 보낼 수도 있어, 라고 생각하던 차에 누군가 옆에 앉아서 겁이 났다.

신문을 내리지 않고 곁눈으로 그를 봤다. 손이 커다랗고 쭈글쭈글했으며 손가락도 두꺼웠다. 나보다 더 낡은 바지를 입고 있었고, 피곤해 보였다. 얼굴을 보니 이해가 갔다. 혹사당한 가련하고 늙은 노동자. 그가 불쌍했다. 몇 년 후에 그가 죽지 않고, 그대로 은퇴를 한다면 그 삶도 헛되이 보낸 셈이 될 것이다, 하지만 그는 그렇게 생각하지 않는 것 같았다, 전혀 불만스러워 보이지 않았다. 오히려 즐겁다고 할 수 있는 표정으로 다른 쪽에서 기다리는 사람들을 멍하니 바라보고 있었다. 뭔가 생각하는 것이 있나, 라는 의심이 들었다. 어쩌면 그들과 짜고 모두들, 역에서 기다리는 모든 사람들이 내게 장난을 치고 있는지도 모른다. 소름이 끼쳤다. 하지만 늙은 노동자가 갑자기 거하게 하품을 하는 걸 보고는 그가 멍청한 놈이라는 것을 알게 되었다. 내가 뭘 두려워하는데, 그들이 날 두려워해야지. 이런 생각을 하자 마음이 편해졌다.

그러자 그에게 모든 걸 설명할 수도 있겠다는 생각이 들었다. 어쩌면 이 사람은 아버지를 알지도 모른다. 아버지는 여기저기 많이 돌아다니니까, 그래, 나는 절름발이 복권 장수 아들입니다, 이제 이스탄불로 갑니다, 위스퀴다르로. 닐귄, 우리 쪽 아이들, 그들이 나를 어떻게 생각하는지도 설명할 수 있을 것 같았다. 하지만 내 손에 들려 있는 신문은 그 사건을 다

루고 있지 않다, 이 모든 것이 우리를 속이려는 사람들 때문에 일어났다는 생각도 들었다, 하지만 어느 날 내가, 그 술수를 허사로 만들어 줄 것이다, 그렇다, 지금은 내가 할 일이 무엇인지 잘 모른다, 하지만 모두를 놀라게 할 거라는 건 확실하다, 이해하겠어, 당신? 그러면 내가 들고 있는 이 신문에도 기사가 날 것이고, 기차를 기다리는 사람들, 매일 아침 출근할 직장이 있어 행복한 사람들, 세상이 어떻게 돌아가는지 모르는 사람들도 알게 될 것이다, 약간은 놀랄 것이고, 나를 두려워할지도 모른다, 우리가 몰랐구나, 모든 것이 헛되다는 걸 우리가 깨닫지 못했구나, 라고 생각할 것이다. 그날이 오면, 신문뿐 아니라, 텔레비전도 나에 대해 언급할 것이고, 사람들은 알게 될 것이다. 당신들 모두 알게 될 것이다.

생각에 빠져 있던 차에 기차가 왔다. 서두르지 않고 들고 있던 신문을 접고는 느긋하게 자리에서 일어났다. 그런 후 파룩이 손으로 쓴 공책을 보고는 조금 읽었다! 허튼소리들! 역사는 노예들을 위한 것이다, 이야기는 게으른 사람들을 위한 것이고, 동화는 멍청한 아이들을 위한 것이다, 역사는 바보들, 가련한 사람들, 겁쟁이들을 위한 것이다! 공책을 찢어 버릴 가치도 느끼지 않아 벤치 옆에 있는 쓰레기통에 던져 버렸다. 그런 후 자신의 행동은 생각하지 않는 사람들처럼, 모든 사람들처럼, 조금도 개의치 않고 담배를 바닥에 던졌다, 당신들처럼, 담배꽁초를 아무 생각 없이 발로 짓이겼다. 객차 문이 열렸다. 객차 안에서 나를 바라보는 수백 개의 머리들. 아침에 출근을 하고, 저녁때 귀가하는 가련한 사람들, 그들은 모른다, 모르고 있다! 하지만 배우게 될 것이다! 내가 가르쳐 줄 것이다, 하지만 지금은 아니다, 지금, 좋다, 나도 일터가 있고, 아침에 출근하는 당신들처럼, 여러분 모두처럼, 봐라, 북적거리는 기차를 타고 있다. 당신들 사이로 들어간다.

객차 안은 들썩이는 사람들의 체온으로 습기 차고 따스했다! 나를 두려워하라, 이제는 두려워하라!

32

 나는 침대에 누워 기다리고 있었다. 그들이 이스탄불로 돌아가기 전에 내 손등에 입을 맞추도록. 잠시 후 내 손등에 입을 맞출 때 나와 이야기를 나눌 것이고, 내 말을 들을 거라고 생각하며 머리를 베개에 대고 기다리고 있다가 갑자기 놀랐다. 아래층에서 들려오던 모든 소리가 갑자기 뚝 끊겼던 것이다. 이 방에서 저 방으로 지나는 발소리가 들리지 않았고, 문을 닫고 창문을 여는 달그락거리는 소리도 들리지 않았다, 계단에서, 천장에서, 메아리치는 대화 소리도 전혀 들리지 않았다. 나는 겁이 났다.
 침대에서 일어나, 지팡이를 들고 바닥을 몇 번 쳤다. 하지만 음흉한 난쟁이는 둔하다. 몇 번 더 지팡이로 바닥을 치면 다른 사람들에게 창피해서 못 들은 척하지는 못할 거라 생각하며 천천히 방에서 나갔다. 계단 앞에 서서 똑같이 한 번 더 했다.

"레젭, 레젭, 빨리 올라와!"

아래층에서는 아무 응답이 없다.

"레젭, 레젭, 너한테 말하고 있잖아!"

저 정적은 정말 이상하고 두렵군. 서둘러 방으로 돌아갔다. 다리가 추웠다. 창문으로 가서 베니션 블라인드를 열고 아래를 내려다봤다. 정원에서 누군가가 다급하게 차로 뛰어갔다. 메틴이었다. 차에 타고, 하느님, 나를 복잡한 생각들과 남겨 놓고, 나갔다. 아래를 내다보며 두렵고 불길한 생각에 잠겼다. 하지만 얼마 걸리지 않았다. 잠시 후 메틴이 나갔던 것만큼 빨리 돌아와 나를 놀라게 했다. 메틴과 함께 어떤 여자가 차에서 내렸고 함께 안으로 들어갔다. 손에 들려 있는 가방과 긴 스카프를 보고 그녀를 알아봤다. 약사였다. 내가 아프다고 했을 때, 남자들에게 더 잘 어울리는 그 커다란 가방을 들고 우리 집에 오곤 했다. 내 호감을 사려고, 끔찍한 주사를 내 몸에 편히 꽂기 위해 미소를 지으며 감언이설을 쏟아 냈다. 파트마 부인, 열이 있군요, 괜한 일에 심장을 지치게 하는군요, 부인께 페니실린 주사를 놓을게요, 그러면 편해지실 거예요, 왜 꺼리시나요, 부인께서도 의사 남편을 두셨잖아요, 여기 있는 사람들 모두 부인이 좋아지길 바라고 있어요. 무엇보다도 이 말이 의심스러웠다, 그리고 결국 내가 소리 죽여 흐느끼자 열이 나는 나를 남겨 두고 모두 꺼져 버렸다. 그러면 나는 생각했다. 그들은 너의 생각에 해를 끼칠 수 없기 때문에 네 몸에 해를 끼치려 하는 거야, 파트마, 조심해.

나는 촉각을 곤두세운 채, 두려워하며 기다렸다. 하지만 아무 일도 일어나지 않았다. 기다렸던 발소리가 계단을 올라오지 않았고, 아래는 여전히 정적에 싸여 있었다. 잠시 후 부엌 문 앞에서 달그락거리는 소리가 들려서 나는 다시 창문으로 뛰어갔다. 약사 부인이 가방을 들고 이번에는 혼자 돌아갔다. 이 아름다운 여자는 이상한 걸음걸이로 정원을 지나갔다, 젊고 생기 있다. 잠자코 계속 바라보다가 호기심이 생겼다. 대문까지 몇 걸음을 남겨 두고 갑자기 멈추더니 들고 있던 가방을 바닥에 내려놓고, 급하게 무언가를 꺼냈다. 커다란 손수건이었다. 손수건으로 코를 닦으며 울기 시작했다. 그 아름다운 여인이 안쓰러웠다, 말해, 너한테 무슨 짓을 했니, 내게 말해 봐. 하지만 그녀는 추스르고 손수건을 마지막으로 한 번 더 눈에 갖다 댄 후 가방을 들고 걸어갔다. 대문을 나가다 돌아서서 한 번 더 우리 집을 쳐다보았다. 하지만 나를 보지는 못했다.

 나는 호기심에 싸여 창문 앞에 서 있었다. 잠시 후 호기심을 누를 수 없게 되자 그들에게 화가 났다. 가, 이제, 가, 내 생각 속에서 나가, 나를 혼자 있게 해 줘! 하지만 그들은 여전히 오지 않았고, 아래층에서는 아무 소리도 들리지 않았다. 침대를 향해 걸어갔다. 궁금해하지 마, 파트마, 잠시 후면 다시 그 넌더리나는 소리를 낼 거야, 잠시 후면, 거리낌 없는 명랑함이, 달그락거리는 소리가 또 시작될 거야. 침대로 들어가 생각했다. 잠시 후면 그들이 올 거야, 우당탕탕 소리를 내며 계단을 올라와, 파룩과 닐귄, 메틴이 내 방으로 들어올 거야. 그러면 나는 평온과 분노와 질투를 느끼며 생각하겠지. 내 손등 위로 숙이는 머리카락이 정말 이상하군! 할머니, 우리 가요, 가요, 우리, 곧 또 올게요, 라고 하겠지, 할머니, 아주 좋아 보여요, 건강 더 조심하시고요, 우리 걱정은 마세요, 우리 가요. 그런 후 정적이 흐르고, 그들이 나를 주의 깊게 바라볼 것이다. 주의 깊게, 사랑하는 마음으로, 이상하게도 쾌활하게, 나를 가엾게 여길 것이다. 그러면 나는 그들이 나의 죽음을 생각하고 있다는 것을, 그들이 생각하고 있는 죽음을 내게 결부시킨다는 것을 알아챌 것이고, 그러면 나는 그들이 나를 가엾게 여기는 게 두려워 농담마저 해 보려고 애쓸 것이다. 할머니, 레젭에게 관대하게 대해 주세요, 라는 말로 나를 화나게 하지 않는다면 어쩌면 그 농담도 할 것이다. 어쩌면 나는, 너희들은 이 지팡이 맛을 아니, 라고 할 것이다, 어쩌면, 왜 반바지를 입지 않았니, 라고 할 것이다, 어쩌면, 너희들의 귀를 잡고 벽에 못을 박아 버릴 테다, 라고 할 것이다, 하지만 나는 알고 있다, 이런 말이 그들을 미소 짓게 할 수 없다는 것을, 단지 그들이 외우고 있는, 영혼이 없고, 터무니없는 이별의 말을 떠올릴 것이고, 잠시 입을 다물다가 이렇게 말할 것이다.

"우리 가요, 할머니, 이스탄불에 사는 누구에게 할머니의 안부를 전해 줄까요?"

그들은 이렇게 말할 것이고, 나는 이런 질문을 전혀 기대하지 않았던 것처럼 놀라며 흥분할 것이다. 이스탄불을 생각할 것이고, 내가 칠십 년 전 이스탄불에 남겨 놓은 것들을, 아, 얼마나 안타까운지, 하지만 속지 않을 것이다, 왜냐하면 알고 있기 때문이다. 셀라하틴이 백과사전에 썼고, 원했던 것처럼, 그들이 그곳에서 머리끝까지 죄악에 파묻혀 살고 있다는 걸 알고 있다. 하지만 그래도 때로는 궁금하다. 추운 겨울밤에 내가 떠올렸던 사람들, 난쟁이가 잘 지피지 못한 난로가 내 속을 덥히지 못하면, 나는 그들 사이에 있고 싶어지기도 했다, 환하고 따스하며 쾌활한 방에 있고 싶은 상상에 빠지기도 했다, 하지만, 아니다, 나는 죄악을 원하지 않는다! 그 따스하고 밝은 방의 쾌활함이 뇌리에서 떠나지 않으면, 결국 겨울 한밤중에, 침대에서 일어나 옷장을 열고, 감긴 실이 하나도 없는 실패들 밑에, 보석함 옆에, 부러진 재봉틀 바늘과 전기 요금 고지서가 있는 상자에서 꺼내 본다. 아, 얼마나 안타까운가, 당신들은 모두 죽었고, 죽은 후 온 세상에 그 죽음을 알려서, 나도 신문에서 오려서 보관해 두었지요, 보세요, 보시라고요, 부음 소식들을. 부음: 세미하 에센, 고인이 되신 설탕 공장 총지배인 할리트 제밀 씨의 딸, 부음: 경영 협의회 위원이라고, 잘됐지 뭐, 뮈뤼베트 부인, 가장 멍청한 여자였다, 부음: 옛날 부자들 중 작고한 아드난 씨의 외동딸 니할 언니, 물론 나는 기억한다, 연초 상인과 결혼했구나, 아이가 셋 있고, 손자 손녀가 열한 명 있네, 이야 대단한걸, 하지만 사실 넌 베흐륄을 좋아했어, 하지만 그는 부정한 비흐테르를 좋아했지, 생각하지 마, 파트마, 하나 더 있네, 이건 마지막 거야, 아마도 십 년 전일 거야, 부음: 종교성 장관과 파리 대사를 지낸 작고하신 쉬퀴르 파샤의 딸이자, 작고하신 튀르칸과 쉬크란의 자매인 니걋 으쉭츠 부인, 아, 니걋 언니, 언니도 저세상으로 갔다는 걸 읽었어, 이렇게 손에 부음 소식을 들고 추운 방 한가운데에 서 있다가, 이스탄불에는 아는 사람이 아무도 없다는 걸 깨닫고 생각한다. 당신들은 모두 셀라하틴이 이 땅으로 내려오라고 애걸복걸하고, 자신의 백과사전에 설명해 놓은 지옥으로 들어갔군요, 당신들은 모두 이스탄불의 추한 죄악 속에 파묻혀 죽었군요, 콘크리트 아파트, 공장 굴뚝, 플라스틱 냄새, 하수관 사이에 묻혔군요, 얼마나 끔찍한가! 이런 생각을 하자 이상한 두려움이 평온함을 가져다 주었고, 추운 겨울밤에 이불의 따스함이 그리워 침대로 가서, 나의 생각들이 나를 지치게 하여 잠을 자며 잊고 싶다. 이스탄불에 안부를 전할 사람은 아무도 없다, 그렇다.

그들이 와서 물어본다면, 이번에는 놀라 흥분하지 않고 즉각 이렇게 대답해 줘야지 생각하며 기다렸다. 하지만 여전히 아래층에서는 아무 소리가 들리지 않는다. 침대에서 일어났다, 탁자 위에 있는 시계를 봤다, 벌써 아침 10시가 되었다! 왜들 안 오지? 창문으로 가서 머리를 밖으로 내밀었다. 메틴이 주차해 놓았던 차는 그 자리에 있다, 잠시 후 이런 생각이 떠올랐다. 부엌문 쪽에서 몇 주일 동안 꼼짝 않고 있던 매미의 울음소리도 이제는 들리지 않는다. 나는 정적이 두렵다! 조금 전에 왔던 약사를 잠시 생각했다, 하지만 그녀를 그 어떤 것과도 관련지을 수가 없었다. 다시 난쟁이가 설명했을 것들이 떠올랐다, 그들을 자기 앞에 모아 놓고, 속삭이는 목소리로 죄악을 설명하고 있을 것이다. 나는 즉시 방에서 나와 계단 앞으로 가서 지팡이로 바닥을 치며 불렀다.

"레젭, 레젭, 당장 올라와!"

하지만 어쩐 일인지 이번에는 그가 오지 않을 것을 알고 있었다. 부질없이 지팡이로 바닥을 치고 있으며, 헛되이 나의 늙은 목소리를 짜내고 있다는 걸 알고 있었다. 하지만 한 번 더 불렀다. 그를 부르면서 이상한 느낌에 휩싸였고, 소름이 끼쳤다. 내게 아무런 말 없이, 다시는 돌아오지 않을 듯 모두 나가 버렸고, 나는 홀로 집에 남게 된 것 같았다! 약간 겁이 났으나 잊어버리기 위해 다시 아래층에 소리쳤다, 하지만 더욱더 그 이상한 느낌에 휩쓸렸다. 사람 한 명도, 새 한 마리도, 버르장머리 없는 개 한 마리도, 귀뚜라미도, 더위와 시간을 떠올려 줄 곤충 한 마리도 없는 것 같았다. 시간이 멈추고 오로지 나만 남은 것 같았다. 공포에 휩싸인 나의 절망적인 목소리가 한 번 더 헛되이, 공허하게 아래층을 향해 울리고, 나의 지팡이는 절망적으로 바닥을, 바닥을 쳤다, 아무도 내 목소리를 듣지 못하는 것 같았다. 방치된 안락의자, 의자들, 두꺼운 먼지가 쌓인 탁자들, 닫힌 문들, 자기들끼리 삐걱거리는 물건들뿐. 셀라하틴, 당신의 죽음! 하느님, 나는 두려웠고, 나의 생각도 물건들처럼 꼼짝 않고, 얼음 조각처럼 무색무취로 남을 거라고, 영원히 이곳에서 아무것도 듣지 못하고 서 있을 거라고 생각했다. 아래층으로 내려가 시간과 움직임을 찾고 싶었다. 안간힘을 써서 네 계단을 내려갔다, 하지만 머리가 어지러워지고 두려워졌다. 아직 열다섯 계단이 더 남아 있어, 넌 내려갈 수 없어, 파트마, 넘어질 거야! 당황하여 다급하게 계단을 다시 올라갔다, 소름끼치는 정적에서 등을 돌리자, 쾌활해지고 잊고 싶었다. 이제 그들이 와서 네 손등에 입을 맞출 거야, 두려워하지 마, 파트마.

내 방 문 앞에 도착했을 때는 더 이상 두렵지 않았다. 하지만 기분이 좋아지지도 않았다. 셀라하틴이 벽에 걸린 사진 속에서 나를 겁주려고 바라보고 있었다. 하지만 아무것도 느끼지 못했다. 두려움도, 온도도, 맛도, 감촉도 잃어버린 것만 같았다. 잠시 후 작은 보폭으로 일곱 걸음을 걸어 침대에 도착해 가장자리에 앉았다. 체념한 채 몸을 침대 머리에 기대어, 바닥에 깔린 카펫을 바라보다 공허한 생각의 반복에 지겨워졌다. 나와 쓸데없는 생각은 여전히 공허 속에서 그렇게 있었다. 잠시 후 침대에 누웠고, 머리를 베개에 올려놓으며 시간이 다 되었나, 라고 생각했다. 그들이 오고 있나, 내 손등에 입을 맞추려고 들어오고들 있나, 안녕히 계세요, 할머니, 안녕히 계세요, 할머니, 준비되었어요? 계단에서도, 아래층에서도 여전히 소리가 들려오지 않는다. 궁금증이 이는 게 두려워서 준비되지 않았다고 생각했다. 기다려야 하고, 아무도 없는 고요한 겨울밤에 그랬던 것처럼 시간을 한 조각 한 조각 오렌지처럼 나눠야 한다고 생각했다. 이불을 위로 당겨 덮고 기다렸다.

이렇게 기다리고 있으면, 어떤 생각이 몰려와서 거기에 사로잡혀 버릴 거라는 것을 안다. 어떤 것? 뒤집어진 장갑처럼 나의 의식이 그 안을 내게 보여 주었으면 좋겠다. 결국 나는, 그러니까 이게 너구나, 파트마, 라고 할 것이다. 내 안은 바깥의 형태가 거울에 비쳐서 뒤집어진 모습 같구나! 놀라야지, 잊어야지, 궁금해해야지. 그들이 와서 바라보았던 것이, 저녁 식사를 하기 위해 계단으로 내려다 주었던 것이, 그리고 잠시 후 입을 맞출 손등이, 나의 겉인지 안인지 가끔 궁금했다. 콩

콩 뛰는 심장, 강 위에 떠 있는 종이배 같은 나의 생각들, 그리고 다른 건 뭐지? 이상하다! 가끔 반수 상태에서 어둠 속에서 뒤척거리다, 달콤하고 다급한 마음에 궁금해했다. 내 안이 겉이 되고, 겉은 안이 된 것 같았다. 고요한 어둠 속에서 내가 어떤 것인지 찾을 수 없었다. 손을 고양이처럼 조용히 뻗쳐 불을 켜고, 침대의 차가운 쇠를 만져 찾으려고 한다, 하지만 차가운 쇠는 나를 추운 겨울밤으로 데려다 놓는다. 나는 어디에 있지? 이것마저 알 수 없다고 생각하곤 했다. 칠십 년 동안 같은 집에서 사는 사람이 이걸 알 수 없다면, 그렇다, 나는 또 생각하고, 이렇게 결정을 내린다, 우리가 소비했다고 생각하는 삶이라는 건 이해할 수 없는 이상한 것이고, 아무도 자신의 삶이 왜 그렇게 되었는지 알 수 없다. 너는 그저 기다리기만 하면서, 그것이 한 곳에서 다른 한 곳으로, 그렇게 가고 있을 때, 왜 아무도 모르게, 너의 삶 속에서, 어디서 어디로 가는지 생각을 하는 거니? 옳고 그른 것이 없고, 결론조차 없는 이상한 생각들만 하다가, 아, 여기서 여행이 끝났구나, 파트마, 자 내려! 나는 먼저 그 발을, 나중에는 이 발을 내딛고 마차에서 내린다. 두 걸음을 내디딘 후 마차를 돌아보았다. 이것이었구나. 끝이 왔을 때 그러니까 나는 이렇게 생각하겠구나. 이것이었구나, 난 아무것도 이해하지 못했어, 다시 시작하고 싶어. 하지만 그럴 수가 없잖아! 자, 이제 우리는 여기에 있어, 다른 쪽에 있어, 이제 다시 탈 수 없어. 마부가 채찍을 휘둘러 말과 함께 멀어질 때 뒤에서 그 모습을 보며 나는 울고 싶어졌다. 엄마, 그러니까 다시 시작할 수는 없네요, 다시라는 것은 없네요! 하지만 나는 반항하며, 다시 시작해야 한다고 생각한다, 어린 여자아이가 평생 동안 무고한 어린 여자아이로 남겠다고 생각했던 것처럼, 다시 시작할 수 있어야 한다고 투덜거렸다. 그럴 때면 니간과 튀르칸과 쉬크란이 읽어 주었던 책들, 엄마와 마차를 타고 돌아오던 길이 떠오르고, 이상한 슬픔을 느끼며 기분이 좋아졌다.

그날 아침 엄마는 나를 쉬크뤼 파샤의 집에 데려갔다. 나를 그들에게 맡기기 전에, 매번 마차에서 말했던 것처럼, 파트마, 저녁에 데리러 왔을 때 절대 울지 마, 알았지, 안 그럼 이게 우리의 마지막 방문이 될 거야, 라고 했다. 하지만 나는 엄마가 그렇게 말한 걸 금세 잊고, 하루 종일 니간과 튀르칸과 쉬크란과 놀면서, 나보다 똑똑하고 예쁜 그녀들을 선망의 눈길로 바라보며 엄마가 나에게 한 말은 잊어버렸다. 그들은 피아노를 아주 잘 쳤고, 절름발이 마부 아이와즈 흉내를 아주 잘 냈기 때문이다. 그리고 그녀들의 아버지 흉내를 냈을 때 나는 아주 놀라서, 한참이 지나서야 그녀들처럼 웃을 용기가 났다. 오후에는 시를 읽었다, 그들은 프랑스에 간 적이 있었기 때문에 프랑스어를 알았지만, 언제나처럼 결국 터키어 책을 꺼냈고, 번역된 책을 번갈아 가며 읽어 주었다. 책 읽는 걸 듣는 게 얼마나 좋았던지 엄마가 한 말을 잊어버렸다. 그러다 갑자기 엄마가 나타나면 집에 돌아갈 시간이 왔다는 걸 깨닫고 울기 시작했다. 그럴 때면 엄마는 나를 무서운 눈으로 쳐다보았지만, 나는 엄마가 아침에 말했던 걸 기억할 수 없었다. 게다가 집에 돌아갈 시간이 왔기 때문이 아니라, 엄마가 나를 무서운 눈으로 보고 있다는 것 때문에 울었는데, 쉬크란과 니걘과 튀르칸의 어머니는 나를 가엾게 여기고는, 얘들아, 사탕을 갖다 주렴, 하고 말했다. 엄마가, 부인, 정말 면목 없습니다, 라고 하면, 그녀들의 어머니는, 뭐 별일이에요, 라고 대답했고, 니걘은 은그릇 안에 사탕을 담아 가져왔다. 사람들이, 이제 그만 울겠지, 라는 시선으로 바라보면 나는 손을 뻗어 사탕을 집지 않고, 아냐, 이것 말고 저것 주세요, 라고 했다. 그러면 그들은, 그럼 니가 원하는 게 뭐니, 라고 물었고, 어머니는, 파트마, 그만하지 못해, 라고 했다. 나는 용기를 내어, 그 책, 하고 말했다. 하지만 우느라 어떤 책인지는 말하지 못했기 때문에 쉬크란은 어머니의 허락을 받고 책들을 가져왔다. 그러면 나의 엄마는, 부인, 이 책들은 얘가 읽을 책이 아니에요, 게다가 얘는 책 읽는 것도 좋아하지 않습니다, 라고 했으며, 나는 책들의 표지를 곁눈으로 보곤 했다. 몽테크리스토 백작, 자비에 드 몽테스팡*, 폴 드 콕**. 하지만 내가 원하는 건 오후에 읽어 주었던 『로빈슨 크루소의 모험』이었다. 나는, 가져가도 돼요, 라고 물었고, 엄마가 또다시 몸 둘 바를 모르고 있을 때, 그녀들의 어머니는, 좋다, 얘야, 가져가거라, 하지만 잃어버리면 안 돼, 쉬크뤼 파샤의 책이니까, 라고 했다. 그러면 나는 울음을 그치고, 손에 책을 들고는 얌전히 마차에 올랐다.

집으로 돌아가는 길에는 맞은편에 앉은 엄마의 얼굴을 보

---

* 1823~1902. 프랑스 대중 소설가. 연재소설로 유명해졌다.
** 파리의 하층 사회를 그린 프랑스 작가.

기가 겁이 났다. 울어서 충혈된 나의 눈이 마차 뒤로 보이는 길과 쉬크뤼 파샤 저택의 창문을 향해 있을 때, 엄마는 갑자기 내게 소리치며, 버릇없는 아이라고 했다. 화를 다 풀지 못했던지 한동안 더 불평을 한 후 이렇게 덧붙였다. 다음 주에는 쉬크뤼 파샤 저택에 데려가지 않겠다고. 엄마의 얼굴을 보며 나를 울리려고 그런 말을 한다고 생각했다, 다른 때 같으면 그런 말을 듣고 울었기 때문이다, 하지만 나는 울지 않았다. 이상하게도 기쁘고 평온했기 때문이다, 그 이유는, 아주 많은 시간이 흐른 후, 여기 내 침대에 누워 생각을 거듭하며 찾아냈던 것 같은 편안함이 내 마음을 감쌌기 때문이었다. 아주아주 많은 시간이 흐른 후에는 내 손에 들려 있던 그 책 때문이라고 생각했다, 나는 그 책의 표지를 보고 생각했다. 튀르칸과 쉬크란이 차례로 조금씩 내게 읽어 주었지만, 전부 다 이해할 수는 없었다. 복잡한 책처럼 느껴졌다, 하지만 어떤 사건들은 이해할 수 있었다. 한 영국인이 탄 배가 침몰했고 혼자 어떤 섬에서 살았다, 아니다, 혼자가 아니었다, 몇 년이 흐른 후 하인이 생겼기 때문이다. 그렇지만 그래도 이상하다. 몇 년 동안 다른 사람을 보지 못하고 혼자 살던 그 사람과 그의 하인을 생각하면 아주 이상하다, 하지만 마차가 이쪽저쪽으로 흔들리며 달려갈 때, 갈수록 깊은 평온을 안겨 준 것은 그게 아니라는 걸 알고 있다, 다른 게 있었다. 그렇다, 엄마는 이제 화를 내지 않았다, 게다가, 나는 마차 창문으로 앞쪽이 아니라, 항상 좋아했던 대로 뒤쪽을 바라보았다, 이제는 보이지 않는 쉬크뤼 파샤의 저택이 아니라, 우리가 뒤로 한 길, 생각하면 아주 기분이 좋아지는 과거를 보고 있었다. 정말 좋았던 것은, 손에 들고 있던 그 책 때문에 뒤얽히고 복잡한 과거를 어쩌면 집에서 다시 경험할 수 있을 거라고 느꼈기 때문이다. 힘 없는 나의 시선이 안달하며, 집에서, 이해할 수 없는 페이지들 사이에서 헛되이 배회할지 모른다. 하지만 그렇게 배회를 거듭하면서 다음 주에는 갈 수 없는 쉬크뤼 파샤의 집을, 그곳에서 우리가 했던 것들을 기억할 수 있을 것이다. 아주 많은 세월이 흐른 후, 이곳 내 침대에 누워 생각했던 것처럼. 넌 삶을, 단 한 번의 그 마차 여행을, 끝나면 다시 시작할 수 없어, 하지만 손에 책 한 권이 들려 있다면, 그 책이 얼마나 복잡하고 모호해도, 다 읽고 나서, 그 모호함과 삶을 다시 이해하기 위해, 원한다면, 처음으로 돌아가 다 읽은 책을 다시 읽을 수 있어, 그렇지 않니, 파트마?

(1980-1983)

옮긴이의 말

『고요한 집』(1983)은 작가로 등단한 이후 오르한 파묵이 발표한 두 번째 소설로, 1984년에 터키에서 마다라르 소설상을, 1991년에는 프랑스에서 유럽 발견상을 수상한 작품이다.

이 소설은 한 가족을 중심으로 터키의 역사, 문화, 사회, 정치적 변화들을 묘사하고 있으며, 작중 인물들을 통해 세대 간의 다양한 의견 차이를 드러내고 있다. 예컨대 1980년대 이전의 터키 내 좌우익의 유혈 갈등, 오스만 터키의 역사와 근대사의 구체적 사실(史實), 당대의 정치적 대립과 갈등이 사실주의적인 형식으로 서술되고 있다고 할 수 있다.

역사가 파룩(주의 깊은 독자들은 이 인물이 『하얀 성』의 서문을 쓴 파룩 바르브노올루와 동일인이라는 것을 눈치챌 것이다.), 혁명주의자 여대생 닐권, 미국에 가서 부자가 되려는 야망에 불타오르는 고등학생 메틴. 이 세 남매는 이스탄불에서 50킬로미터 떨어진 휴양 도시에 살고 있는 아흔 살 할머니 파트마의 집으로 가서 일주일간 머물게 된다. 독자들은 이들의 일주일 동안의 행보와 파트마의 내적 독백을 통해 지난 구십 년 동안의 추억과 세 세대의 비밀을 알게 된다.

『고요한 집』에서는 파묵의 데뷔작 『제브데트 씨와 아들들』(1979년 작, 1982년 출간)에서 볼 수 있는 전통적 사실주의 소설의 사건 전개나, 등장인물들을 3인칭 시점으로 반영하는 서술자가 사라지고, 1인칭 시점을 통해 인물들이 직접 자신의 이야기를 한다는 특징이 있다. 그러나 단지 한 사람의 시점이 아니라, 포스트모더니즘의 다원적인 특징인 '다층적 서술 방식'을 통해, 작중 서술자 다섯 명의 관점을 반영하고 있다.

좀 더 깊이 소설 속으로 들어가 보면, 여러 가지 문제들이 제시되어 있다. 파묵은 술탄제, 공화주의, 공산주의, 민족주의, 종교 문제, 서양 학문, 동서양 문제, 빈부 갈등, 신분 문제, 남녀 문제, 반항하고 방황하는 젊은이들, 지식인의 고뇌, 물질만능주의에 대한 비판의식, 세대 차이, 허무주의와 패배 의식 등 광범위한 이슈들을 드러낸다. 이렇듯 파묵은 당시 터키의 많은 문제들을 한 집안을 중심으로 서술하는 데 성공했을 뿐만 아니라, 대략 백 년간의 터키 역사를 한 권의 소설 속에 집약해 보여 주고 있다.

파묵의 여러 작품을 번역한 후, 그의 초기작에 해당되는 이 소설을 번역하면서, 초기작이기는 하나 구성에 짜임새가 있고, 문장에 혼신의 힘이 들어가 있어, 향후 대가로 성장할 가능성이 여실히 드러난 작품이라는 인상을 받았다. 특히 각 장마다 화자가 바뀌고 1인칭 시점에서 이야기를 전개하는 독특한 실험과 의식의 흐름 수법을 통해 과거에 살았던 인물들을 생생하게 부활시키는 데 성공했다고 할 수 있다.

이 소설에서 가장 색채감 있는 인물은, 소설의 시간적 배경이 되고 있는 시기보다 사십 년 전에 죽은 파트마의 남편 의사 셀라하틴이다. 이미 세상을 떠났지만, 독자는 파트마의 회상을 통해 이 특이한 인물을 만나게 된다. 의사이지만 정치적인 이유로 부득이 유배 생활을 할 수밖에 없었던 그는 평생을 백과사전 집필에 바쳤고, 이 작업에 병적으로 집착한 나머지 유배 생활을 끝마칠 기회가 왔을 때도 이스탄불로 돌아가지 않는다. 백과사전이 출간되면 터키인 모두가 자신을 존경할 거라 확신하지만, 결국 집필을 끝내지 못하고 죽는다. 그는 루소나 볼테르 등 서양 철학자들의 이름을 입에 달고 다니는 서양 추종자로서(그의 성은 터키어로 다르븐오울루, 즉 '다윈의 아들'이라는 뜻이다) 신의 존재도 거부하고, 동양을 무지하고 나태하다는 이유로 혐오하는 인물이다. 그는 당시 터키 지식인들 중 동양의 모든 미덕을 부정하는, 맹목적인 서양 추종자의 단면을 보여 주고 있다. 그의 아들 도안 역시 아버지처럼 순진한 꿈을 품고 안간힘을 쓰다 어린 세 자녀를 뒤로 하고 젊은 나이에 죽고 만다.

셀라하틴의 혼외 아들들인 난쟁이 레젭, 절름발이 이스마일. 이스마일의 아들이며, 의도하지는 않았지만 살인을 저지르고 마는 이상주의자 하산. 이들 역시 다르븐오울루 가족과 연관되어 불행한 삶을 사는 인물들로 등장하고 있다.

할머니 파트마의 내적 독백은 이 작품의 압권이라 할 수 있다. 우리는 파묵의 노련한 펜을 통해 과거와 현재를 넘나드는 그녀의 의식의 흐름을 감탄하며 읽어 내려가게 되는 한편, 인내와 침묵으로 격동의 시기를 살아 낸 한 여성의 불행한 삶을 목격하게 된다.

이 작품에서는 흥미롭게도 장차 파묵의 문학적 행보를 짐작하게 하는 단초가 될 법한 것들이 망라되고 있다. 예를 들면, 다층적 서술 방식을 택했다는 점에서 『내 이름은 빨강』, 물건에 대한 집착(빗, 보석함, 물병, 화장수 등)을 보여 준다는 점에서 『순수 박물관』, 파묵과 실제 그의 가족이 직접 언급된다는 점에서 『눈』, 『내 이름은 빨강』, 『순수 박물관』 그리고 향후 파묵이 집요하게 다루게 될 동서양 갈등 및 충돌 문제……. 젊은 소설가가 빠지기 쉬운 허무주의나 패배주의가 묻어 있는 것도 어렴풋하게나마 느낄 수 있었다.

파묵은 이 소설에 관하여 "젊은이들은 제 작품들 가운데 『고요한 집』을 가장 좋아한다고 알고 있습니다. 이 책에 어쩌면 저의 젊은 날과 관련된, 진정 저의 영혼과 관련된 무엇인가가 있기 때문인지도 모르겠습니다. 저는 이 소설에서 인간이 젊었을 때 느끼게 되며, 일정한 나이가 든 후에야 삶의 그 자체로 볼 수 있는 이중성을 파헤치려고 했습니다. 젊은 날의 고통스런 부분은 인간관계에서 드러나는 이중성을 보는 것인데, 이에 맞서 무언가를 하고 싶지만, 결국 그렇게 하지 못하고 나중에는 이를 자연스럽게 받아들이는 것이지요. 『고요한 집』에 등장하는 모든 젊은이들은 저였습니다. 이들 모두에게 젊은 시절의 다양한 정신 상태를 파헤쳐 적용해 보려 했고 이는 무척 즐거운 작업이었습니다."라고 고백한다. 이 소설을 읽는 독자들은 파묵의 이러한 언급에 충분히 공감할 거라 감히 확신한다. 방황하는 젊음, 반항하는 젊음, 고뇌하는 젊음……. 우리 모두는 이러한 시절을 살고 있거나, 살았기 때문이다.

필자는 지난여름 이스탄불에 있는, 소설과 동명의 '순수 박물관'에서 파묵 씨와 만났다. '순수 박물관' 개관 준비 때문인지 피곤한 모습이었다. 파묵과 함께 박물관을 둘러보며 당시 1차 번역을 마쳤던 『고요한 집』에 대해 대화를 나누었다. 파묵의 작품들 중 특히 등장인물들이 생생하게 살아 있는 이 소설이 왜 기대에 부응하는 조명을 받지 못했는지에 대해 조심스럽게 물었을 때, 파묵 씨는 책도 우리 인간처럼 각기 나름의 운명을 가지고 있다고 말하면서 이렇게 덧붙였다.

"그렇게들 말하지만 『고요한 집』은 제게 아주 특별합니다. 왜냐하면 처음으로 해외에서 상을 받은 작품이니까요. 그러니까 『고요한 집』은 제가 세계적으로 알려지는 데 아주 중요한 역할을 했습니다."

프랑스에서 받은 '유럽 발견상'을 의미하는 말이다.

『고요한 집』은 파묵의 문단 데뷔작인 『제브데트 씨와 아들들』 그리고 『하얀 성』(1985) 사이에 출간된 작품이다. 처녀작 『제브데트 씨와 아들들』은 《밀리예트》 신문 소설상을 받으며 그가 문단에 화려한 샛별로 등장한 작품이며, 『하얀 성』 역시 《뉴욕 타임스 북리뷰》에서 "동양에서 새로운 별이 떠올랐다, 터키 작가 오르한 파묵."이라는 극찬을 받아 세계적인 작가로 자리매김을 하게 해 준 작품이다. 이러한 호평을 받은 작품들 중간에 낀 소설이었기 때문에, 혹은 이 작품들보다 대중적이지 않다는 이유로, 『고요한 집』이 폭발적인 조명을 받지 못한 것이 아닌가, 라는 선입관을 가질 수 있다. 하지만 『고요한 집』은 소설의 배경이 된 시대의 정치, 문화, 사회의 역동성을 충실히 반영했을 뿐만 아니라, 새로운 스타일을 성공적으로 적용하고 있는 소설이다. 예를 들어 한 문장에 서로 다른 시제를 동시에 사용한 도전적인 시도, 이러한 서술 방식은 독자들에게 복잡하고 어렵게 다가오는 것이 아니라, 오히려 신선하게 느껴질 것이다.

『고요한 집』은 여러 가지 면에서 향후 그의 작품 성향에 어떤 영향을 미쳤는지를 가늠하는 길잡이로서의 역할을 톡톡히 한 소설임을 한치의 주저 없이 말할 수 있는 작품이다.

2011년 12월
이난아

옮긴이 **이난아**

한국외대 터키어과를 졸업하고 터키 국립 이스탄불 대학(석사)과 앙카라 대학(박사)에서 터키 문학을 전공했다. 앙카라 대학 한국어문학과에서 5년간 외국인 교수로 강의했으며, 현재 한국외대 강사로 있다. 오르한 파묵의 『순수 박물관』, 『검은 책』, 『이스탄불』, 『내 이름은 빨강』, 『하얀 성』, 『눈』, 『새로운 인생』을 비롯해 다수의 터키 작품을 번역하는 한편, 『한국 단편소설집』, 『이청준 수상 전집』, 이문열의 『시인』 등을 터키어로 번역, 소개하였고, 2011년 터키 문광부 장관으로부터 터키 문학을 한국에 소개한 공로로 감사패를 받았다. 지은 책으로는 『터키 문학의 이해』, 『오르한 파묵과 작품 세계』(터키어), 『한국어—터키어, 터키어—한국어 회화』(터키어) 등이 있다.

고요한 집 2

1판 1쇄 펴냄 2011년 12월 22일
1판 2쇄 펴냄 2012년 2월 1일
2판 1쇄 펴냄 2023년 2월 15일

지은이	오르한 파묵
옮긴이	이난아
발행인	박근섭·박상준
펴낸곳	(주)민음사
출판등록	1966. 5. 19. 제16-490호
주소	서울특별시 강남구 도산대로1길 62(신사동) 강남출판문화센터 5층 (우편번호 06027)
대표전화	02-515-2000
팩시밀리	02-515-2007
홈페이지	www.minumsa.com

한국어 판 © (주)민음사, 2011. Printed in Seoul, Korea
ISBN 978-89-374-2771-8 03830
ISBN 978-89-374-2769-5 (세트)

* 표지에 사용된 그림의 저작권에 대해 현재 저작권자와 협의 중입니다.
* 잘못 만들어진 책은 구입처에서 교환해 드립니다.